I0645888

Que Tonta la Vela

Un Devocional de Cuarenta Días sobre la Pasión de Jesús

David Andrew Thomas

Impreso en los Estados Unidos de América

ISBN 978-1-7330809-6-5

Para más información sobre el autor, favor visitar
https://agmd.org/u/ThomasEcuador

Publicado por

JCK

Fort Gratiot, MI

En honor de la memoria de mi padre, John R. Thomas,
quien me enseñó la sabiduría de la insensatez de Dios

Porque lo tonto de Dios es más sabio que la sabiduría humana, y lo débil de Dios es más fuerte que la fuerza humana.

~el Apóstol Pablo, 1 Corintios 1:25

PRÓLOGO

Cuando era un niño siempre había una especie de banderola colgada en nuestro comedor. Hecha a mano por mi madre o por una de sus amigas, exhibía mensajes espirituales y símbolos, un constante recordatorio de nuestro patrimonio cristiano. La que más recuerdo era la elaborada, no por una mano femenina sino por mi padre. Simplemente decía: "Que tonta la vela." Las palabras que emitían el juicio estaban acompañadas de la imagen de una enorme vela con una impresionante llama multicolor. La banderola estaba hermosamente confeccionada, y aunque sabía que mi padre era un "todólogo," este banderín me mostró sus habilidades artísticas. Como acompañamiento a la banderola, mi padre escribió una historia corta, de no más de una página, que era fantasiosa y a la vez profundamente seria: Situada en las barracas romanas de Jerusalén la noche de Viernes Santo, se narra la historia, no por una persona sino por una esponja común y corriente usada por los soldados para la limpieza. La esponja es la espectadora experta y crítica, que señala que de todos los personajes que ve desde su balde, ninguno muestra mayor insensatez que la vela que ardía a pocos pies sobre una mesa. La vela es insensata, comenta la esponja, porque su propósito es dar la vida por otros y al hacerlo da todo lo que tiene y es. Un poco distraída, la esponja hace una conjetura entre la vela y el joven carpintero, mientras los soldados que lo crucificaron ese día disfrutaban de la última luz que irradiaba la vela. Si la vela fuera más como la esponja, concluye la historia, absorbiendo todo lo que pueda hasta que sea exprimida con fuerza, habría sido mucho más sabia y feliz. De verdad, ¿Qué otra estrategia de vida podría haber?

Inspirado por el relato de mi padre, empecé a escribir esta historia durante la etapa final de mi primera estadía en Ecuador como misionero. Obviamente, es una historia diferente a la que escribió mi padre, pero en esencia el mensaje es el mismo.

Que Tonta la Vela es diferente de otros libros de ficción bíblica por dos motivos. Primero, siguiendo la larga y duradera tradición cristiana de usar historias imaginativas para mover la fe y práctica cristiana, he escrito deliberadamente esta historia para desafiar y animar al lector a tener una devoción personal con

Cristo. No es solo un hilo romántico que nos transporte a los días de Jesús para pasar el tiempo o despertar el interés. Para cumplir con el propósito de un devocional, he enmarcado esta historia como un peregrinaje de cuarenta días, dividido en lecturas diarias para que puedan emprender el camino, paso a paso, meditando y orando a medida que avanza. Simbólicamente, estos días corresponden a los cuarenta días de Cuaresma, un tiempo especial de devocional entre el Miércoles de Ceniza y el Domingo de Resurrección. Después de todo, esta es la historia del máximo sacrificio de Jesús y Su victoria para nuestra redención. Pero los cuarenta días del libro pueden leerse durante cualquier fecha del año o ser leídos todos a la vez. Este programa de lecturas diarias es una sugerencia para aquellos interesados en seguir ese patrón.

El segundo aspecto que el lector notará de inmediato en *Que Tonta la Vela*, es que está llena de detalles del mundo bíblico presentes en medio de la narrativa, porque deseo que la historia hable por sí misma. Un objetivo principal de la historia es trasladar al lector para que tenga la sensación de "estar ahí," en el tiempo que ocurrió y desde la perspectiva de aquellos que vivieron esos eventos. Me enfoco, principal pero no exclusivamente, en algunas personalidades menos conocidas de la historia de la Pasión para mostrar estos aspectos. Mi deseo es recrear el drama de Jesús y Sus discípulos en una historia moderna, pero tan precisa como las Escrituras y la historia que conocemos. *Que Tonta la Vela* ha sido cuidadosamente investigada, incluso recurre a la licencia artística en los vacíos de la historia y en los asuntos humanos desconocidos sobre las personas que Jesús tocó pero que podemos imaginar. Explico esto en gran detalle en el Epílogo, que no está incluido en los cuarenta días de lecturas, pero que puede ser leído entre personajes a medida que avanza o al final, como lo prefiera. (Para los que realicen la lectura durante la Cuaresma, la explicación de los personajes se podría leer los domingos, que según la tradición no están incluidos en los cuarenta días). Este aspecto "académico" puede servir para enriquecer su estudio de las Escrituras, así como la historia tiene la intención de enriquecer su fe.

Debo darles una advertencia acerca de la naturaleza de la historia. Sabemos que lo que el Nuevo Testamento narra acerca del sufrimiento de Cristo no es un drama sentimental ni alegre. Aunque los Evangelios y el libro de Hechos no exaltan la violencia, son muy francos sobre lo ocurrido, o quizás más precisamente, asumen que el lector sabría que el mundo antiguo era brutal y que los ancestros experimentaron esta brutalidad de primera mano. Por consiguiente, lo que hallamos al leer sobre los últimos días y horas de Jesús es una historia llena de traición, manipulación, temor, desilusión, desamor, crueldad abrumadora y muerte por tortura pública. Pero también es una historia de verdadero heroísmo y, para algunos, virtud inesperada. Con razón ha sido llamada la "historia más grande jamás contada." Este legado ha existido a lo largo de la historia de la iglesia primitiva. Historia que ha sido redimida con alegría y llena de esperanza, no para concluir que las cosas no son tan malas como parecen, pero sí, para reconocer que a pesar de lo horribles que fueron, Cristo lo soportó todo por nuestro bien y se levantó de entre los muertos para darnos vida eterna. Es por esta razón que el escritor J.R.R. Tolkien llama a la Pasión y Resurrección de Jesús una "eucatástrofe"—un "buen desastre"—por la forma cómo Dios la usó para redimirnos.

Antes de concluir este Prólogo, quiero reconocer y dar las gracias y el reconocimiento a todos aquellos que me han ayudado a lo largo del camino mientras desarrollaba esta historia. Más personas de las que pueda recordar han hecho comentarios y me han animado durante varias etapas de este borrador, y ellos me perdonarán si no menciono sus nombres por culpa de la memoria; varios se mencionan en el prólogo a la edición en inglés. En especial deseo darle las gracias a mi hermano Roger Thomas, un hábil escritor y autor publicado, quien constantemente me ha animado durante este proyecto. El papel de Roger en corregir errores, editar y facilitar la publicación del libro no puede ser sobrestimadas; él es mi hermano en ambos sentidos de la palabra. Con respecto a la edición en español, quisiera agradecer a Kathleen Gavilanes, quien fue la primera para traducir el texto del inglés, haciendo un trabajo enorme en producir el primer borrador en español. Mildred Vera de Cedeño ayudó con observaciones y asuntos ortográficos, y Susy Salmón de Fajardo terminó el proceso, puliendo la traducción con sugerencias invaluables y correcciones precisas. Aída Martínez de Cornejo me colaboró conmigo en cuanto a las correciones finales, preparando el manuscrito para publicación. Por sobre todo agradezco a todos los Pastores Smith (Jerry y Janice; Henry e Ivonne) de Centro Cristiano de Guayaquil por su apoyo en este proyecto; nuestra amistad y alianza vale más de lo que puedo expresar. Quisiera reconocer también a Wilson López quien, por sus habilidades fotográficas, le dio a mi hijo Joseph lo que necesitaba para elaborar el arte de la portada. Los capítulos finales de la historia coincidieron con la niñez de mi hija Eden, y ambas están entrelazadas en mi memoria. Sobre todo, quiero agradecer a mi muy paciente esposa, Patti, quien ha señalado puntos importantes a medida que leía y releía el manuscrito a lo largo de los años. Ella y toda mi familia me han ofrecido continuamente apoyo moral invaluable y orientación sobre el pulido y la presentación del escrito. Cualquier error o falla de aquí en adelante es solo mío.

"¿Por qué?" es probablemente la pregunta más prudente que podemos hacer acerca de la Pasión, y podemos dirigirla hacia la cantidad de detalles asociadas con esos días y horas fatales. *Que Tonta la Vela* es mi intento de preguntar y responder a esa pregunta a través de las experiencias de los personajes bíblicos poco conocidos o desconocidos. Con más precisión, ¿por qué en el día más oscuro de la vida de Jesús, los testigos de la agonía de Su muerte—personas que hasta ese momento no habían conocido o escuchado de Jesús—inexplicable e increíblemente lleguen a verlo como el justo, inocente y soberano Hijo de Dios? Y, ¿por qué en los días, semanas y años que siguieron a Su resurrección, eligieron Sus discípulos el camino del sacrificio que ellos sabían terminaría de la misma manera que terminó para Jesús?

Y la luz en la oscuridad brilla, pero la oscuridad no la ha comprendido.

~Juan 1:5

David Andrew Thomas
Guayaquil, Ecuador
Febrero, 2022

Parte I

María de Betania y Judas Iscariote

YO SOY el que escudriña la mente y el corazón…

~Apocalipsis 2:23

EL DESPERDICIO

María de Betania

Juan 12:1-8, Lucas 10:38-42, Marcos 14:3-8, Mateo 26:6-11

Día Uno

Ella acababa de amasar lo último que quedaba de la masa de pan, cuando Marta entró apresurada trayendo más agua de la cisterna, y un aire de que algo pasaba.

—El Maestro viene—anunció con una mezcla de júbilo, ansiedad y el tono de voz de una anfitriona que sabe que personas importantes pronto llegarán a probar su comida. María la miró con comprensión, pero callaba mientras terminaba de amasar el pan y lo preparaba para el horno.

El Maestro venía. Así como lo había hecho antes, ahora regresaba. María, su hermano y su hermana lo conocían bien; Él también los conocía y amaba. Su aldea, Betania, quedaba un poco menos de quince *stadia* al este de Jerusalén en la cuesta del Monte de los Olivos. Hacía ya algunos años que la casa de los hermanos había servido como un hogar lejos del hogar para Jesús, una especie de hostal mientras ministraba en la Ciudad Santa. Nadie diría que era la primera vez que lo recibían, pero la noticia de su hermana, aunque esperada, hizo que la emoción de María sobrepasara la alegría nerviosa que experimentaba Marta, así como una ráfaga de otoño supera una brisa veraniega. El Maestro vendría a verlos y ellos le darían la bienvenida como lo habían hecho antes, dándole lo mejor que tenían, aun sabiendo que las cosas habían cambiado y que no volverían a sentirse como al comienzo.

María y Marta trabajaban juntas con usual urgencia, ocupadas entre la cocina y el patio. Cada una realizaba su tarea, agitadas en su pequeño espacio, lo que hacía que cada movimiento pareciera una discordia sincronizada mientras se esforzaban en terminar su labor. El Señor llegaría pronto. La luz empezaba a menguar y eso también las ponía ansiosas. La tarde caía y la víspera del Sabbat llegaría pronto. La habitación para el Señor y algunos de Sus discípulos ya estaban listas (los otros se

15

hospedarían en casas cercanas) pero faltaba terminar los últimos detalles para la comida del Sabbat.

María se detuvo por un momento. No estaba dispuesta a que alguna de las tareas la distrajera y arruinara su pan. Su hermana, quien siempre parecía estar bajo control, no lo hizo.

—Voy a revisar la cabra—dijo Marta algo distraída y sin aliento antes de salir.

María miró a su alrededor. Las paredes sencillas de su hogar le devolvieron la mirada teñida con los colores tibios del atardecer. A pesar de que el ambiente en la casa era festivo sus piedras susurraban recuerdos de dolor y tristeza. De hecho, parecía que hablaban del sufrimiento como su lengua materna.

La más joven de los tres hermanos, María, no podía recordar los días cuando su entonces económicamente próspera familia dejó su hogar en Jerusalén para mudarse a Betania. Era demasiado pequeña para recordar, pero Marta y Lázaro (aunque no con tanta claridad) recordaban, y habían dicho que su padre, Simón, otrora respetado y conocido por personas importantes, había caído con lepra. Primero, la enfermedad había atacado sus brazos como un rubor seco. Simón había sido un hombre demasiado piadoso para tratar de esconder algo que la Ley ordenaba revelar, pero la negación agobia al que es puro de palabras, tanto como el engaño al profano, así que se vistió con cuidado y se llenó de esperanza. Aun así, cuando la enfermedad se extendió a su mano izquierda y empezó a escamarse, cumplió con su deber. Así empezó un tiempo complicado y agotador en que los sacerdotes lo declararon repetidamente impuro, luego puro, y una vez más impuro, y así sucesivamente. La aflicción no dejaba de avanzar. Solo Marta recordaba la gravedad en la voz de su padre y la expresión seria y temerosa de su madre el día que tomaron una decisión irrefutable. Él debía irse y permanecer fuera del campamento. Debía abandonar la Ciudad Santa.

La esposa de Simón jamás lo habría dejado, aun si tuviera otras opciones que considerar, pero no las tenía. Era mejor ser leprosa que ser una viuda con huérfanos, y sin la presencia de Simón, aunque estuviera vivo, así sería su vida sin él. Ante los ojos de sus compatriotas judíos todos serían impuros. El negocio familiar continuaría, no obstante, modesto, bajo el mismo techo.

Sufrirían juntos, pero comerían y se tendrían el uno al otro. A pesar de lo severos y legalistas que eran los sacerdotes, la migaja que arrojaron hacia Simón a través de indirectas y silencio fue su tácita tolerancia de ese acuerdo. Ellos sabían que la lepra solo afectaba a Simón y no llegaría a sus familiares (nunca los contagió), pero la Ley era la Ley. Dios había herido al hombre y debía irse; si la familia quería compartir su destierro, nadie los detendría.

Así que se mudaron a Betania, la Casa de Aflicción. Los Esenios, la secta más estricta de Israel, había fundado la ciudad en un acto de misericordia y su feroz devoción a los códigos de pureza ritual. Los impuros debían mantener su distancia y el Santuario no podía aceptarlos, pero en este pequeño poblado para desahuciados podrían estar tan cerca de lo Santo como la Ley lo permitiera, y podrían recoger las sobras que cayeran de la mesa de banquete que era Jerusalén. Era un trago amargo. La angustia de sus padres durante los primeros días en esa aldea deprimente no existía en la memoria de María, pero se ancló en su joven personalidad, así como capítulos infelices de la niñez tienden hacer. La naturaleza crónica de la enfermedad de su padre continuó, y más de una temporada sufrieron desilusión al creer que la aflicción lo había dejado. Pero a medida que las conversaciones se volvían serias, así como los arreglos para volver a una vida normal, la enfermedad volvía a manifestarse. Este ciclo pasó una y otra vez—Simón nunca pudo librarse de la lepra hasta el día de su muerte—por lo que el gozo se volvió tan escaso como la plata. Aunque las lesiones en su piel nunca se regaron más allá de sus brazos y manos, su nuevo nombre entre los conocidos y los extraños era de vergüenza: Simón el Leproso. Esas personas cumplían el papel que se les había asignado y ese era el de rechazarlo. Los leprosos habían hablado lo que no debían y por eso la enfermedad los había aquejado. Si la Ley hablaba de reyes y profetas con lepra, ¿cómo no podría ocurrirle a un hombre común? Simón, siempre cuidadoso y cauteloso, guardaba silencio y se encerraba en sí mismo, preguntándose si habría hecho o dicho algo que trajera este exilio a su familia. Melancólico, confundido, y cada vez con más miedo de tocar a sus hijos, se convirtió en un hombre diferente.

Ciertamente era Betania.

En Betania con su esposa logró construir allí un hogar. Criaron a sus pequeños y aunque respeto no era la descripción correcta, a medida que pasaba el tiempo, Simón alcanzó cierta posición social en el lugar. Sus vecinos después de todo sufrían de lo mismo o no vivirían ahí, y aun la pocilga tiene su príncipe. Betania también era la última parada para los viajeros (la mayoría galileos) que, para evitar pasar por Samaria, cruzaban el valle del Jordán y continuaban su peregrinaje por el camino desde Jericó a Jerusalén. Cansados y con necesidad de comer y beber, en la cumbre de aquella cuesta, los viajeros compraban lo que Simón y su esposa les ofrecían. Así, para cuando sus padres fallecieron, Marta y María, aún jóvenes, sabían cómo recibir y refrescar al cansado, además la Casa de Simón el Leproso tenía una reputación modesta.

Martha tocó su brazo.

—El Maestro está aquí.

Oración: *Señor Jesús, incluso en mi impureza Tú has elegido venir una y otra vez a mí. Lléname con Tu esperanza santa y sorpréndeme en anticipación de Tu visita. Sé que sin importar lo que yo prepare para Ti es a mí quien deseas. Dame la gracia de la humildad para creer esa gran verdad y para recibirte rindiéndome a Ti. Amén.*

Día Dos

Lo recibieron juntos en la puerta: Marta, Lázaro, y María. Apareció tal cual lo había hecho en visitas anteriores, radiante, lleno de gracia, y recibiendo la hospitalidad con toda humildad como si fuera un viajero cualquiera, lleno de necesidad, agradecido por la bienvenida inesperada. Se veía genuinamente agotado y listo para descansar. A través de la tela barata que cubría al viajero, María podía vislumbrar Su señorío por sobre el polvo del camino. A pesar de que los discípulos estaban más preocupados por el alojamiento y la dignidad del Maestro, que Él mismo, María podía percibir lo intangible en la postura, movimientos y expresión facial de Jesús, que hablaban del poder que ella y su familia ya habían visto gloriosamente revelarse. ¿Era ese momento una realidad? ¿Cómo debían comportarse? ¿Cómo podían recibir a Jesús de Nazaret como si fuera igual a otro peregrino durante las festividades? María lo contemplaba en medio de la algarabía presente, desconectada de todo mientras Lázaro relucía y Marta intentaba guardar la compostura.

—Bueno—pensó María—, el Señor está cansado, y tendrá Su descanso. Ya casi es el Sabbat, y la comida será en Su honor. Marta se había asegurado de aquello con la ayuda de María. Ellas le darían ésa por lo menos. María se estremeció por otros pensamientos que la asaltaban, pero el afán de Marta los disipó.

—¡Los lavabos, hermana, los lavabos! ¡Y el agua!

¡Por supuesto! Debían lavarse y prepararse antes que todo. María se hizo cargo mientras Marta iba a la cocina. En poco tiempo los hombres estaban frescos y descansando en sus habitaciones. El Maestro y Su círculo íntimo de discípulos habían hallado sus cuartos y despojado de sus pocas pertenencias. Lázaro estaba pendiente y lleno de alegría, ansioso de recibir al Señor en la mesa que habían dispuesto para Él, pero sin querer apurarlo excesivamente. El sol empezaba a caer. María escuchó a Simón Pedro murmurar algo a su Señor y a Él que respondió por lo bajo. Entonces se acercaron y avanzaron hasta el lugar que les habían preparado. María permaneció fuera de la habitación, escuchando sus voces, pero afinando su oído para escuchar *Su* voz, *la voz del Maestro,* que permanecía indistinta para ella. Los hombres hablaban, algunos en voz alta, otros en voz baja, y algunos reían. La algarabía se entremezclaba con la solemnidad de la situación. Lázaro los invitó y instó; Jesús se reclinó y los demás siguieron Su ejemplo.

Marta estaba ahí ahora sosteniendo un cántaro de vino. Con la mirada buscó a su hermana, y María se asomó al portal mientras observaba el salón, haciéndose a un lado mientras asentía con la cabeza. Todos se reclinaron a la mesa para que empezara el festín santo. María observaba a Marta llenar los jarros mientras los hombres conversaban. El Maestro se reclinó en el lado más cercano junto a Lázaro. Marta le sirvió el vino, con una expresión seria en el rostro por la gran responsabilidad que tenía. El Maestro le sonrió y le dijo unas palabras calladamente. Marta sonrió cohibida y siguió con su tarea sirviendo a Lázaro. Para cuando hubo terminado, María había traído el pan y lo colocó frente el Señor. Ella también escuchó Su amable agradecimiento, pero solo pudo inclinar la cabeza antes de dar la vuelta y salir del salón apresuradamente llena de nervios. Miró por encima de su hombro mientras encendían las lámparas y las oraciones comenzaban. Lo último que vio fueron los pies del Maestro, cruzados, mientras Él se mecía al compás de las voces que cantaban en el salón.

Los pies del Señor. ¿Cómo podría olvidarlo? Él llegó por primera vez hace algunos años y Marta le dio la bienvenida. Su fama en Galilea había llegado hasta Judea y ellos se sintieron honrados de recibirlo. Y mientras Marta cumplía su rol de señora de la casa, María no cumplió su parte. Había tratado de comportarse como si sus tareas fueran la prioridad en su mente, y como si la manera en que el Maestro hablaba y se comportaba eran igual a las de cualquier otro rabí, pero no pudo porque Él no era igual a otros. Escuchó fragmentos de lo que hablaba con Sus discípulos, y nunca había oído cosas así – eran las palabras más bellas que jamás había escuchado. No pudo dejar de escuchar tras la puerta, posponiendo más y más sus tareas, hasta que el Maestro la miró. Se asustó esperando una mirada severa; se imaginaba que las palabras eran para los hombres que lo seguían, y no para la joven mujer que estaba maravillada escuchándolo y que no cumplía sus labores. Pero se equivocó. Vio aprobación en Su mirada; una mirada que, a pesar de Su juventud, le recordaba a su padre. Pronto halló un espacio en el suelo junto a los pies de Jesús. Ella lo miraba con atención, su rostro vuelto hacia Él, absorta, su paño de limpieza olvidado en el regazo. La aprobación bondadosa que emanaba del rostro de Jesús calmó sus temores, y si los discípulos tenían alguna objeción a su presencia, Jesús la acalló. Solo a Marta le pareció que la situación era inaceptable. Cuando buscó a su hermana para darle una orden, no la pudo hallar. Al descubrir a la holgazana a los pies del Maestro, Marta no dudó en pedir justicia al Maestro para que le ayudara a dar una reprimenda a su hermana.

—Señor, ¿no te importa que mi hermana me ha dejado sola con todas las tareas?—se quejó mientras la miraba con indignación—¡Dile que me ayude, pues!

¡Ay! Como llamarlo *Señor*, pero a la vez quejarse de Su comportamiento y darle órdenes…

—Marta, Marta…—empezó a decir con el mismo afecto y la misma autoridad que le había mostrado a Su nueva discípula.

No, María no sería la única mujer a la que Jesús de Nazaret le enseñaría el Evangelio del Reino aquel día. Jesús había causado una pequeña revolución en la Casa de Simón el Leproso, al menos eso pensaban las dos. No se dieron cuenta de lo trascendental de Su diálogo, y el verdadero significado de la revuelta que este hombre santo había traído al orden doméstico de la casa. Marta no le guardó rencor y las dos hermanas se hicieron preguntas sobre el joven rabí y Sus particularidades. Y apenas empezaban a aprender de Él.

Oración: Señor Jesús, confieso que he estado ocupado y distraído por muchas cosas. Dame la sabiduría y la gracia de ser atraído por Tus palabras, de sentarme a Tus pies, y tener comunión contigo. Y a medida que me atrevo a disfrutar de Tu presencia en un mundo que ni siquiera Te respeta, dame la fuerza para soportar las reprimendas mal intencionadas de aquellas personas que no comprenden. Amén.

Día Tres

Ahora ambas hermanas trabajan para colocar el fruto de su esfuerzo sobre la mesa. Más pan, higos, y carne asada pasaban por las manos de Marta mientras María nerviosamente llenaba los platos para repartir a los hombres. Sus manos temblaban mientras llenaba una bandeja con fruta, y por un instante una mirada tierna y curiosa apareció en el rostro usualmente serio de Marta.

—Observa hermana, todo va muy bien.

Y María se acercó. Sí, estaban disfrutando entre ellos, comiendo, gesticulando, e interrumpiéndose amablemente el uno al otro. Dos de los discípulos en el extremo más lejano de la mesa contaban una historia mientras los otros se reían. María quería ver lo que el Señor hacía, cómo respondía, pero no podría ver Su rostro. Observó el perfil de su hermano que brillaba a la luz de la lámpara, y por la felicidad que veía reflejada, sabía que el Señor debía estar contento.

Las multitudes habían aumentado durante los últimos días puesto que esperaban ver a Lázaro. Había sido resucitado de entre los muertos. El Señor Jesús lo había levantado. Su hermano había estado muerto, *muerto*. Y el Señor Jesús lo había sacado de la tumba, de entre los muertos. Con razón todos querían mirar a Lázaro. María misma lo quería mirar, y aun lo miraba con sorpresa. Quería observarlo fijamente lo hizo en ese instante. La propia risa de Lázaro rompió el encanto y María se alejó, más nerviosa que sus deberes domésticos justificaban.

La muerte le había llegado en cuestión de un día, casi en una hora. Su estómago se agrió y tuvo un dolor intenso en el costado. La fiebre y la sequedad de boca fue lo siguiente. María y Marta se turnaron para refrescar su frente y colocar las gotas de agua que pedía porque su estómago no resistía más. La fiebre cedió en la madrugada, pero volvió intensamente al amanecer. Cuando empezó el delirio comenzó a murmurar incoherencias y las hermanas supieron que no era algo pasajero. Marta y su preocupación maternal y María con su ternura se unieron para vencer sus miedos, y juntas decidieron que debían llamar al Señor, aun cuando Él había cruzado el Jordán debido a las amenazas de los líderes religiosos; ellas estaban desesperadas.

La catástrofe tiene la habilidad de revelar lo que hay en el corazón, y la confianza de las hermanas era similar a la de otros que habían buscado Su favor en tiempo de crisis. Si hubieran tenido tiempo habrían hecho una súplica más elaborada. Pero ellas sentían conocerlo o pensaron conocerlo, y el mensaje que enviaron fue corto pero lleno de significado: *Señor, aquel que amas está enfermo.* Confiaron el mensaje a un amigo honrado y fuerte, y le dijeron dónde podría hallar a Jesús – un viaje de un día que un hombre comprometido terminaría al atardecer – y lo enviaron corriendo a la carretera de Jericó. Mientras Marta permanecía al lado de Lázaro, María miró al mensajero mientras se alejaba. Lo observó llena de anhelo, como si su mirada lo pudiera empujar con más prisa hacia su destino para que regresara con mayor rapidez acompañado del Sanador, hasta que tuvo que volver al lado de su hermano llena de esperanzas.

Para cuando tuvo que sacar más agua y volver al lado de la cama del enfermo, escuchó un burbujeo rasposo en la garganta de Lázaro. A pesar de todos sus esfuerzos y oraciones, Lázaro dio su último respiro antes que el sol estuviera en todo lo alto.

Marta, de pie con la cabeza agachada, lloró en silencio; mantuvo su compostura y pensó en lo que debía hacer una vez que venciera su sorpresa y dolor, pero María no pudo alejarse del lado de Lázaro. Había compartido un vínculo tierno y único con su hermano, y el dolor de su partida la había paralizado. Y eso no era todo. Las antiguas historias de cómo Simeón y Levi habían defendido el honor de Dina; de Labán negociando con Eleazar por Rebeca, eran más que una leyenda. Un hermano tomaba un papel central en arreglar el matrimonio de una mujer aun cuando el padre viviera. Con un padre fallecido, como en su caso, Lázaro se había vuelto más importante. Tanto Marta (la mayor) como María aún tenían esperanza de tener seguridad y una familia. En ese mundo patriarcal, las esperanzas de ambas habían sufrido un golpe irreparable y devastador.

El regreso del Maestro estaba al menos, a día y medio de camino. Si hubiera podido, María habría detenido el entierro. La muerte era reciente para Lázaro y la vida todavía podría estar con él. Habían escuchado las historias, el asombro en las voces de los discípulos cuando describían el milagro de la niña y el hijo de la viuda. El Señor Jesús los había llamado de regreso antes que se fueran muy lejos; seguro podría hacer eso por Lázaro, pero la realidad de la muerte y el respeto a los muertos las llevó a lo inevitable. Lavaron el cuerpo y lo ungieron, lo envolvieron en tela de lino y lo enterraron antes que cayera la noche.

Marta abrazó a María como si fuera una niña y lloraron hasta quedarse dormidas. ¿Cómo podría ser esto? Su niñez había sido destruida por una erupción en la piel que sería impotente ante el toque del Maestro, más aún, *a Su palabra*. Simón, su padre había fallecido antes que el nombre *Jesús de Nazaret* significara algo. Aunque les doliera recordar, no lo cuestionaron. Pero el dolor que tenían hoy era más profundo y amargo. Ahora que *conocían* a Jesús, lo amaban, le habían dado la bienvenida, aun arriesgando sus vidas y entregado todo, lo habían conocido y amado. Su nombre significaba mucho para ellos, ¿y el de ellos significarían algo para Él? Al final no había diferencia. El hijo había muerto, así como el padre había muerto, con oraciones sin contestar. Lázaro había sido amigo del Sanador, quien podía domar la enfermedad más mortal tan solo con Su mirada, pero ahora estaba enterrado, helado como un cadáver. ¿Qué bien le había hecho amar y servir al Hacedor de Milagros? Acostada en medio de la tristeza, María no entendía, no podía comprender, y la oscuridad en su mente la atormentaba como nada que hubiera experimentado antes. El Señor pudo estar ahí, pero no lo estuvo. Pudo haberlo sanado antes que llegara la muerte y reclamara a su hermano, pero Sus idas y venidas misteriosas lo habían hecho imposible. Al parecer de María, aunque la muerte de su padre había sido una tragedia, la de su hermano fue un desperdicio innecesario. ¿Cómo pudo el Maestro sanar a extraños, al don nadie que llamaba Su atención al paso, y no había venido a salvar al que amaba y salvarlas a ellas de esa tristeza? ¿Por qué no había venido? Su pregunta no era razonable y lo sabía. Lázaro sucumbió antes que el Maestro hubiera recibido el llamado. Pero su queja parecía más un grito por su falta de lógica, nacida del caos de su desesperación y no de sus pensamientos racionales. Así que la pregunta persistía como una piedra de molino en su cerebro: Jesús podía hacer todo. ¿Por qué no había hecho esto?

El sol salió al siguiente día como María sabía que lo haría y con eso empezó el luto, el lamento que las cansaría más que la mortal enfermedad de su hermano. Pero su dolor era todo lo que les quedaba de él, así que no lo resentían. Lo último que hace la persona amada es herirte – entre más profundo el amor, más profunda la herida. La puñalada de despedida había sido suficiente para mantener a María llorando por su hermano durante días, pero también lloraba por otro. Cuando el sol se puso el segundo día, el dolor se agudizó; al tercer día, se profundizó. El Señor había escuchado, había recibido el mensaje, y aun sabiendo lo sucedido no había regresado. Ahora no solo lloraba por un hermano, lloraba también por el Señor. A su lado, su hermana se lamentaba con ella.

Oración: *Señor Jesús, Tus caminos no son mis caminos, y Tus pensamientos no son mis pensamientos. Rara vez Te entiendo y cuando creí hacerlo, me equivoqué. Ayúdame en mi debilidad a no ser amargado cuando actúas como Dios y no como un amuleto de la suerte. Ten misericordia de mis emociones descontroladas. Ayúdame a confiar en que Tú harás de acuerdo con Tu perfecta voluntad para mí, aunque no pueda verlo, lo cual siempre es mejor. Amén.*

Día Cuatro

La voz de Jesús hizo que se sobresaltara y se percató que había tenido la mirada perdida, y la reenfocó justo a tiempo para ver al Maestro a la luz de la lámpara, sonriendo y asintiendo a los comentarios de alguien. Marta pasó apresuradamente junto a ella, ocupada, pero al parecer feliz, dejando a María sola con sus pensamientos.

Jesús regresó al atardecer del cuarto día desde la muerte de Lázaro - cuatro días después. Aunque las hermanas no conocían la teología formal que debatían los escribas, ellas sí sentían lo que universalmente habían concluido los eruditos: después del tercer día no quedaba esperanza. La muerte era la muerte y no un desvanecimiento, y su hermano no regresaría ya. El entumecimiento empezaba a disminuir y solo quedaría el dolor. Así que cuando el rumor de la llegada del Señor se filtró a través de los dolientes, Marta decidió no molestar a su hermana. Dejó que María guardara luto sentada en el piso sin barrer de la casa, donde años atrás había escuchado por primera vez las enseñanzas de Jesús. Era su obligación como hermana mayor ir hacia el recién llegado, así que salió con discreción y avanzó hasta el lugar donde Jesús la esperaba.

María estaba tan abrumada por sus emociones y la de sus huéspedes que apenas se dio cuenta de la ausencia de Marta cuando ella regresó. Marta se puso en cuclillas y susurró algo a su oído mientras las otras mujeres seguían apesadumbradas. María se sorprendió, pero inmediatamente inclinó su oído para escuchar a su hermana, y se volvió para mirar a Marta a los ojos. De pronto se levantó y corrió hacia el camino que la llevaría a la vía principal. Tal era su determinación y tan seguros sus pasos que no se percató del grupo de mujeres que la siguió.

El Señor estaba sentado sobre una roca, rodeado a ambos lados por Sus discípulos cuando ella lo vio. Caminó apresuradamente hacia Él. Jesús se puso de pie para recibirla, y corriendo en el fin ella cayó a Sus pies llorando como jamás había hecho. A través del manantial que eran sus lágrimas, derramó sus quejas, levantando la mirada apenas hasta alcanzar a ver las sandalias a los pies de Jesús. Entre el llanto de los demás, María escuchó la voz del Maestro preguntar dónde habían enterrado a Lázaro. ¡Esa voz! Era compasiva y tierna a su sufrimiento, reconfortaba su dolor, pero tenía manifiesta algo más profundo que la angustia humana. En ella había un lamento más sublime, una resignación dolorosa, y un amor distinto al que los oídos mortales de María hubieran escuchado alguna vez. Se levantó y se compuso como mejor pudo ante la invitación. Con la multitud tras ellos, guío a Jesús, que también lloraba, donde su hermano descansaba.

Los detalles, la secuencia de lo que ocurrió después fue algo que María nunca pudo olvidar. Su mente no guardó estas cosas para la posteridad, ni para asegurarse de contarle a sus hijos un relato exacto de lo que Jesús de Nazaret, el joven rabino de Galilea había hecho aquella tarde. Ella lo guardó en su memoria como una novia que atesora las joyas que lucirá el día de su boda. Lo guardó en su memoria como una madre que guarda el recuerdo de acariciar la cabeza de su bebé una y otra vez porque los rizos ya son inolvidables. Llegó la orden. Marta siempre pendiente de las buenas costumbres y el decoro siguió la tierna, pero directa orden de Jesús. Hicieron rodar la piedra como Él pidió. Jesús se detuvo a la entrada y habló al cielo mientras María se cubría la boca, no por el mal olor sino por algo que presentía.

Se escuchó la estruendosa voz del Maestro ordenando a Lázaro que se levantara de la tumba.

Y Lázaro salió.

En las horas y días que siguieron, la duda de las hermanas en cómo recibir a su hermano sobrepasó el dilema de cómo recibir al que lo había devuelto a ellas. No se habrían asombrado más si el mismísimo Rey David hubiera resucitado saludable y alegre, pidiendo posada en su hogar. ¿Quién era ese hombre llamado Jesús? ¿*Quién* era? Aquellas cosas que Marta le había dicho ese día, los nombre y los títulos, ¿las habría comprendido en verdad? Al recordar sus mejillas se ruborizaron: le había ordenado al Señor que hiciera que su hermana se levantara del suelo y la ayudara; luego Él le había enseñado lo que era Su autoridad al hacer que su hermano se levantara de la tumba. Podría desear un maestro dócil que hiciera lo que se pidiera, pero cuando hallas a uno que demuestra que en el Último Día te resucitará, te das cuenta de que no puedes tener ambos.

Cualquier pensamiento lleno de envidia que María hubiera guardado hacia las que tenían la libertad de acompañar a Jesús cuando quisieran – Magdalena, Juana, y las otras – esos pensamientos desaparecieron cuando Lázaro regresó a la vida. Y ahora, mientras estaba de pie en el umbral del salón de festejos, temblando de nuevo, supo lo que tenía que hacer. Se dio la vuelta y fue a su lugar de descanso.

****

Si los discípulos que caminaban con Él habían respondido con temor cuando su Maestro calmó la tormenta, ¿cómo podría responder una mujer sencilla que lo vio levantar a un muerto – su muerto? Su temor, la maravilla que la dejó estupefacta, fue el comienzo de su sabiduría. Entendió a medida que pasaban los días que la palabra *milagro* no era suficiente para describir lo que Él había hecho por ella. Claro, al comienzo había visto las cosas de esa manera. Otros habían sido sanados, su salud, piernas y ojos restaurados; y ahora ella tenía su prodigio – solamente mayor acorde a su necesidad. He aquí la razón por la que ya no estaba celosa de otras: El Maestro había notado su presencia, así como su padre lo había hecho, dándole un regalo para igualar el que antes había dado a Marta cuando ambas eran niñas. Gradualmente pudo entender que la vida después de la muerte no es un simple milagro y que Jesús de Nazaret no era un simple hacedor de milagros – si existiera tal.

Sin entenderlo por completo quién Jesús era, empezó a reverenciarlo. Su temor creció, pero era un temor lleno de amor, una fascinación santa que la atraía hacia Él en vez de alejarla. Ese sentimiento envolvió su interior y empezó a llamarlo suyo. ¿Quién era Jesús de Nazaret? Con que facilidad había pronunciado la palabra *Mesías*, al igual que otros lo hacían, como un anhelo expresado en palabras de un cambio utópico que todos deseaban y esperaban: *Si tan solo pudiera ser rico; si tan solo un amigo llegara al gobierno; si solo llegara el Mesías.* Ahora se daba cuenta que no podía estar más equivocada. El Mesías no era un campeón como Sansón o Jefté. Ciertamente este hombre era El Mesías que venía a cumplir Sus propósitos y actuaba acorde a ellos y no hacía cosas por satisfacer los caprichos humanos o ganar seguidores. El gozo era Su misión y no permitiría que la mera felicidad o algún otro sentimiento frustrara Su victoria. Algo más profundo que sus instintos dijo a María que cada milagro y cada palabra, pequeña o poderosa, sería contestada por este Mesías que no sólo respondía a angustias momentáneas sino también al juicio que cada hombre pasaría por ser parte de un mundo pecador. No respondía sólo a preguntas sino a la vida misma y al hacerlo, llamaría Suyos a todos y esperaría obediencia, la misma obediencia que había mostrado el cuerpo muerto de su hermano. El gran peso de lo que había sucedido en la Casa de Simón el Leproso y la inmensurable grandeza de la obra del Maestro por ella hizo que algo se moviera en el interior de María. Reconocer que Él era de quien proclamaban los milagros sólo dejaba un curso de acción para ella; rehusar a rendirse significaría volver su espalda tanto al milagro como al hombre, porque el significado de uno llevaba inevitablemente a la identidad del otro.

Escondido en un pequeño cubículo en la pared cerca a la cabecera de su pequeña cama se guardaban sus tesoros ocultos. Sus hermanos sabían sobre ello, así como ella conocía los secretos de ellos. Muchas de las baratijas que ella guardaba solo tenían valor para ella. Ningún ladrón les daría importancia. Pero detrás de todos sus recuerdos y oculto tras una piedra y mortero, María guardaba su posesión más preciada. Su padre, Simón el Leproso, a pesar de su pobreza había almacenado fortuna de sus días más prósperos para facilitar la vida de sus hijos cuando se marchara. El tesoro oculto era de su padre y algún día sería para el que tomaría su lugar, a quien se lo daría durante el compromiso de boda. Era un frasco de alabastro, precioso en sí mismo, que guardaba un tesoro que María no tendría la habilidad de canjear. El litro de aceite de nardo sería su dote matrimonial, un poderoso incentivo para que su hermano pudiera sellar un contrato matrimonial y asegurar su futuro. María retiró la piedra, la hizo a un lado y sacó el frasco. Lo desenvolvió con cuidado, quitando la tela que protegía la superficie pulida de cualquier rayadura. María miró el frasco que brillaba a la luz de la lámpara. El alabastro se sentía frío en sus manos temblorosas; era un premio denso y pesado. Después de contemplarlo por unos instantes, pensando en el valor que tenían todas estas cosas para ella, se puso de pie y salió llevando su secreto con ella.

Oración: Señor Jesús, perdóname por tratar de usar Tu poder para hacer mi voluntad. Dejaré de minimizar Tu Señorío en mi vida, y buscaré aceptar Tu voluntad. Guíame con Tu Verdad a ese lugar donde la búsqueda de felicidad se hace a un lado para recibir el gozo que tienes para mí, y por medio de Ti, gozo para otros. ¿A quién tengo en el Cielo sino es a Ti? La Tierra no tiene nada que deseo tener aparte de Ti. Amén.

Día Cinco

Marta servía los alimentos en el lado más alejado de la mesa cuando María entró. Los hombres estaban ocupados comiendo y hablando. Lázaro no pareció notar la llegada de la joven hermana. Ella no les había comentado sus planes a sus hermanos. En otros tiempos, ellos de seguro la habrían persuadido, pero con todo lo que había pasado, ¿quién sabe qué dirían ahora? No importaba. El que hubiera ocultado sus intenciones no estaba relacionado con que ellos lo aprobaran o no. Su propio corazón, palpitando en el pecho, la preocupaba lo suficiente. Además, la clase de devoción que la movía venía de un lugar que no es fácil de explicar a otros. Ella había decidido algo y ese compromiso la obligaba; los gestos ya no eran suficientes.

María sostuvo el alabastro en una mano y lo tomó por el cuello a través de la tela con la otra mano. Este era un punto sin retorno. El frasco y todo su contenido eran considerados un lujo extravagante. Una vez que se lo abriera ya no podría ser preservado y el usuario debería usarlo todo, ostentosamente, de una sola vez. Frunció los labios y sintió, más que escuchar, que la piedra tallada y frágil de la tapa se desmoronaba en sus manos. Para todas las veces que había admirado el frasco y soñado con el cumplimiento de su función, se sorprendió de lo fácil que cedía en sus manos. Mientras se acercaba al Señor le parecía que no podía respirar. *Valor*, se dijo a sí misma. Se detuvo tras Él. Las conversaciones seguían en el salón, pero para ella parecía estar en un silencio, tal que podría escuchar su propio pulso en los oídos. Se percató que Lázaro notó su presencia y que Marta dejó de moverse entre invitado e invitado, pero todo lo vio en segundo plano. Lo único que ella podía ver era la visión del aceite cayendo sobre el cabello del Maestro, resbalando por Su cabeza en toda dirección, como si tuviera vida misma. Lo había hecho. El Rey, el Hijo de David, había sido ungido. Nadie se movió o habló. Jesús pareció inclinar la cabeza ligeramente hacia la derecha, hacia ella, mientras el aceite se deslizaba sobre Su frente.

Había demasiado aceite en la cabeza del Maestro, pero la voz interior de María le urgió: *Viértelo todo. Dale todo o no le habrás dado nada.* María había dado más que el perfume al responder a la declaración no hablada del Rey: Él era el Soberano y ella era Su sierva. María había dado la respuesta correcta: al rendirse a Él lo había reconocido y había declarado quién era Jesús.

María se volvió y se arrodilló, casi desmayándose como lo había hecho el día que casi acusa al Señor, aquel día en que Él reveló Su gloria. El asombro inicial de su propia acción la había llevado a tener conciencia plena; sabía que los murmullos y movimientos a su alrededor eran por el espectáculo que acababa de dar. De verdad, la hija de un leproso conocía lo que era tener miradas llenas de juicio sobre ella. Nuevamente frente a ella los pies descalzos del Señor descansaban juntos tras Él mientras se inclinaba hacia la mesa.

¿Cómo puede uno tocar al Cordero de la Pascua? ¿Se hace a un lado porque está condenado? ¿Lo mimas como si fuera una mascota o le das de comer exquisiteces como si viera el mañana? No, si te acercas lo haces sabiendo lo que sufrirá por ti. María intuía estas cosas, pero no las entendía. Algo más allá de su comprensión la motivaba y cedió. Nadie aparte de Jesús sabía que Él era el Cordero. María era la única en ese lugar que lo intuía, pero no lo comprendía. Lo que sí entendía era que la única acción correcta hacia el Rabí que levantó a su hermano de los muertos era dar su propia vida. Una cosa era probar que merecía una noble demostración al salvar a otro de un desastre. Si el Maestro hubiera venido y sanado, ¿qué obsequio podría pagar lo que Él hizo? Pero Jesús le había enseñado que la sabiduría radica no en el vano intento de evitar la tragedia, sino en el misterioso poder de redimir la vida a través de ella. Esta verdad estaba incluida en cada decisión incomprensible que Él tomaba, en cada parábola que hablaba, en Su mera persona. Verdaderamente lo aplicaba a Su propia vida. El Maestro había demostrado ser merecedor no solo del honor de Sus discípulos, sino también de la locura de ella. María necesitaba bendecir tanto la realeza de Jesús como humildad.

Ella volcó el contenido del alabastro hasta la última gota sobre los pies ante ella. Alguien jadeó. María dejó caer el frasco inútil al suelo, ya olvidado. Ahora terminaría su adoración. Agachándose, ella agarró su pañoleta y se quitó su dignidad; echándola a un lado reveló su cabellera, y entonces, como cascada oscura, ella dejó caer su gloria. Se convirtió en esclava e hizo de sus cabellos un paño para el Señor para que Él disfrutara de la riqueza debida a Su majestad y no se sintiera agobiado por sus excesos. El olor que provenía de la exquisita fragancia parecía provenir del mismo Mesías. Sin duda, Jesús era el Bálsamo de Galaad.

María completó su adoración y abrumada permaneció inclinada con un sentimiento de vergüenza que la embargaba; no era por su extravagancia o falta de decoro, sino que se percató que todo eso podría no ser suficiente. Seguramente nunca sería suficiente. Cualquier simulación de valor, equilibrio o autocontrol la abandonaron. María había demostrado su fuerza al rendir todo poder frente a los poderosos. Pero Dios da Su gracia públicamente, en presencia de los desconocidos, invitando a los insensatos a burlarse. Lo hace así porque el alma solitaria que responde llena de gratitud vale el precio pagado por Él al recibir abuso de los muchos. Instintivamente María había seguido ese ejemplo, contando esa historia por su autohumillación pródiga.

Como si hubiera estado planificado, el diálogo del drama surgió, pero no vino de Jesús.

—¿Por qué el desperdicio?—dijo una voz enfurecida. La habitación se agitó. María no podía levantar su cabeza; su frente permanecía inapropiadamente cerca del talón de Jesús, pero ella reconoció ese acento de Judea como el de Judas Iscariote, el único de los doce discípulos que no era galileo.

—¿Por qué? ¿Por qué?—balbuceó irritado—Esto pudo venderse por trescientos denarios. ¡El salario de un año! ¡Pudo darse a los pobres!

Murmullos de aprobación se escucharon a través del lugar; Judas parecía tener simpatizantes y se unieron a su queja. Tan obvio como el cielo sobre ellos, la pobreza de Betania era conocida, y María había desperdiciado lo que habría llevado alivio a muchos de sus vecinos. Su propia familia tenía tan poco y el alabastro de perfume podría haber levantado algo la carga sobre su familia. Si ella pensó en gastar su dote, ¿dónde estaba la preocupación por los suyos?

María se escondió detrás del Señor sintiéndose muy insignificante. Por un instante su mente dudó. Quizás se había equivocado, quizás había hecho mal, pero esa decisión había sido tomada en su corazón unos días antes. La seguridad siempre acompaña un acto osado cuando hay una conciencia en paz. Sus ojos se llenaron de lágrimas. ¿Quiénes eran ellos para hablar de *desperdicio?* El regalo debía trascender las preguntas sobre pobreza y riqueza porque *nosotros* somos el pago, *nosotros* somos el precio por Su gloria en nuestro medio. Nada se le puede quitar al adorador que todo lo da. Y nada se le negará al que da de su pobreza para el que la riqueza es un pensamiento secundario. Si la muerte no lo puede resistir, ¿Qué es la carencia? ¿Qué es el futuro? Con la respuesta que recibió su alma, ella podía dar no solo su riqueza sino su propio ser, su vida y sus temores.

—Déjala en paz.

El Maestro habló con la mitad, no, con una *fracción* del volumen de la voz de Judas, pero de alguna manera Su indignación, cual trueno, llenó la habitación y calló a todos. María levantó el rostro y vio a Jesús mirándola a ella en vez de a sus detractores. En Sus ojos había admiración, lo que la hizo sentirse pequeña, pero en una manera maravillosa que le daba seguridad eterna. Jesús sabía quién ella era y al reconocerla le dio a entender que Él sabía que *ella reconocía quién era Él.* Su deferencia era la recompensa de María. Una vez más Jesús había declarado que lo que María había escogido no podrían quitárselo.

—¿Por qué la molestan? Ella hizo algo maravilloso por mí. Me ha ungido antes de mi entierro. A los pobres siempre los tendrán, pero no a mí. Ciertamente, lo que ella ha hecho será proclamado dondequiera que se hable de las Buenas Nuevas, en todo el mundo, como testimonio.

Oración: *Señor Jesús, elijo quebrar el frasco de alabastro de mi vida y verter la pobreza de mi ser a Tus pies como si fuera riqueza. Elijo, pero no tengo la habilidad para cumplir con mi elección. Señor, convierte mi debilidad en fortaleza. Confío en Tu amor por mí, que mirarás lo que Te ofrezco con ojos de misericordia. Tú defenderás mi corazón de las voces que me avergonzarán, y harás que Tu aceptación entre en mi ser, y cambien quien soy para poder descansar en Tu presencia. Amén.*

Tiene preguntas y desea profundizar su comprensión y aprecio de esta historia de María de Betania? Hay más que leer desde la página 208 en el epílogo de este libro.

NOCHE

Judas Iscariote

Mateo 26:14-16; Marcos 14:10-11; Lucas 22:3-6; Juan 13:2-30

Día Seis

Judas tenía clavada la mirada en los huertos de olivos del Valle Cedrón. Aunque miraba a los peregrinos bajando por la colina hacia Jerusalén, le daba igual como si lo que viera fuera un desierto desolado, tanto la ira en su alma lo consumía. Así es, Judas estaba enojado pero su furia era fría e intensa, no agitada como lo que mostraban sus compañeros. Si Simón hubiera estado así de enojado habría dicho alguna grosería para luego, lloriquear por ello como un perro, apenas una hora después. Judas se enorgullecía de tener un temperamento más calculador, un temperamento que le permitía ver las cosas claramente y le llevaba a tomar decisiones frías de las que no se arrepentía más tarde. Mientras su mirada descansaba en el monótono avanzar de los devotos, la decisión de su vida le rodaba por el pecho.

Tenía derecho a estar ofendido. Lo tenía. El Maestro lo había reprendido frente a los otros, menospreciándolo por el bien de una mujer. ¿Por qué le confiaba las finanzas si no podía hablar la verdad sobre el uso correcto de aquel tesoro? Judas Iscariote no era una simple bestia de carga. Él tenía dignidad y un aprecio alto por sus propias habilidades. Hasta el Maestro en sus mejores momentos habría estado de acuerdo, pero Judas recibió otras palabras y acciones como pago por su leal servicio: Había sido regañado y silenciado en presencia de otros, todo por culpa de la adulación de una mujer. Como era su costumbre, el Maestro había continuado con otros asuntos como si hubiera olvidado el incidente, continuando las enseñanzas y mostrando benevolencia. Pero Judas no lo iba a olvidar. No esta vez.

—¿Puedes verlos, Judas?

Se sorprendió un poco, como si sus pensamientos pudieran ser escuchados por aquellos que se acercaban. Eran Felipe y Andrés.

—Ah, no, todavía no— disimuló contestando el saludo como si hubiera estado esperando a los peregrinos. —Pero…

—¡Miren! ¡Ahí!

Apareciendo tras los arbustos y caminando en contra del flujo de personas llegaron Simón y Juan. Halaban un borrico con una cuerda. Andrés levantó la voz y recibió respuesta. Él y Felipe empezaron a descender, pero lo pensaron mejor y corrieron hacia los otros. Judas se levantó.

Sí, pensó, regresen a su amo. Traían el borrico para *él*. Los hombres se alejaron de la multitud, subiendo la cuesta hacia Judas. Pero él era un hombre solitario. El enojo que había ocultado por decoro volvió a surgir. En circunstancias normales esa extraña emoción rara vez escucha a la razón, pero la suya era como una bestia indomable. La lucha entre la convicción sincera que había pasado años junto a un gran hombre (el más grande de los hombres) y la clara visión del amor sin egoísmo de ese hombre, y la sospecha que todas las habladurías del Mesías se le habían subido a la cabeza. La segunda voz nunca había discutido con la primera porque de seguro jamás habría ganado la discusión. Simplemente había hablado primero y más fuerte. Ahora, todo lo que permanecía en el campo de batalla de su alma eran preguntas que iban y venían como mercenarios: *¿Quién se cree que es? ¿Hacia dónde te ha llevado? ¿Qué tendrás al final? ¿Cuál es tu próximo paso? ¿Qué pasará contigo?*

La nube interior no se parecía en nada a una cuidadosa meditación; las preguntas no buscaban respuestas verdaderas. Ningún análisis del pasado o del presente se movió dentro de Judas. Su pensar reflejaba el cambio ocurrido en él después de ser regañado durante aquella cena del Sabbat. Se sentía insultado, pero detrás de eso estaba la verdadera raíz del asunto: Las palabras del Maestro iban más allá de la simple defensa de una mujer emocionada. El Rabí galileo había dicho algo. No, eso no era correcto. El Rabí había declarado y había dado una enseñanza intencional. Tal vez los otros no lo habían entendido, pero Judas sí. Después de todo lo que habían pasado, después de todo lo que habían sufrido juntos, había una figura, un enfoque, una lumbrera adorada – y por lo tanto solo un beneficiario – entre ellos. Esa conclusión se estrelló con las motivaciones fundamentales de Judas y lo hizo enojar mucho. Y como todo hombre enojado, sus perturbadores pensamientos no ayudaron a iluminar su corazón.

A pesar de ello, como una hora después, Judas se halló aclamando junto a los otros, cuando para él no había nada que aclamar. Antes, la multitud lo habría hecho sentir cómodo, el ser parte de algo más grande que él mismo, que lo llevaría a otro lado: Una ideología con posibilidades y un futuro. Ahora, soportaba los hosannas con una sonrisa falsa que podía haber sido tallada por el filo de una daga, mientras las preguntas maliciosas continuaban atormentándolo.

Pero no siempre había sido así.

****

Así como muchos, Judas empezó el viaje lleno de idealismo y esperanza. Sucedió que en un viaje de compras en Galilea había escuchado al joven rabí nazareno y decidió seguirlo con fidelidad. Al ser de Judea, Judas poseía una personalidad más cosmopolita que los otros discípulos. Tenía más experiencia en las ciudades del sur, especialmente en Jerusalén, pero no era presuntuoso. Le agradaba la compañía y era bueno manejando dinero, lo cual había aprendido de su padre. Nadie pudo entender los motivos por los que el Maestro lo había elegido. Pero Judas mostró fe y fervor desde el comienzo; los otros no se sorprendieron de que fuera incluido en los doce, al igual que lo había sido el zelote, el recaudador de impuestos, o cualquier otro candidato improbable en ese grupo. En la práctica, la aceptación había sido generalizada. Fue testigo de las enseñanzas, los milagros, y el aumento en el número de seguidores del Maestro. Judas creía que el Reino había venido, o que vendría pronto, y que había sido escogido para presenciarlo y predicarlo de primera mano. Pronto asumió el rol de tesorero, recibiendo las ofrendas, pagando impuestos, y bajo ciertas circunstancias, ofrendando a los pobres. Cuando el Rabí los envió de dos en dos, él fue, hizo el trabajo, y ministó con autoridad y poder. Judas era un apóstol en verdad.

Nadie sabrá cuándo las cosas empezaron a cambiar para él. Ciertamente le agradaba la atención de las multitudes, pero ¿no era así con todos? Como uno de los Doce, en medio de los cientos y a veces miles de personas, su fama lo llevó a un puesto prominente que le quitaba el aliento; Judas nunca se imaginó ser reconocido entre tantos extraños. Pero a medida que pasaba el tiempo, su gozo al ver que otros se deleitaban en el Maestro, la simple satisfacción de traer otros a él, sufrió un cambio sutil. Las personas lo miraban con ojos llenos de ruego por tener acceso al Sanador, y luego le agradecían múltiples veces por cualquier cosa que hacía para que ellos se acercaran. Judas lo disfrutaba. Disfrutaba la sensación intoxicante al recibir un pago por dejar que se acercaran para ver cara a cara al Señor. La popularidad del Maestro lo había hecho popular a *él*. ¿Y los pobres? Judas nunca se sintió tan bien como cuando distribuía regalos. Se sentía importante y poderoso, asegurándose que todo fuera justo y apropiado. Sentía la aprobación cuando ellos se marchaban aliviados y a paso ligero. De seguro que su servicio hacia los demás y a ellos mismos, justificaba que se prestara unas monedas de vez en cuando. Ese era el poder del tesorero.

Para el ojo común, Judas era igual a los otros discípulos. Tenía dificultades como los otros discípulos, se alegraba con sus triunfos, y al igual que ellos se hacía preguntas sobre el comportamiento y profecías misteriosas del Maestro. Su comportamiento y reacciones eran iguales que las de sus hermanos. Mientras las multitudes festejaban con el maná milagroso, el alma de Judas tenía hambre. Exteriormente era igual que los otros once, pero por dentro había caído en un juego de comparación, análisis, y predicción. Simón cedía cuando lo reprendían, y todos fruncían el ceño ante las palabras de cargar su propia cruz, pero el temor de Judas tomaba otra forma. ¿En qué iba a terminar todo esto? Para cuando llegaron a Jerusalén esa semana, toda conversación de peligro y los eventos ocurridos en Betania habían conspirado para crear una atmósfera de expectativa que era única para los discípulos, que creían ya habían visto todo. Judas que ahora poseía una mentalidad de *el ganador se lo lleva todo*, también sintió el cambio y se preguntó si podría sobrevivir a aquello.

Oración: Señor Jesús dame el mismo poder de Tu Espíritu Santo para estar prevenido. Te hiciste humano como yo, pero también eres el Único Hijo de Dios. Ayúdame a resistir la tentación de sentirme demasiado cómodo contigo, de tratar Tu gloria como algo común y caer en la trampa sutil de beneficiarme egoístamente de la asombrosa verdad que me has redimido enteramente por Tu gracia. No permitas que pierda mi asombro por Ti. Amén.

Día Siete

Era la tarde del tercer día de la semana, dos días después que el Maestro hiciera su gran entrada a la ciudad rodeado de los gritos de—¡Hijo de David!—Eso no les había agradado a los líderes, pero el Maestro continuaba como siempre con sus grandes ilusiones insensatas. Ayer había destrozado las mesas de los cambiadores y de los que vendían los animales para los sacrificios. A decir verdad, todos esos comerciantes que ocupaban el patio trabajaban para los sacerdotes. Y el Maestro continuaba sus desafíos hoy. Ahora, en medio de una multitud y frente a ellos, había humillado a sus rivales parábola tras parábola. No se calló sobre los asuntos más álgidos, ni por temor, ni por respecto, y Judas se preguntaba, qué esperaba Jesús lograr por ese espectáculo. Después de regañar a los saduceos, los ojos astutos de Judas se percataron algo.

Mientras que los otros discípulos atendían a las multitudes, que se acercaban más después de ver a los sacerdotes huumillados, Judas se alejó para observar a los perdedores con el rabillo del ojo. Estaban reunidos en círculo, y aunque él no podía escuchar sus palabras, podía leer sus rostros. Ya no había resoplos ni gesticulaciones furiosas, ni los casi cómicos argumentos acerca de las palabras que debieron haber dicho, y quien debió decirlas. Judas ya había visto esa reacción en los fariseos, pero ahora no lo hacían. En lugar de eso, podía ver en ellos un odio frio y decidido. Estos hombres comprendían que perder ante un rabí campesino significaba perderlo todo. Y los sacerdotes nunca perdían – *nunca*.

Algo cobró sentido dentro de Judas. Era una sensación extraña comprender lo que esos hombres estaban sintiendo. Así como lo había hecho con Judas, este joven predicador había llegado y había tomado algo de los sacerdotes para reclamarlo como suyo. Su preeminencia, su ganancia significaba una pérdida para los religiosos, y al igual que Judas, los sacerdotes no iban a descansar hasta que las cosas volvieran a ser como antes. Siendo de la ciudad al igual que ellos, Judas sabía que el asunto no iba a terminar allí. Rápidamente miró los rostros de los sacerdotes que susurraban y luego miró el del Maestro. La reunión improvisada de los sacerdotes terminó con una mirada pensativa hacia el enemigo y se marcharon. En un instante, Judas sacó cuentas como cuando un niño cuenta monedas en la palma de su mano. Sí, el momento de claridad para Judas había llegado.

¿Quién ganaría esta guerra? ¿Quién sería victorioso? ¿Serían los sacerdotes, con todo el poder de la nación tras ellos y su complot con la poderosa Roma? ¿O sería este itinerante predicador galileo con sus pescadores, sus viudas, y sus huérfanos, siguiéndolo en las calles? Judas miró tras los pilares, a través del atrio y hacia la fachada del Templo, que brillaba bajo el sol que lo enceguecio por su brillantez. En pocas palabras, Judas tenía su respuesta.

Ahora, ¿qué debía hacer? Bueno, Judas no era ningún tonto. El tiempo para el cambio había llegado. Para sobrevivir debía distanciarse de lo que causaría ruina, y por la apariencia de las cosas sería más pronto que tarde. Había tenido una buena experiencia, pero ya había terminado. No valía la pena desperdiciar minutos filosofando sobre los altos y bajos de la vida. El tiempo era corto, y utilizarlo bien era crucial. La verdad era que él podía alejarse antes que las cosas se pusieran feas. Podía anticiparse y actuar para salvar su vida, eso se llamaba sentido común. ¿Quién podría culparlo?

La pregunta era si podría hacer algo mejor.

¡Ajá, los sacerdotes! Sí, la soga se ponía en el cuello y era inevitable. Ellos tendrían su premio, reclamarían su honor, pero les faltaba algo que necesitaban. Judas miró fijamente hacia la multitud; era casi imposible verlo con todas esas personas rodeándolo. ¡Cierto! Esas multitudes eran frustrantes porque formaban un escudo alrededor del hombre. Los sacerdotes ya no estaban a la vista, pero si tan solo pudiera hablar con ellos, cara a cara…supo que tenía algo que ellos querían y necesitaban – algo que solo alguien de adentro podía darles. Un intercambio, un *quid pro quo*. Sí, Judas podría alejarse con algo más que su libertad y un buen nombre cuando todo se derrumbara. Mientras tuviera algo con qué negociar no solo reduciría sus pérdidas, sino que tendría algo de ganancia por tomarse la molestia. ¿Por qué no habría de revertir la situación, adquirir un poco de seguridad en medio de algo que seguro caería por su propio peso? A esto es lo que Judas llamaba astucia.

Así que esa tarde cuando todos partieron hacia el Monte de los Olivos, Judas esquivó al Maestro e inventó una excusa respecto a su tarea de tesorero, y se perdió entre la multitud. Una pregunta, una solicitud, y un llamado a la puerta fue suficiente para que se hallara en los pasillos que pocos ojos habían visto antes. Los escoltas lo llevaron hacia una habitación, y lo hicieron esperar solo mientras continuaron a otro cuarto. Cuando el mismo sumo sacerdote salió, acompañado de otros religiosos importantes, los nervios de Judas casi lo traicionan. Sabía que ellos querían lo que él tenía para ofrecer, pero no sabía que lo ansiaban tanto. Recordó que su padre le había enseñado que las negociaciones exitosas dependían de la confianza en sí mismo, así que tragó en seco mientras Caifás se sentó, arregló sus vestiduras, y alzó su mirada, considerándolo con interés cauteloso. Tartamudeando un poco, Judas empezó su propuesta.

Al final no tuvo que dar demasiadas explicaciones. Los sacerdotes lo comprendían tanto como él los comprendía a ellos. Parecía que lo habían estado esperando. ¿Acaso había perdido su oportunidad? No. Judas había llegado en el momento oportuno. Los puntos de encuentro y agentes del Templo se pusieron en marcha. Oh, la intriga. Era emocionante ver a estos hombres poderosos e intocables pedir su opinión y luego consultar entre ellos las respuestas que él les daba. La transacción tenía un pequeño detalle faltante: Nadie mencionó lo que harían con Jesús una vez que Judas lo entregara. Pero ¿quién pregunta al comprador cómo usará los bienes que compra? ¿Qué vendedor pone cláusulas? Además, el dinero que recibiría, una recompensa tentadora, un diezmo de lo que había sido desperdiciado en los pies de Jesús, hablaba más sobre la codicia de Judas: La Torá dictaba que el rescate por un esclavo era treinta monedas de plata. El metal se sentía frio en su piel mientras contaba las monedas. Los sacerdotes esperaron pacientemente mientras las monedas resonaban en la habitación. Todo estaba en orden. Trato hecho.

Judas los dejó y se sintió libre por primera vez en años. ¿Cómo se atrevieron ellos, los Doce? ¿Juzgar a Israel? Era absurdo, pensó mientras lleno de euforia sentía el peso de las monedas contra su costado. Solo un hombre puede gobernar a la vez. Ahora debía pensar en un futuro más real. Treinta piezas eran suficientes para empezar de nuevo. Pero primero debía, no...sí...debía entregar... Un túnel se cerró sobre él mientras salía por los portones de la ciudad. Sintió que podía ver el final, el cumplimiento de su tarea, la tarea por la cual había recibido tan buena paga anticipada. No podía ver más que eso.

****

Judas Iscariote, como toda persona, pensaba muy bien de sí mismo. Se imaginaba a sí mismo como una persona cuya compañía desearían otros, un hombre cuya estima seguramente buscarían las personas dignas. La adulación de las multitudes, las personas que tocaban su mano para ganar su favor, los pobres entendiendo que él era la fuente; todo tenía sentido para Judas. Él era un tipo al que valía la pena conocer. Y en aquellas ocasiones en que no pensaba bien de sí, interiormente y a lo profundo sí lo hacía. Cualquiera fuera el caso, esta no era una de esas situaciones. Confiaba en su propio plan, aunque su proceder sería una necesidad desafortunada. Su astucia había destacado la sutileza de su carácter, lo hacía sentir superior a aquellos que no habían recibido mucha educación - los campesinos galileos incultos con los que se había asociado durante los últimos años. Ellos no lo habían conocido y tampoco el Maestro lo había hecho. Judas estaba más adelantado de lo que ellos podrían comprender y se sentía orgulloso de ello. Sí, Judas era un personaje complicado y enigmático. Él desconcertaba, así como Esaú quien entregó su primogenitura por un guiso; era tan misterioso como una palabra grosera dicha en un idioma extranjero; era tan profundo y complejo como las raíces de la maleza creciendo desde el estiércol. Al hacer lo que confundiría y angustiaría a sus hermanos, Judas había cedido, no a lo intrigante e impenetrable, sino a lo simple y predecible. Lo que había hecho era por arrogancia, cobardía y dinero. Lo que hizo Judas fue por Judas.

Oración: *Señor Jesús, líbrame de los enemigos más oscuros de mi alma: mis artimañas y astucia. Esa "sabiduría" nubla mi corazón, distorsiona mis pensamientos, y oculta Tu gloria de mis ojos. Ayúdame a no conformarme con la insulsez del orgullo, y dame Tu corazón para no descansar hasta obtener, por Tu gracia, la grandeza de una opinión modesta sobre mí mismo. Que nunca Te traicione, mi Señor. Amén.*

Día Ocho

¿Por qué se tomó Judas la molestia de cenar una vez más con sus compañeros apóstoles? Pues, para asegurarse de cumplir su trato. Debía estar cerca del Maestro el mayor tiempo posible para tener la certeza de informar a su patrón la ubicación de Jesús. Con el dinero en su mano no podía darse el lujo de echar a perder los planes. Para ser sincero, Judas estaba bastante seguro del lugar al que irían después de terminar la comida. El Maestro tenía sus hábitos y Judas ya les había dicho a los sacerdotes todo lo que necesitaban saber. Quizás la explicación más sencilla de la asistencia de Judas a la cena era que el engaño se había vuelto un estilo de vida para él. Todo lo que hacía y todo lo que percibía surgía de un corazón enredado. Hoy sería la noche en que completaría la actuación que había perfeccionado a través de la práctica.

Habían celebrado la Pascua juntos antes. Los rituales empezaron como siempre lo hacían. Sorprendentemente, el Maestro lo había sentado a él en un sitio de gran honor – a su lado. Exceptuando el nerviosismo por las cosas que estaban sucediendo, Judas lo aceptó de buena gana y confió en sus instintos. *Tal vez el Maestro quiera hacer arreglos por el desaire que me hizo en Betania,* pensó. El Maestro empezó sus palabras con mucha emoción, exhortando a sus discípulos con dramatismo. Todos lo escucharon con atención mientras Judas observaba todo. Fue entonces que las cosas tomaron un giro inesperado.

El Maestro se levantó de la mesa y se desvistió. Vestido cual esclavo y con una toalla y vasija empezó a lavar los pies de los discípulos, uno tras otro. Simón, siempre tan dramático, protestó y el Maestro le dio una respuesta sabia. Los pensamientos del traidor viajaron a lugares oscuros, y la ambigüedad de la instrucción dada al pescador para que se sometiera no pasó más allá de lo superficial para Judas. Pronto sería su turno. Cuando el Rabí se arrodilló en el suelo como lo había hecho con los otros, la piedra que era su corazón se sobresaltó como si estuviera haciendo una súplica antes de quedarse quieto. Sí, Judas había aprendido a dominarse. Había entrenado su oído con maldad calculadora hacia esa voz que no era viva ni muerta. Así que cumplió su papel, tal como lo habían hecho los otros, sin decir una palabra mientras el desinteresado y verdadero Rey lavaba los pies del hombre vil, mentiroso y completamente falso. Judas se juraba que aún casi una semana después, podía oler el perfume del aceite vertido sobre la cabeza del Maestro. Por su lado, Jesús lo trató como trató a los otros, lavando con cuidado sus pies polvorientos hasta que estuvieran frescos y listos para andar en el camino escogido.

El Maestro se vistió y ocupó nuevamente su lugar retomando la enseñanza. *¿Sabéis lo que os he hecho?* Judas se mostró tan enfocado y pensativo como pudo mientras Jesús hablaba sobre su hermandad. ¿Cómo terminaría esto? Pensó en los sacerdotes y sus secuaces, y dónde esperaría a Jesús. *No me refiero a todos...conozco a los que he elegido.* Los oídos de Judas se pusieron atentos. *Pero esto...para cumplir lo que está escrito...*Ah, más boberías mesiánicas. *Aquel que come mi pan ha levantado su talón contra mí...*

—Les digo la verdad, uno de ustedes me traicionará.

Eso fue inesperado. El comentario causó caos en la habitación. Los discípulos semiraban uno a otro, y luego uno a uno preguntó, *¿Soy yo, Señor?* Judas respiró profundamente mientras las preguntas volaban y le pareció ver a Simón señalando con Juan, quien estaba reclinado al otro lado del Maestro. Más susurros, ahora por Juan, pero debido a las otras conversaciones, Judas no los pudo escuchar.

—Al que le he dado el pan remojado— fue dicho a Juan—. El Hijo del Hombre se irá como está escrito, pero ¡ay de aquel hombre por quien es entregado! Sería mejor que no hubiera nacido.

El dolor en esa voz no tenía fondo. A pesar de que Judas ya tenía otro maestro, una parte de él se sentía comprometido hacia el que le había enseñado tanto. Y sólo él se había diferenciado de sus condiscípulos al no exonerarse por medio de una pregunta; se había convertido en el centro de atención.

—¿Acaso soy yo, Rabí? — preguntó tardíamente.

Su actuación era hasta el final. Podría haber estado en un escenario recitando un guión por la manera en que pronunció la pregunta, fría, seca, y obligada. Jamás se habían pronunciado palabras tan despectivas. Judas había llegado a despreciar al Maestro y Sus discípulos, pero no de la manera en la que hacían los sacerdotes. Ellos eran hombres poderosos que odiaban a su rival porque lo veían como una amenaza. Judas los despreciaba como un orgulloso desprecia a un don nadie que pasa a su lado. Su desdén era el de un soldado que mata a su enemigo mientras duerme; era el desprecio de un ladrón hacia una víctima ciega. A pesar de la alta opinión que tenía de sí mismo, y de todo lo que había maquinado, no se daba cuenta que era como un insecto sobrevolando la mesa tratando de no ser detectado. El Maestro no lo conocía, de eso estaba convencido, y pronto llegaría aquel fatídico Día en que el Hijo del Hombre haría esa misma declaración ante la única corte que importaba.

—Lo dices tú— fue la callada y herida respuesta de Jesús.

El Maestro estiró la mano, tomó el pan, lo remojó en el plato, y se lo ofreció a Judas, hijo de Simón Iscariote. Era un honor único.

Judas había sido un gran hombre en su día. Lo habían llamado así por el patriarca y el héroe, y una vez fue bueno. Había recibido un don, el don sobre todos los dones, envidiado por muchos en ese día. Vio lo que muchos profetas y hombres santos habían soñado y esperado, pero tropezó en la Piedra de Tropiezo. Al igual que ellos, vanamente creyó que todo lo que ocurría, su conspiración entera sucedía porque él la había ideado. Pero no era así. Al escuchar y entonces llegar a ser una mentira, se había convertido en un títere, no solo de sus deseos o del hambre de poder de Caifás, ni siquiera era títere de la oscuridad que lo había envuelto y vivía en él. Era un títere de la Sabiduría que lo observaba y que manejaba todo de acuerdo con Su propósito. Y en nadie moraba esa Sabiduría tan bien como en el

Nazareno cuya presencia reducía y revelaba a todos quienes eran en realidad.

Frente a él, en la mano del Maestro a pocas pulgadas de su rostro, la decisión de Judas lo esperaba. ¿Acaso ya había pasado la última oportunidad? Estaba siendo honrado frente a sus hermanos. La oscuridad le urgía que tomara una decisión; tenía otros lugares donde ir y otras cosas por hacer.

Aceptando el bocado, los dedos de Judas rozaron los del Maestro. Como Uza, como Nabal, no lo pensó dos veces. Algo apagó sus sentidos mientras comía el bocado; el remanente de su conciencia se calló.

—Lo que harás, hazlo rápido— dijo Jesús con una voz más fuerte que la que había usado aquella noche, y que usualmente reservaba para…

Judas se levantó obedientemente. Obedeció más rápido que nunca. Lo que lo mantenía cautivo no tenía poder sobre esa voz. Mientras los otros los miraban confundidos, Judas recogió su bolsa, y se apresuró a salir.

Ya era noche.

Oración: Señor Jesús, Te arrodillaste frente a mí, descubriste Tu pecho y con toalla en mano lavaste mis pies. Cuando Te miro, quítame este corazón de piedra y pon en mí un corazón de carne. Que Tu naturaleza obre en mí para que toda vanidad y desdén no hallen lugar en mi vida. Sé que al final debo obedecer una palabra sobre la otra. Que no haya otra voz más que la Tuya bendiciéndome. Amén.

Si desea comprender más sobre el personaje de Judas Iscariote y por qué se ha presentado así, puede leer desde la página 214 en el epílogo de este libro para informarse mejor.

Parte II

Prócula, Esposa de Pilato, Petronio el Centurión, y Demas el Criminal

Digno es el Cordero que fue muerto…

~Apocalipsis 5:12

EL SUEÑO

Prócula, Esposa de Poncio Pilato

Mateo 27:19

Día Nueve

Prócula vagó inquietamente a lo largo de la columnata, deteniéndose en las sombras de las barras que el sol enviaba a través de la plazoleta. A pesar de que los sirvientes y los soldados ocasionalmente interrumpían la quietud del lugar, apresurados por terminar las tareas del día, ella continuó buscando la cómoda soledad en medio de la enormidad que la rodeaba. La plazoleta estaba adornada con pasto y árboles y decorada con magníficas estatuas y fuentes, y embellecía las dos grandes casas que estaban una frente a la otra en sus extremos norte y sur. Arboledas y jardines con fuentes se extendían interminablemente a lo largo del mármol que mimaba sus sandalias, los colores verde oscuro y olivo de las plantas se desdibujaban hasta ser borrosas contra los grises de la mampostería. El palacio de Herodes el Grande se erigía como un testamento de la grandeza y el genio de su arquitecto y constructor.

— Esa es la riqueza— pensó ella—y también el rango y el estatus.

Era una muestra de lo que ella y cualquier mujer de la nobleza aspiraba. La diferencia entre ella y las otras era que ella ya lo había alcanzado. Aquellos eran los pensamientos de la esposa del prefecto esa tarde de primavera.

Estas reflexiones no ocupaban un lugar principal en su mente, al menos ya no. Más bien se habían convertido en el trasfondo de su existencia, como un escenario de teatro donde cada actor desempeñaba varios papeles. Parte de su ensueño procedía del hecho que su esposo había sido laureado y enviado para ser la voz de Roma donde habían trabajado con gran esfuerzo debido al clima político que reinaba. En Roma ella había sufrido con cada revés y se había deleitado con cada éxito que acompañaba el ascenso político de su esposo. De alguna manera, ella consideraba un logro personal el haber llegado a esa posición, y esperaba que nunca se termine. Se repetía a sí misma que habían alcanzado la estabilidad en este puesto político superior. Esta confianza le daba otra razón para ser complaciente: Prócula había empezado a creer en el papel que desempeñaba en esta obra teatral, tomando su lugar, el papel más envidiable que interpretaba.

Sin embargo, última e inexplicablemente de una manera particularmente irritante ciertos pensamientos empezaban a surgir en su conciencia. Era una desazón, un malestar que la angustiaba por las preguntas que se hacía. ¿Por qué ahora y aquí? Ella no se lo podía explicar. Tal vez era que extrañaba al hijo que habían dejado en Cesarea, quien ahora, por su edad se hubiera convertido en su compañero. Quizás eran las masas de judíos, cuyo bullicio podía escuchar levemente tras los muros, que colectivamente esperaban una visita divina durante la Pascua, y creando un aire de expectativa que contagiaba a todos los que visitaban aquel exótico lugar. Prócula se percató de la ferviente anticipación que existía ese año, y días atrás había sido testigo de la escandalosa aclamación de la multitud cuando uno de sus profetas entraba en la ciudad. Al vislumbrarlo a la distancia, montado sobre una pequeña bestia en medio de una nube de polvo y de las ramas que se sacudían, el extraño espectáculo le fascinó tremendamente. ¿Qué clase de poder atraía a las personas de aquella manera? ¿Qué poder moraba ahí que ella no conocía y que podía alterar a hombres como su esposo y el poder que tenía? El poder de Pilato…tal vez era eso. Que los dioses lo prohíban, rumió ella, pero quizás la prefectura empezaba a aburrirla. La novedad ya había pasado y el trabajo resultó ser más pesado de lo prometido. Esa sospecha la aterraba. Cualquiera que fuera la razón, lo que antes había sido complicado y extraño en su mente empezaba a inquietarla tanto que aquella hermosa tarde (ahora ella descansaba sobre un asiento de mármol tallado), empezó a meditar sobre sus pensamientos – y eso era una señal de debía someterlos.

Prócula levantó sus ojos, consideró las paredes cerca de ella y frunció el ceño. La Ciudad Santa no ayudaba a calmar su estado mental. Los jardines eran espectaculares, el palacio más que majestuoso, y la luz era celestial, pero ni el ingenio de Herodes podría engañarla ya que aquella residencia en Jerusalén era una fortaleza diseñada para la defensa militar. Herdoes construyó su perímetro con un motivo: Proteger a sus habitantes de las personas en el exterior. Y aún cuando Herodes había muerto, el propósito de la construcción permanecía; estas murallas altas lo guardaban de las amenazas siempre presentes. Prócula recordó que cuando Pilato había tomado control, poco más de tres años atrás, los judíos de Jerusalén lucharon en contra de sus políticas y causaron alborotos. La situación no había mejorado con el tiempo. El día anterior algunos rebeldes habían fallado en su intento de causar una revuelta en el Templo. Así que, a pesar de toda la suntuosidad, el honor y la comodidad en esta extraña ciudad, ella no podía dejar de sentir la presión que existía en su situación. Más allá de esta realidad, ella había fracasado en convencerse de que pertenecía a ese puesto simplemente por el rango que ocupaba. Había algo intransigentemente *oriental* sobre Jerusalén, y a pesar de que creía poder adaptarse si le daban una oportunidad, Prócula sabía que nunca sucedería. Su estadía nunca duraba más que unos días y ella siempre aparentaba ser la esposa del prefecto. No tenía razón para esperar hacer otra cosa durante su estancia. Rara vez uno hace con gusto una tarea fastidiosa. La brevedad misma de la tarea era una excusa para terminarla pronto y para añadir peso a una carga ya existente. Pero ella sabía en su corazón que era más que la pesadez de la tarea lo que la abrumaba. Por tercera vez desde que se habían mudado a Judea desde Roma, Pilato y su séquito habían llegado a Jerusalén desde Cesarea para la Pascua. Por tercera vez, Prócula había sentido esa singular y sofocante presencia que no podía describir. No había manera de escapar de ella. Fuera cual fuera el origen, la opresión que ella y otros sentían conspiraba con los pensamientos de preocupación de una manera alarmante. Suspiró y levantó la barbilla buscando un poco los rayos de sol que la habían bañado durante su paseo anterior, pero fue en vano. En lugar de eso, sintió el frío del atardecer y dando otra mirada melancólica a los muros se envolvió en su vestido.

—Señora— dijo la voz de una mujer tras ella.

Prócula se volvió.

—Saludos, Musa.

—Pronto será la cena, Señora. Me pidió venir.

—Gracias, Musa. Sí, lo pedí — Prócula se volvió con un suspiro y se alegró de su compañía. La soledad se había perdido su encanto.

La cena sería otro asunto político con Pilato entreteniendo a dignatarios, pero más que nada hablando sobre la seguridad durante la Pascua. Era un tiempo inherentemente peligroso y por eso la necesidad de su presencia; no podrían descansar, mateniendo la fachada que levantaban para la apariencia. Conservando el protocolo, Prócula tendría que hacer una aparición breve, digna de una dama romana de su rango; debía hacer que los invitados se sintieran cómodos, ayudar a su esposo a conseguir su propósito, y bajo las circunstancias, retirarse calladamente. No le gustaba la farsa, pero al menos era una farsa de su diseño, y ella fingía que eran en sus propios términos. Prócula se levantó decidida.

Las dos regresaron a uno de los palacios y apresuraron los pasos con toda la dignidad posible. Prócula iba primero, con la sierva tras ella. Excepto para hacer unas cuantas preguntas relacionadas con la velada, Prócula no le habló a Musa, pero ambas sabían que eso no tenía importancia. A Prócula le agradaba su sierva y confiaba en ella. Sin importar las circunstancias, ambas se sentían cómodas con el silencio. Quizás se debía al mutuo entendimiento que existía entre ellas que hizo que la sierva se preocupara por su señora a medida que la tarde caía; vio duda en los pasos de su ama y escuchó un timbre en su voz que no reconocía. Al llegar a los aposentos de Prócula, Musa sabía que algo no estaba bien. La luz de la lámpara, una necesidad en las habitaciones con pocas ventanas que daban hacia el este, bañó el rostro y los brazos de Prócula con un brillo reluciente que alarmó a la sierva. No se atrevía a hablar, pero algo la impulsó; su ama se anticipó.

—Musa— dijo en voz temblorosa—, me siento enferma.

—Me lo imaginaba, Señora—Musa respondió con rapidez mientras la tomaba del brazo. —Llamaré al médico.

Aceptando su oferta de ayuda, Prócula se sentó en el sofá reuniendo las pocas fuerzas que le quedaban mientras cedía ante la enfermedad.

—Llama primero al mensajero— dijo Prócula—. Debo excusarme ante mi esposo.

Musa obedeció, apresurándose a salir. Prócula maldijo en voz baja. Era un pésimo momento para enfermarse.

****

Pilato estuvo a su lado antes que llegara el doctor. Aunque no podía describir a su esposo como cariñoso, Prócula reconoció la autenticidad de su preocupación y la suavidad en su carácter – normalmente muy formal – por una demostración del afecto que tenía por ella. Pilato estaba ahí, sentado en la orilla del sillón mientras ella se reclinaba e intentaba recuperarse. Musa estaba inquieta e intentaba reconfortarla. Pilato permitió que su esposa murmurara y se resistiera porque sabía que era inútil tratar de disuadirla. Finalmente, con un siseo suave y reconfortante la silenció, y se volvió hacia Musa para enviarla a averiguar por qué tardaba el médico. Musa recibió la orden, y comprendió la indirecta, alejándose de inmediato.

Prócula se relajó y miró a Pilato a través de ojos entrecerrados. Logró sonreír, pero él habló primero.

—Estás pálida, *Dulcis*— dijo con naturalidad.

Ella apreció la frase de cariño, pero su sonrisa se esfumó.

—Lo siento—dijo—, es tan extraño. Me siento bien, pero a la vez no estoy bien. Es como si todas las fuerzas se hubieran ido.

—No te preocupes por tus responsabilidades. Solo me preocupas tú—dijo —. Eres demasiado exigente contigo misma.

—El médico es experto y sabes que soy fuerte. Tal vez haya sido el viaje. Seguro me recuperaré rápidamente.

Pilato asintió ante los comentarios llenos de esperanza de su esposa y ambos permanecieron sentados en silencio por algunos momentos hasta que unas pisadas los interrumpieron. Musa entró con el médico. El hombre saludó al prefecto con todo el protocolo necesario e hizo lo mismo con Prócula, antes de empezar a auscultarla mientras Pilato observaba. El examen médico, tal cual una entrevista, dio un diagnóstico rápido y seguro. La señora Prócula, según el doctor, sufría de un exceso de bilis. Habló con optimismo cauteloso, pero hizo las recomendaciones con toda seriedad. Ella necesitaba descanso, comida ligera, y una infusión de hierbas mezclada con vino y administrada en pequeñas dosis hasta que el alivio fuera completo. Mientras Musa se alejaba a buscar el vino necesario para la prescripción y el médico buscaba entre sus suministros las hojas indicadas, Pilato se levantó y se excusó. No había más que pudiera hacer por su esposa y las obligaciones lo esperaban. Una última mirada fue su despedida, y Prócula pensó en ella mientras las pisadas de su esposo se alejaban por el pasillo. A pesar de todo lo sucedido, un momento de contentamiento la llenó; deseaba más momentos así, pero había aprendido que desear era en vano.

Musa regresó con un par de sirvientas, las tres lucían apuradas para cumplir su misión. Llevaban platos de fruta, pan y un jarro de vino. Siguiendo las indicaciones ásperas del médico y bajo su mirada penetrante, las siervas acomodaron todo sobre una mesa junto al sofá. El hombre empezó a preparar el vino. La primera dosis de la bebida fue administrada y el doctor lució satisfecho por el momento.

—Regresaré en la mañana, señora — dijo.

Prócula asintió en silencio. Recostada y agotada, su cabeza daba vueltas a causa del vino en su estómago vacío. Después de unas indicaciones más a Musa, que ella no escuchó, el hombre se marchó.

Mientras tanto, las sirvientas hallaron cosas que atender en la recámara de la señora, el ruido de su labor, así como su conversación suave pero seria crearon una ligera confusión en Prócula. Gradualmente los sonidos se acallaron y Prócula se percató que las sirvientas estaban formando un círculo a pocos pasos de ella, susurrando a Musa por más instrucciones. La sierva dudó un momento y antes de hablar, Prócula la interrumpió.

—Musa— dijo con exasperación. Los murmullos cesaron.

—¿Señora?

—Diles que se marchen— dijo posando la mano sobre sus ojos —. El que yo sea la esposa del prefecto no quiere decir que me cure más rápido con todo este corre corre. Su continuo alboroto sólo me hace empeorar.

Silencio.

Prócula dejó caer la mano y abrió los ojos antes de cerrarlos nuevamente. Las sirvientas empezaron a retirarse en silencio. Escuchó a Musa mover el vino sobre la mesa y la tomó con gentileza del brazo.

—Musa, si yo fuera tu propia hermana y permanecieras sosteniendo mi mano toda la noche, ambas sabemos que eso no ayudaría a mis riñones en lo más mínimo.

—Me quedaré aquí y haré eso, señora, si es lo que usted desea.

—Me consuelas—suspiró Prócula—, pero no. Dejemos que la hierbas hagan su tarea y esperemos que la infusión del médico haga en mi cuerpo y mi mente lo que debe hacer. Siento que debo descansar.

Musa permaneció de pie un momento antes de inclinarse y ajustar la bata que cubría a su señora.

—Tal vez sólo sea cansancio— murmuró Prócula, halando la tela y volviéndose ligeramente con un poco de impaciencia debido a que Musa todavía se encontraba ahí —. Anda. Vete. Quiero estar sola.

Musa hizo lo que se le pedía sin decir una sola palabra. El sonido de los pasos de la joven sierva fue momentáneo, y su ama, sola al fin, se obligó a descansar mientras invitaba a la noche para que la arrullara.

Oración: Señor Jesús, muchas veces estoy atestado de pensamientos, temores y ambiciones de una mente inquieta. El mundo brilla a mi alrededor mientras Tú Te presentas al mundo como un hombre común, con nada en particular que me atraiga hacia Ti excepto Tu presencia. Dame ojos que Te hallen en medio de la multitud, un oído que escuche cuando hablas, y un corazón que discierna entre las riquezas del hombre para hallar la Perla de Gran Precio. Amén.

Día Diez

El descanso que Prócula esperaba nunca llegó. La soledad no trajo paz, y con la partida de Musa los pensamientos que había tenido en el jardín regresaron con fuerza. Se enojó consigo misma y giró sobre el sofá mientras respiraba ligeramente, algo que su enfermedad no justificaba, mientras intentaba dormir.

Pero como un pajarito intentando posarse sobre un arbusto de espinas, su mente vagó sin descanso de un pensamiento preocupante a otro, episodio tras episodio y sin fin.

Las alas de sus pensamientos empezaron a cansarse. Permaneció acostada y agotada con los ojos cerrados pero su mente no se aquietaba; las imágenes turbias en su mente aparecieron como muestra del fracaso de su voluntad. Se sintió elevada como por un viento astral. Sus pensamientos tomaron forma y claridad, y una tensión la alertó íntimamente; era como si su cuerpo dejara de existir.

Inesperadamente, Prócula se vio como una niña pequeña sin preocupaciones; era una niña inocente en la mitad de su adolescencia y que empezaba a acercase a la adultez. A pesar de estar en un sueño que no era un sueño, la promesa y la esperanza que sus padres tenían por ella, y que ella tenía por sí misma, perfumaba su mundo como una rosa en pleno florecimiento. Ella era atractiva y de una buena familia, suficientemente acomodada y con buenas conexiones. No tenía temor del futuro y se reía con sus amigas disfrutando de su juventud en Roma. El desasosiego de sus pensamientos la habían llevado a un lugar de recuerdos agradables y los toleraba con un sentimiento de bendición y hasta de gratitud.

El tiempo transcurrió en su sueño. Estaba en el presente y Pilato llegaba a su vida. Era mayor, por supuesto, apuesto y de buena fortuna. Lo mejor de todo era que los poderosos lo favorecían. Pilato era amigo personal y aliado político de un hombre llamado Lucio Elio Sejano. La importancia de esta conexión para Pilato, y por medio de él para Prócula, no podía ignorarse. Al igual que Pilato, Sejano venía de la clase ecuestre. No eran tan considerados como la clase patricia, pero eran nobles, sin duda. Bajo la dirección de Augusto, el padre de Sejano había quedado demostrado que tan alto podía llegar un ecuestre. Obtuvo la prefectura de los Pretorianos, los guardaespaldas de élite y las personas en quienes más confiaba el emperador. A través de su amigo, la familia de Pilato se había relacionado muy bien y de manera prometedora con la corte imperial; tanto su familia como la de Prócula animaban a Pilato a que hiciera conexiones con el joven noble.

Entonces llegó la tormenta política. Mientras Pilato cortejaba a Prócula (o más bien a su familia), el poderoso Augusto murió y fue deificado. Su hijo adoptivo, Tiberio, ascendió al trono imperial. Los cambios políticos fueron inevitables, y la ambición corría a lo largo de las cortes, tal como lo hacía el Río Tíber durante el diciembre. Si bien era suficientemente madura para saber que cualquier cosa puede pasar en aquellas circunstancias, aquellos fueron días de ansiedad para Prócula. Escuchó los susurros preocupados de sus padres y su corazón dio un vuelco cuando su padre mencionó el nombre de Pilato. De una manera muy real, el honor de su familia sería afectado directamente por las luchas de poder que ocurrirían. Fue temor en vano. En medio de aquel caos y en contra de lo que cualquier mortal podría esperar de la fortuna, Prócula vio ascender al amigo cercano de su pretendiente a la Prefectura del Pretorio tal como lo había hecho su padre. Era un buen augurio para Sejano y para los que él favorecía.

Pilato y Prócula se casaron. En su memoria vio el rostro austero de su esposo, pero agraciado con una sonrisa genuina de contentamiento y a ellos enmarcados por los árboles florecientes del jardín de la casa de su padre luego de la ceremonia. La risa resonó en sus oídos y su lengua saboreó el vino. La rodearon rostros felices que la bendecían con felicidad y favor divino. Y ahí en medio de ellos estaban Sejano y su hermosa esposa, Apicata. A pesar de que Prócula sabía en lo que terminaría el matrimonio de esa pareja, el recuerdo de esa imagen permaneció sagrada y sin mancha. La distinguida pareja encerraba la esperanza que Prócula guardaba para su futuro apellido, su nuevo esposo, y los hijos por nacer. La multitud se apartaba mientras se acercaban para dar palabras y obsequios a los recién casados. Mientras Sejano apretaba el brazo de Pilato en muestra de afecto fraternal, Apicata besaba a Prócula, y la calidez del gesto la confortaba como una promesa por venir – una promesa que no podía fallar. La felicidad era toda suya.

En los meses y años cortos que siguieron, esa amistad dio fruto. Pilato prosperó en su carrera y disfrutaba de ascensos, si bien no eran meteóricos, al menos eran razonables. No había duda de que su lazo con alguien tan poderoso como Sejano era de gran ayuda. Prócula hacía todo lo que podía para alentar esa amistad, haciendo crecer la suya con Apicata. La esposa de Sejano era mayor pero no tanto como para ser su madre; más bien desempeñaba el papel de hermana mayor. Esos fueron días buenos. Apicata esperaba su tercer hijo durante la boda de Prócula y desde aquel día empezó a invitar a Prócula a que la acompañara cuando fuera posible. Al parecer, ella pensaba que su joven amiga traía buena fortuna durante el embarazo: juventud, fuerza y fertilidad. Prócula se consideraba la protegida de Apicata y sabía que su amiga tenía poco que temer. Ella siempre había dado a luz sin problemas y todo iba bien con este bebé también. Cuando Apicata se alegró por el nacimiento de una hermosa niña (no era una vergüenza tener una niña porque ya tenía dos varones fuertes), Prócula se alegró con ella y más aún porque ahora esperaba un hijo también. Pero tras la máscara de felicidad y las lágrimas de gozo se hallaba siempre presente la nube de *intención*. Prócula sabía que entre más fuera favorecida por Apicata, más sería favorecido Pilato por Sejano. Y, al parecer por cómo iban las cosas en la corte, entre más favor se tenía de Sejano, más favor se tendría con el emperador. Sosteniendo a la indefensa hija de Apicata (Junila, se llamaba) y mirándola sin parpadear, Prócula se dio cuenta que su cuidado representaba ganancia y posición para ella y el hijo que crecía en su *propio* vientre. Prócula meció a Junila en sus brazos mientras Apicata la miraba radiante.

El viento soñador que la llevó por sus recuerdos se enfrió. Si pudiera verse el rostro habría visto su entrecejo fruncido y los labios apretados. Lo que vio en vez de eso fue una letanía de imágenes de su vida con Pilato. Su hijo nació – un varón – y era perfecto. ¿Por qué aquel recuerdo no era tan cálido como el nacimiento de Junila? ¿Por qué estaban sus recuerdos entristecidos en un momento que debió ser de suma bendición? Ah sí, la intriga política permanecía, nunca terminaba. Mayor éxito y poder demandaba más. Prócula se dio cuenta que Pilato la escuchaba más de lo que hubiera esperado; aquello no habría ocurrido si ella hubiera permanecido callada ante su imponente presencia durante su primer encuentro. Ahora, hablaba con libertad y aparte del regaño ocasional para recordarle quien era el líder de la familia, Pilato la escuchaba con más frecuencia. La verdad era que Pilato la amaba y confiaba en ella, pero el hambre de estatus lo motivaba, y él había descubierto que su esposa era tan astuta como ambiciosa. Más de una vez lo había salvado de comentarios maliciosos que podían haberlo afectado o terminado con su carrera política. Ella lo animaba, motivaba y direccionaba su actuar cuando las oportunidades perfectas se presentaban ante él. Así mismo, le daba advertencias y le rogaba que tuviera cuidado cuando su sexto sentido le señalaba un peligro. Ella y Pilato eran un buen equipo para subir juntos los escalones del éxito.

Y siempre ahí, en medio de sus recuerdos, lo quisiera o no, estaba Sejano. Parecía que, al haberlo aceptado como benefactor, no existía escapatoria de él. El dedo de Sejano removía cada copa que tomaban mientras subían. Cualquier habilidad que Pilato tuviera, sea cual fuere la sutil pero vital contribución a su victoria, Sejano estaba presente para atribuirse el crédito por ello; su presencia dominante reclamaba la victoria de ellos como propia. Las imágenes doradas que desfilaban por su mente eran una procesión triunfal de trofeos que ella guardaba, y el papel que Sejano desempeñaba era un orgullo para ella. Una vez más, Prócula se vio sonriendo y asintiendo cuando Pilato le confiaba cómo esa alianza especial que tenía con Sejano les traía más fortuna de la que esperaban. Pero una nube cubrió el sol que brillaba sobre los recuerdos de aquellos días y sus pensamientos se tornaron en pesadilla, aunque ella sabía en ese momento que no estaba ni dormida ni soñando; ojalá pudiera.

¿Por qué se sentía incómoda con las conquistas que los habían llevado a los lugares donde ahora se encontraban y que la hacían sentir segura? Hacer esa pregunta sólo aumentaba su angustia, pero la respuesta llegó con rapidez. Eran las cosas que ella convenientemente había enterrado en sus recuerdos pero que conocía muy bien. Ella lo sabía. Sejano era su benefactor, pero no era nada benevolente. Ayudaba a Pilato como ayudaba a otros, pero sobre todas las cosas Sejano ayudaba a Sejano. Nada de lo que hacía era sin motivo, y sus motivos siempre servían para aumentar su poder y posición. Fuera exaltado o derribado, empoderado o destruido, siempre estaba pensando en hacerse más grande – un arco irresistible que continuaba hasta ese mismo día. La inquietud que Prócula había reprimido en aquellos días parecía llenar sus recuerdos, una inquietud enraizada en la inescapable realidad que todo lo que Sejano hacía por su esposo era en realidad para *él mismo*. ¿Cómo la hacía sentir eso? Se encogió al sentir una oleada de condena. *Ramera*. Prócula permaneció inmóvil y atenta a la fiebre que cubría su cuerpo. Casi entreabre los ojos, pero antes de hacerlo, una ola de imágenes cruzó su mente. Ahora vio una persona tras otra, recordando nombres, caras y familias. Cada uno de ellos una víctima, habían caído todos delante de Sejano. Con macabra claridad vio las bajas de su ascenso imparable hacia el poder. Ella los vio en su pensamiento, una montaña podrida de cadáveres políticos – y a veces cadáveres literales – sobre la que Sejano se paraba. Junto a él estaba Pilato. Y como siempre, Prócula estaba ahí.

Oración: *Señor Jesús, Tu Palabra me urge a no amar el mundo o las cosas del mundo. Revélame las ambiciones y alianzas que deben avergonzarme y que silencian mi conciencia. Remueve los callos de mi corazón para que mi corazón no utilice a otras personas para mis propósitos. Ayúdame a someterme a Ti y úsame para Tus cosas para que cuando llegue el Día, mi legado no esté lleno de arrepentimientos o lamentaciones sino de redención. Amén.*

Día Once

Repentinamente, Prócula se estremeció y un espasmo recorrió su cuerpo. Tosió con debilidad y trató de sentarse, pero no tenía las fuerzas. Un peso la oprimía.

—Vino— pensó. Trató de alcanzar la copa junto al sofá, pero sus nudillos doblados la hicieron caer al suelo, regando su contenido.

—Musa —llamó débilmente.

Pero Musa no la escuchó, no se acercó.

—Por favor, ya no más— rogó a la vorágine de pensamientos que había empezado como una brisa pero que ahora se levantaba como vendaval para testificar en su contra.

Como su sierva, sus pensamientos no le hacían caso. Ahora podía ver a Apicata sentada junto a una fuente del jardín campestre, llorando desconsoladamente. Junila, una niña, sentada al lado de su madre intentando consolarla con dulzura tal como hacen los niños, pero sus palabras impotentes no la consolaban. Su madre le dio unas palmaditas, alegre de tener su contacto, pero siguió igual de devastada.

Sejano la estaba abandonando; se divorciaba de ella. Era difícil para Prócula escuchar eso, pero no la sorprendió. Prócula había escuchado el rumor de boca de Pilato, el secreto más grande que había compartido con ella. Sejano tenía ambiciones mayores a los del lugar que ahora ocupaba, más allá del nivel social que tenía. A pesar del puesto que había alcanzado (el mismo emperador le había nombrado *praetor*, un rango reservado para hombres más allá de su clase social), Sejano quería más. Para los que se encontraban en su situación eso significaba tener un matrimonio de conveniencia. Sus ancestros se habían casado con mujeres de alto nivel social y las conexiones del padre rico de Apicata ya habían cumplido su propósito. Sejano ya había usado todo lo que su matrimonio con Apicata podía ofrecerle. Ahora, necesitaba escalar más alto y algo mejor para lo que planeaba en su futuro.

La memoria de Prócula fue dolorosamente exacta en aquel momento. Recordó mirar con fijeza a Apicata, su hermana y amiga, mientras las advertencias de su esposo resonaban en su oído. Había personas terriblemente poderosas involucradas – Livila, esposa de Druso, el hijo del emperador. *La misma familia del emperador*, pensó ella, y comprendió lo que Pilato había dicho. Eran más que conversaciones o chismes. Era una orden. Así que, en ese momento en presencia de su amiga, Prócula tomó la decisión. Angustiada en su interior por Apicata y sus hijos (especialmente por la pequeña a su lado), temblando por la insaciable y peligrosa ambición de Sejano, pero más que nada, asustada por lo que podría pasarle a ella y a los suyos, Prócula destapó el hierro en su alma y lanzó el golpe fatal. Su hermandad, su lazo afectivo con Apicata terminaba ahí en ese hermoso jardín. El plan que ella había forjado con su amistad con Apicata había concluido sin ninguna sutileza. Aun había preocupación en la voz de Prócula, la cordialidad, las promesas de visitarse y mantener la amistad, pero aún en esas promesas vacías podía verse la realidad. Un muro había surgido entre ellas en cuestión de segundos. Por los dioses, ¡que dolor! Ver a su amiga en angustia y su propia traición reflejada en los ojos incrédulos de

Apicata, hirió a Prócula hasta el corazón. Pero eso no la detuvo. Terminó el encargo y pensó en la excusa perfecta para alejarse y tratar de salvar un poco la dignidad de Apicata y la suya. Al momento de partir, ya se habían convertido en extrañas que se trataban con mera cortesía. No se dieron un abrazo. La pequeña Junila, inocente e ingenua como siempre, echó sal en la herida por tomar la mano de Prócula en despedida y besarla en la mejilla.

Prócula yacía entumecida, las memorias cruzando su conciencia en rápida sucesión. Curiosamente, la única imagen que podía ver era el rostro de su esposo mientras le susurraba evento tras evento. En cuestión de meses después del divorcio de Sejano y Apicata, Druso, el hijo del emperador, murió después de un periodo de enfermedad. Tiberio estuvo de luto. Pero Sejano odiaba a Druso y todos conocían la rivalidad existente entre ellos. Puesto que el otro hijo de Tiberio, Germánico, había muerto años atrás, los únicos que quedaban como sucesores en la línea imperial eran niños. Todo esto era muy conveniente para el amigo de Pilato, Sejano – era *demasiado* conveniente. Los rumores de la relación de Sejano con Livila eran la comidilla de los chismosos atrevidos. No pasó demasiado tiempo para que la mente calculadora de Prócula empezara a elucubrar. Una tarde, una serie de preguntas que hizo a Pilato le ganó una mirada severa y temerosa, atenuada con lo que ella ya reconocía como confirmación. La mirada en los ojos de Pilato le dijo a Prócula que la muerte de Druso probablemente no era por causas naturales como habían hecho creer a todos. Pero hablar algo así, aún en secreto, estaba más allá del valor de ellos. Decidieron seguir el mismo curso, Pilato integrándose a la vida de Sejano, lo más posible y esperando que las migajas de la mesa imperial cayeron sobre ellos. Al pasar el tiempo, cuando parecía que las sospechas que tuvieron sobre la muerte temprana de Druso solo eran de ellos, los temores se evaporaron. Pilato le aseguró a su esposa que existían grandes posibilidades en el horizonte por lo que ella respiró aliviada y se contentó.

Finalmente llegó el día – el día de reclamar su inversión política. Emocionado, Pilato contó la noticia a Prócula: Le había sido entregada la Prefectura de Judea. Era un puesto importante en el Este, con implicaciones de la situación política de Roma en Egipto, Siria, y más allá. Si el nombramiento hubiera ocurrido durante su boda, Prócula no habría podido acompañar a Pilato, pero el Senado había cambiado su postura, y ella y su hijo podrían viajar con él a Cesarea. Era un gran honor y todo lo que Prócula había esperado y soñado. Para ella y para Pilato, no podía haber llegado en un mejor momento; aunque Pilato estaba más que contento por su alianza con Sejano, las cosas se estaban complicando. En los años posteriores a la muerte de Druso, el amigo poderoso de Pilato había logrado consolidar más su posición. Tiberio había dejado Roma por el campo y ahora Sejano tenía el control firme de los asuntos diarios del gobierno. (En el fin, el emperador dejó Italia completamente para gobernar desde la Isla de Capri justo antes que Pilato y su familia partieran a Judea). Mientras Pilato explicaba estas cosas a Prócula lleno de una euforia incontrolable, ella compartió la alegría de su esposo diciendo que no podía imaginarse un mejor puesto. Ya no tendrían que preocuparse del imperioso y caprichoso temperamento de Tiberio; Sejano, su amigo podría escuchar y procesar todos los reportes solo. Ciertamente, la fortuna les sonreía. Sin embargo, recostada ahí y recordando todas estas cosas, se preguntaba ansiosamente si el destino les había dado un solo cofre en donde guardar su tesoro. Se preguntó también cuando llegaría el impuesto a pagar para que el acreedor quedara satisfecho.

Aun así, la intensidad de sus pensamientos empezó a menguar y Prócula se volvió más razonable. Todavía se sentía débil y extraña, pero se arregló para enderezarse en el sofá. Tomó una bocanada de aire y parpadeó a la tenue luz de la lámpara.

—Niña tonta— se regañó. No es que no hubiera meditado sobre el divorcio de Apicata y la muerte sospechosa de Druso, o algunas de las otras maquinaciones de Sejano. Lo había hecho muchas veces. Así eran las cosas, se decía ella. Así era como Roma funcionaba y lo que hacían los destinados a gobernar. Ella lo sabía. Había vivido así por muchos años y había jugado un papel central en el ascenso de su esposo. Tuvo que romper los lazos con Apicata y hacer todas aquellas cosas, pues, *difíciles*. ¿Cuál era su otra opción? ¿Por qué no estar orgullosa de lo que había hecho? ¿Estaría allí, en aquel lugar, si hubiera decidido lo contrario? Con seriedad pensó en las noticias que habían llegado algunos meses atrás sobre los terribles juicios que Sejano había empezado en Roma para acabar con los últimos rivales. El número de cadáveres había crecido más que nunca. Cada vez que ella añoraba la hermosura de su tierra natal, Pilato recordaba con brusquedad que era mejor que él, ella y su hijo vivieran donde vivían, a pesar de las amistades. Además, Sejano tenía un poder inmensurable. Aun si Pilato no fuera su amigo, de seguro ella lo habría animado a formar una amistad debido a la situación política de Sejano. No había razón para sentirse mal. Prócula intentó calmarse, con razonamientos y suspiros, después de sufrir ese tremendo llamado de atención de una conciencia que ni siquiera sabía acechaba dentro de ella. Poco a poco los terrores nocturnos empezaron a alejarse.

Un cansancio profundo la envolvió y sus ojos no pudieron mantenerse abiertos. La fiebre y las luchas internas la habían dejado sin fuerzas y con una sed intensa que la mataba. No queriendo llamar a Musa de nuevo, tragó en seco y se envolvió con las ropas. La lámpara se extinguió, pero ella no se percató. Su mente estaba de acuerdo con el cansancio de su piel, y Prócula se sumergió en la oscuridad.

Oración: *Señor Jesús, Buen Pastor de mi alma, guíame en los caminos de rectitud por bien de Tu nombre. Aléjame del temor que me tienta a alejarme de los que me necesitan. Que siempre esté dispuesto a sacrificarme antes de rendirme a la cobardía de sacrificar a otro en el altar de mis inseguridades. Ayúdame a no usar a otras personas, personas hechas a Tu imagen, para mis propósitos. Amén.*

Día Doce

Ella se despertó con lucidez. Ya no estaba recostada en el sofá, más bien se sentó a solas en unos amplios escalones de mármol. Aunque Prócula nunca había estado ahí, había visto el lugar desde la distancia y reconoció el lugar como la entrada sur del Templo; miraba a través del Valle de Cedrón hacia aquel cerro rocoso que los judíos llamaban el Monte de los Olivos. Había luz en esos momentos, pero extrañamente un velo envolvía todo a su alrededor y difuminaba todo, como si fuera de mañana y de noche a la vez. Todo estaba callado y no podía escuchar más que el sonido de su respiración. No se sorprendió ante la completa soledad en este lugar que era tan sagrado para los judíos, especialmente durante aquella temporada santa cuando miles llegaban a Jerusalén. Por el contrario, todo le parecía perfectamente natural. Dentro de ella, sin embargo, se levantaba un profundo sentimiento de expectativa, como si el aire a su alrededor se detuviera, esperando algo significativo pero desconocido. Sintiendo el frio del mármol blanco a través de su vestimenta, se puso de pie y dio unos pasos hacia el este. Observó el cielo y con sus grises que se entrelazaban con los verdes pálidos y los púrpuras. Ni una hoja se movía en los árboles de olivo en el valle a sus pies. La quietud de la tierra parecía absoluta. Justo en el momento que volvía la mirada hacia el sur, un movimiento llamó su atención.

Ahí abajo vio a un hombre, con la sencilla vestimenta de tela de un campesino judío, montado sobre un burro. Llevaba sandalias a los pies y los levantaba para no arrastrarlos porque el animal que montaba era demasiado pequeño para Él. En otro tiempo y en otro lugar, Prócula habría pensado que el espectáculo era ridículo, hasta gracioso, pero ahora no. Al contrario, le parecía que el jinete tenía un porte real mientras descendía por entre las rocas. Prócula lo miró con fijeza, en trance, porque de inmediato supo que se trataba del Profeta cuya procesión había visto unos días atrás. El hombre santo no la miró, pero ella sabía que Él estaba consciente de su presencia. Los dos compartían una conexión al ser los únicos presentes en aquella santa tierra desolada. El Profeta no pausó ni se apresuró y continuó su camino, no hacia ella o la ciudad, sino siguiendo la ruta al sur por el Valle de Cedrón, bajo la mirada de Prócula. Repentinamente, ella sintió el deseo de avanzar hacia Él, de preguntarle...algo. Pero de inmediato escuchó desde su interior una Voz con autoridad y calma diciendo que aquello no era para ella. Solo podría observar. En ese momento, la espalda del hombre se alejaba apresuradamente, lo que era extraño porque no parecía estar apurado.

Prócula reconoció el ruido de pezuñas sobre la tierra, el primero y único sonido que escuchó en aquel lugar. Eran demasiado pesadas, demasiado rápidas para ser del burro del Profeta. Sabía que debían pertenecer a un caballo de guerra. Volviéndose hacia el sonido, vio a través de los techos y cerros una enorme bestia galopando hacia ella a gran velocidad, venía desde el oeste del Valle de Ben Hinom que bordeaba la orilla sur de la ciudad. Era color gris pálido y alto como los grandes caballos utilizados en procesiones triunfales y encima iba un Jinete. El Jinete estaba vestido majestuosamente en colores dorado y rojo y montaba armado con su pechera, escudo y yelmo. Una espada corta iba atada a su muslo, y en su mano enguantada sostenía una lanza con una punta muy grande de doble filo. Apresuraba a su caballo y éste obedecía. Sus cascos partían la tierra con su galopar y a medida que avanzaba, Prócula vio cosas aterrorizantes e inmundas aparecer, los cráneos y huesos quemados de niños pequeños. Parecían ser incendiados nuevamente con las chispas del infierno y un humo ahogante mientras se acercaba el Jinete y su caballo. Prócula se turbó mirando el espectáculo con creciente horror.

—¿Quién es el Jinete? — preguntó la Voz silente dentro de ella.

Prócula quiso hablar para responder a la Voz que no era ni de ella ni de otro hombre, mujer, o niño que conociera. Pero su lengua parecía clavada a su paladar. No había visto el rostro, y ahora su visión solo le permitía ver al Jinete detrás de su hombro musculoso, donde la pluma de su yelmo flotaba al viento de su embestida. Se dio cuenta que estaba viendo las cosas desde la perspectiva del Jinete mismo.

—Sejano — respondió, y al escucharse ella misma la verdad la golpeó como un puño al estómago.

Y era Sejano. No se veía su rostro, y su apariencia podía ser la de cualquier caballero romano, pero algo en su apariencia permitía ver su ambición, el orgullo, y el hambre voraz de conquistar al precio que fuera. Si se percató de la presencia femenina, no dio indicaciones de ello. Continuó con su macabro propósito. El Jinete ganó velocidad mientras Prócula se percataba de sus pensamientos desesperadamente.

Repentinamente pudo respirar, pero lo hizo con dificultad. Se dio cuenta que delante del Jinete y su lanza, el Valle de Hinom, llegaba a su fin y empezaba el cuenco que lo unía al Cedrón. Y ahí, directamente al frente y hacia ellos, montaba el Profeta en Su torpe, absurdo burro. El Jinete clavó sus espuelas en el caballo y bajó su lanza para el ataque.

Prócula pudo escuchar el latido de su corazón mientras sus pensamientos se aceleraban. Pero ahora no podía observar o saber lo que ocurriera entre Profeta y Jinete. Se había trasladado, y una vez más estaba parada en los escalones del Templo; las nubes púrpuras que giraban por lo bajo hacia el sur y el este le dieron el único portento de lo que misteriosamente ocurría ahí. Sus manos se apretaron y sus uñas se clavaron en la piel mientras esperaba sobre su sitio silencioso.

Paralizada de pavor, Prócula miró hacia abajo y vio a pocos pasos una niña de 14 o 15 años, sentada en los escalones donde ella había estado. Así como conocía a los que antes vio, reconoció a ella. Era Junila, la hija de Apicata. Ya no era la niña que había visto tiempo atrás. No, esta Junila era una joven virgen. Al reconocerla, el corazón de Prócula lloró de alegría y angustia, se dio cuenta de cuanto la había amado y extrañado, y cuánto le recordaba a ella misma a esa edad. Sí, podría haber sido Prócula. Junila estaba sentada con las rodillas juntas y recostadas hacia un lado; apoyándose en una mano. Con la otra mano parecía estar jugando con algo pequeño, piedrecillas hermosas (las que sólo un niño atesora) en el escalón junto a ella.

Prócula la miró con fijeza por un instante, maravillada, antes de volver sus ojos hacia el sur. El cielo se tornó negro y un asombro enfermizo la llenó. Junila la miró y apenas sonrió. La niña inclinó la cabeza hacia un lado, coqueta, y continuó su juego. Prócula permaneció inmóvil como una estatua, muy consciente que en ese mismo momento había una gran batalla, o, mejor dicho, *La* Gran Batalla entre la Oscuridad y la Luz que se luchaba a pocos pasos de ellos.

—Sí, sigue jugando—tartamudeó Prócula, ocultando sin éxito el terror en su voz—juega tranquila.

Prócula no pudo ni calmarse; la niña no le prestó atención. Junila empezó atararear contentamente mientras ordenaba sus piedrecillas.

Prócula se dio cuenta de que en todo el mundo ella, y sólo ella, sufría el conocimiento del conflicto cósmico que se desencadenó en aquella hora. Por alguna razón desconocida ella podía verlo, pero la niña a sus pies no estaba consciente de ello. Las piedrecillas brillaban con suavidad mientras jugaba con ellas sobre el escalón de mármol; Junila era felizmente ignorante que la Vida, la Luz misma, pendía de un hilo. Los instintos maternos de Prócula se activaron y tomó un paso hacia la niña porque debía advertirle del peligro. Daría un grito de alarma a Junila, para urgir a la niña a correr y esconderse. Si no prestaba atención la obligaría a ir a un lugar donde estuviera a salvo. Pero el pánico de Prócula estaba asido por una nube de miedo que ahogaba su alma. ¿Dónde correrían? ¿Qué refugio podría mantener la Negrura afuera si ganara la Batalla?

—Solo juega, entonces—murmuró Prócula, más para ella misma que para Junila—Sé amable y juega tranquila.

Pareció una eternidad, pero fue solo un momento el que Prócula permaneció ahí, congelada observando a la niña en su juego sin sentido. Había dejado de respirar y su pecho se agitaba mientras esperaba que la Condenación se manifestara.

Y de repente pasó.

Una línea partió el cielo y rompió todo lo que ella miraba. Por otro lado era la Nada. La Oscuridad había conquistado la Luz.

La esperanza murió en ella. El sonido de la muerte resonó en su respiración agitada, pero Prócula no podía liberarse de la visión de horror. Estaba condenada a ver lo que sucedería. Transportada, ahora estaba de pie en el Hinom, mientras el Jinete galopaba hacia el gentil Profeta. Volviéndose con resignación hacia Su atacante, el hombre desarmado abrió los brazos de par en par, las palmas hacia fuera en señal de… *¡rendición!* Por una fracción de segundo, Prócula vio una flama en los ojos del Profeta, ardiendo con suavidad, pero brillantez. En un momento despiadado, el Jinete estaba sobre el Profeta. Prócula vio como la lanza atravesaba al hombre, lo levantaba por el aire y lo arrojaba al suelo. El hombre no gritó, pero Prócula sí lo hizo. Ella se acercó al caído y se percató que ella sollozaba, lloró con fuerza hasta sentir que sus pulmones se le salían. ¿Por qué no había gritado el hombre? ¿Por qué no le habían permitido escuchar Su apacible voz tan sólo una vez? Ella sabía gracias al conocimiento que la había guiado a través de esta odisea que Él ya estaba muerto cuando la lanza lo atravesó; la lanza no había sido más que un insulto impotente. Ahora, sobre la superficie rocosa yacía el cuerpo tullido lleno de muchas heridas, y Prócula era la única que lo lamentaba.

Escuchó un gemido y se volvió. A pocos pasos detrás del Profeta muerto estaba el gran caballo, su pata delantera rota y su cuerpo retorciéndose en agonía. A su lado, inmutable, estaba el Jinete boca abajo, la armadura desarreglada, el yelmo en trizas, y a poca distancia, la lanza astillada. Un viento frío sopló, silbando entre las rocas y agitando la capa del guerrero.

—¿Quién es el Jinete? — preguntó nuevamente la voz.

Prócula ya no lo sabía. Una voluntad más fuerte que la suya la impulsó a dar pasos hasta llegar al hombre. Allí esperó. La pregunta tenía vida dentro de ella, obligándola a buscar una respuesta. Se acuclilló llena de temor, estirando una mano temblorosa y preguntándose cómo hacer girar el cuerpo del hombre y mirar su rostro. Antes de poder tocarlo, retrocedió en horror ante la mancha oscura que se extendía sobre la tierra bajo el torso y avanzaba hacia sus pies. Un quejido más, y el Jinete moribundo se volvió y tomó su último aliento.

Las manos de Prócula volaron a los labios para acallar sus propios gritos. Ahí, ante ella, con su propia espada enterrada en él, estaba Poncio Pilato, prefecto de Judea. La más negra oscuridad la derribó.

Oración: Señor Jesús, alerta los sentidos de mi corazón para poder entender las opciones frente a mí. Ayúdame a no juzgar lo externo, pero a sopesar mi camino de acuerdo con Tu verdad. En Tu misericordia dame un vistazo, si no de las consecuencias futuras, al menos de la gravedad de mis elecciones. Por Tu sacrificio, has puesto delante de mí la vida y la muerte; ayúdame a escoger la vida, sin importar que tan poco agradable pueda parecer, por Tu gloria y mi bienestar. Amén.

Día Trece

Prócula lentamente recobró la conciencia. Una cálida y familiar brisa la alcanzó, casi acariciándola, y los olores que llegaron a su olfato le trajeron recuerdos…. Sacando sus manos del rostro (no se había percatado que sus dedos se clavaban en sus párpados) miró a su alrededor. Era el crepúsculo, ya casi era de noche, pero todavía había suficiente luz para ver a su alrededor. No quedaba duda en lo que veía. ¡Roma! ¿Cómo había llegado a Roma? Rápidamente descartó esta pregunta y la reemplazó por otra que sonaba extrañamente más importante para ella - ¿en qué *parte* de Roma se encontraba?

Prócula dio unos pasos y observó con fijeza. El Foro Romano. Sí, el Foro. Se llenó de alegría al reconocer el lugar, calmando así el trauma de su visión. No debía estar lejos del Capitolio, se dijo. Encima de ella se encontraban las Escaleras Gemonías. Eso quería decir que estaba cerca de...

Se dio la vuelta y su felicidad naciente la abandonó. La sombra negra de una puerta abierta se presentó ante ella, emitiendo un olor húmedo y repugnante.

La Cárcel.

Instintivamente, Prócula retrocedió. La Cárcel Mamertina era el rincón más oscuro de Roma, un lugar de desolación y fines desesperados. Casi huye, pero escuchó voces. Al volverse vio dos hombres con antorchas caminando hacia ella. Entre ellos, sostenían con manos fuertes y crueles a una niña. La sangre de Prócula se congeló. En medio de la oscuridad pudo reconocerla. Era Junila, tal como recién la había visto – ya no una niña sino una doncella.

—¿Qué he hecho? Por favor díganme—Prócula le escuchó, rogando—. No he hecho nada.

—Cállate, tonta — gruñó uno de los hombres que le doblaba la edad y que al menos el triple su peso.

—No lo haré de nuevo, sea lo que sea que hice. Lo prometo. Jugaré amablemente de ahora en adelante, si es que lastimé los sentimientos de alguien. Denme un castigo y me portaré bien.

Los hombres se rieron malvadamente.

—Ya recibirás la tuya—contestó uno de ellos —. Papá ya no te puede ayudar, ¿verdad?

—¿Para dónde me llevan? — se quejó gimiendo, y al ver la puerta clamó—. No, no quiero ir allí. Dónde...

Uno de los hombres se adelantó con su antorcha, iluminando el interior tosco de una pequeña prisión. El otro lo siguieron arrastrando a Junila. Prócula sentía que sus pies se habían vuelto de plomo, pero los siguió, y sus ojos miraron la escena con incredulidad.

Los hombres llevaron a Junila hasta la orilla de un hoyo en medio del piso frío de piedra. Bajo ellos y a través del hoyo se hallaba el Tullianum, el abismo más terrible de Roma. No era un lugar para los pequeños, no era un lugar para las mujeres. No era lugar para…

—¿Todo listo, Julio?

—Sí, pues, estoy listo. Tenemos la mejor habitación para nuestra linda huésped. Pero envíala con un collar porque me olvidé de traerle uno.

—Claro. Solo termina el trabajo aquí y ahora. Hay reglas, ¿sabes? Y los hombres importantes están esperando una respuesta.

—Siempre termino el trabajo, especialmente si hay algo para mí — se burló Julio.

A partir de ese momento, todo fue borroso. Uno de los guardias tomó una cuerda sucia mientras el otro sostenía a la niña con un apretón cruel.

—¿Qué hacen ahora? — tembló Junila con voz chillona —. ¿Qué…?

El garrote cayó sobre su cabeza y la empujaron hacia el hoyo mientras ella intentaba sujetarse a los brazos despiadados de los hombres. Los ojos de Junila se abrieron llenos de terror mientras miraba hacia arriba buscando en vano la salvación. Los guardias la bajaron hacia la oscuridad. Manos viles como garras se aferraron a su piel inocente halando su ropa para hacerla descender.

Prócula cerró sus ojos lastimados ante las miradas lujuriosas de los guardias. Cerró sus oídos ante las burlas y las ovaciones de lo que ocurría bajo ellos. Prócula no pudo bloquear los gritos de horror de la niña, ni el eco de sus gritos en las paredes a su alrededor.

Su mente se congeló mientras su corazón caía en un abismo de horror infinito.

****

Musa llegó corriendo cuando escuchó los gritos de su señora. Para cuando llegó a la habitación de Prócula, la mujer ya había destrozado su ropa de cama y volteado una mesa pequeña que contenía las medicinas mientras sollozaba a gritos. Musa corrió a la cama e intentó detener sus brazos que se agitaban con violencia.

—Señora Prócula, ¡aquí estoy!

Prócula había perdido el control y Musa no lo podía comprender. La mujer llamaba a su hijo con desesperación.

—Señora Prócula, soy yo, Musa. Su hijo está a salvo. Su hijo está en Cesarea. Yo estoy aquí. Todo está bien — trató de calmarla la sirvienta.

Prócula titubeó entre los brazos de Musa y la miró con los ojos muy abiertos.

—¿Musa?

—Aquí estoy, señora. Estoy aquí y todo está bien. Ha tenido una pesadilla. Todo está bien.

—Pero, pero…la pequeña Junila. Ya no es. Ella…— empezó a llorar desconsoladamente, y luego con frenesí llamó nuevamente a su hijo:—¿Dónde está?

—Su hijo está en Cesarea, señora. No vino en este viaje. Está a salvo y resguardado en Cesarea, en el palacio. Usted ha tenido unos terrores nocturnos, eso es todo.

La mano de Prócula se relajó sobre el brazo de Musa.

—Oh, Musa — sollozó, su cabeza inclinada y hombros trémulos—. Mi hijo, mi hijo…mi…mi *marido*.

—¿Su esposo, Señora? —Musa la miró con confusión—. Él está aquí. Está bien.

—Musa, ¿dónde está en este momento? ¿Dónde está Pilato ahora?

—No lo sé con exactitud, señora. Creo que está discutiendo un asunto con sus oficiales. Puedo enviar a alguien a averiguar.

—Hazlo, Musa. Averígualo.

Musa trató de sonreír y que Prócula se recostara.

—Así lo haré, querida ama mía. Por supuesto que lo haré. Pero primero, beba un poco de vino y… —Musa observó los utensilios regados antes de mirar hacia otros sirvientes que se habían acercado durante la conmoción, pero Prócula la detuvo.

—No, Musa, *ahora*. Debo verlo, *ahora*. —Eran las palabras más frías y firmes que había pronunciado, así que Musa la miró—. Ahora, Musa —rogó la dama con el rostro lleno de lágrimas. Y la señora Prócula nunca rogaba.

—Sí, señora, ahora, por supuesto.

Con solo una mirada, Musa envió a las otras sirvientas con premura a buscar ayuda antes de sentarse en el borde de la cama. Con gentileza venció las protestas de Prócula mientras llevaba la mano a la frente de la enferma. La dama se dio por vencida y se recostó llena de tensión. Musa sintió su cuerpo temblar de miedo.

—Querida señora, ¡que mala noche ha tenido! Sus ojos, están tan oscuros, casi amoratados. No me lo habría imaginado. Estaba durmiendo tan apaciblemente cuando el doctor nos dijo que la trajéramos a su habitación.

—¿Me movieron durante la noche, Musa?— empezó a decir Prócula antes de percatarse que no estaba en la recámara anterior que recordaba.

—Sí, señora. El doctor y yo regresamos cuando dormía profundamente. Acababa de oscurecer. Nos dijo que sería mejor que usted durmiera en su propia cama, así que las siervas y yo la trajimos aquí. Dormía como una niña.

Prócula se estremeció ante esa palabra, pero Musa siguió.

—Dicen que ayuda hablar sobre la pesadilla, señora — dijo llena de esperanza —. ¿No quiere decirme qué soñó?

—No, Musa, no. No podría… —Prócula empezó a llorar y temblar nuevamente.

Otra sierva trajo un jarro con vino fresco y una copa. Musa lo preparó mientras hablaba, pero Prócula sacudió la cabeza y Musa la puso a un lado.

—Compóngase, señora. Usted es una dama justa y fuerte. Todo está bien. Y comprendo por qué no puede contar su sueño. Se van de la memoria con rapidez, ¿verdad?

Con ojos apretados, Prócula sacudió la cabeza una y otra vez.

—Musa, este sueño, esta visión…

—Entonces, ¿fue un sueño?

—Sí, un sueño, pero muy diferente a cualquiera que haya tenido. No es porque lo haya olvidado que no te lo puedo contar. Es el recordarlo muy bien que me impide. ¡Ay, Dios!

Prócula escondió el rostro entre las manos. En ese instante, Musa se dio cuenta que su ama se había arrancado la piel de los dedos con las uñas durante la noche, marcas rojas recientes que dañaban su apariencia. Estupefacta empezó a entender con los ojos del alma el terror que su señora había visto. Instintivamente estiró la mano para tocar a Prócula, para consolarla, aun sabiendo que nada lo haría. Débilmente, Prócula tomó la mano ofrecida.

Las siervas más jóvenes regresaron con noticias. Un oficial joven esperaba afuera pidiendo permiso para entrar a la recámara. Prócula se arregló y dio su consentimiento. Con cortesía, el hombre entró y se inclinó ante ella.

—Señora Prócula —dijo él.

—Sí — contestó con voz temblorosa—. ¿Dónde está mi esposo? ¿Por qué no viene?

—Lamenta mucho no poder venir, señora. Ha sido imposibilitado por asuntos muy serios durante esta hora. Le envía saludos y espera que usted esté mejor. Promete venir tan pronto las circunstancias lo permitan.

—¿Qué? ¿Qué lo detiene? Le envié mensaje que debía verlo urgentemente.

El joven no esperaba esta respuesta. Se mantuvo de pie, desconcertado y empezó a musitar una respuesta. Incorporándose por un momento, Prócula hizo un gesto exasperado con la mano. Mientras recuperaba su cordura, hizo una pausa y miró al joven con seriedad.

—¿*Qué* hace mi esposo? — inquirió con temor y firmeza.

Algo en su voz hizo que el joven se volviera como un niño.

—Se encuentra… está juzgando un prisionero, señora. Un judío. Un maestro del norte, de Galilea — tartamudeó—. Los sacerdotes lo trajeron antes del amanecer. Se acercaba la media mañana y…

El cuerpo de Prócula se estremeció como un olivo joven al viento.

—Y qué, ¿*qué* quieren los sacerdotes con el Maestro? ¿De qué lo acusan? ¿Qué quieren que mi esposo haga con Él?

Un momento de silencio cayó sobre ellos.

—Creo que es un insurgente de algún tipo, señora Prócula —contestó el oficial—. Creo que quieren acabar con Él. Por eso lo trajeron al Honorable Gobernador. Es un asunto de los judíos, señora, nada de lo que usted deba preocuparse.

—¿*Se encuentran en este palacio?*—Prócula empezó a levantarse.

—Estaban, señora—confirmó el hombre con miedo, temeroso de decir otra palabra —pero acaban de irse. Han llevado al prisionero al Asiento y el Empedrado para su juicio final.

Prócula palideció y llevó su mano a los labios. Por un instante, la imagen de Pilato muriendo con el rostro lleno de sangre se presentó ante ella.

—Musa, consigue un secretario rápidamente, y a un mensajero. Tengo un mensaje de gran urgencia para mi esposo.

Oración: Señor Jesús, me has dado la libertad para seguirte, pero no me has dado la libertad para conocer anticipadamente el mal que puede esperarme o esperar a otros. Sin Ti soy alguien sin sentido común. Redime mi vida del ciclo vicioso de "muy poco, muy tarde." Ayúdame con Tu Espíritu a aprender las lecciones y regresar a Ti. Y guía mis esfuerzos para poder enmendar el daño que pude causar a otros. Amén.

Desea entender el trasfondo de la historia de Prócula y otros personajes en este episodio mejor? Se puede leer desde la página 217 en el epílogo para aprender más.

LA LUZ

Petronio, Centurión de la Guardia de la Torre

Marcos 15:39

Día Catorce

La luz de la vela destelló con suavidad contra las paredes y a través de la superficie rugosa de la mesa. Petronio no se había molestado en hallar un plato o un pedazo de cerámica para colocar bajo ella. Unas gotas de cera caliente de la mecha recién encendida hallaron un lugar frente a él sobre la madera sin barniz, dando luz y un poco de calor a los alrededores. Por ser más fácil de transportar, se había acostumbrado a la vela en vez de la lámpara de aceite ubicua del mundo Mediterráneo; ahora al poder elegir, usaba la vela por costumbre y nostalgia. La que acababa de encender hizo un poco de sombra mientras su brillantez de la luz caía sobre su mano y en sus implementos de escritura recogidos sobre el retazo sobre el que escribía. Tras él había unas sombras más grandes que se alzaban en la bóveda de arcos bajos que había buscado aquella noche. Miró a su alrededor pensativamente y se percató que las sombras huían de esa pequeña llama. Siempre le sorprendía como una pequeña luz podía conquistar tanta oscuridad. Había traído otras velas porque no sabía si una era suficiente. Pero después de encender la primera, vio que daba suficiente luz y no usó más. Las otras las colocó a su lado en caso de que tardara en su tarea.

Pero Petronio no tenía interés en meditar sobre el sencillo esplendor de la vela frente a él. Había cosas más importantes en su mente. Estaba ocupado escribiendo, escribiendo y pensando, buscando las palabras exactas para lo que debía escribir. No era fácil. De niño aprendió a escribir gracias a un esclavo que su padre compró específicamente con ese propósito. Había aprendido las habilidades necesarias para escalar rangos y beneficiar al César. Para leer las órdenes debía tener ese conocimiento, pero eso no quería decir que fuera un hombre de letras. Estaba entrenado para ser lo que era – un hombre de la espada, el jefe de los hombres de la espada; un arma de algún tipo siempre lo acompañaba, le gustaba así. Era demasiado importante para hacer el trabajo de un secretario. Si tenía que comunicarse usaba un escriba. La pluma y la tinta lo ponían nervioso.

Pero aquella noche, mientras la oscuridad de la noche se volvía más negra antes del amanecer, se encontró escribiendo, movido por su enojo. El sueño huía de él con más y más frecuencia, y aunque trataba de resignarse, empezaba a ver la situación como algo intolerable. Constantemente se repetía que él no debería estar allí. Estaba hecho para cosas más grandes que aquello. Se había retirado temprano en la noche, lamentándose de lo que pudo ser o lo que debió hacer. Por si fuera poco, el Festival estaba próximo y su cuartel había sido reforzado con tropas nuevas provenientes de Cesarea como siempre se hacía en aquellas ocasiones. Normalmente habría agradecido aquel cambio en su rutina, pero esta vez se sentía nervioso. Así que rodeado de la serenata de ronquidos de una docena de hombres más el sonido poco familiar de las ovejas balando en las calles polvorientas, Petronio se había levantado, tomado sus cosas y buscado la soledad en el nivel inferior de la fortaleza. Por fin había vencido los nervios para escribir la carta y hacer su solicitud. Basándose en la necesidad de la privacidad tendría que escribir la carta él mismo.

Petronio era un joven oficial romano. Nacido en la Galia Cisalpina en el norte de Italia, se consideraba romano, aunque no había pasado mucho tiempo en la ciudad misma. Con la ayuda de su padre, que implantó en su hijo una sed insaciable por la gloria personal, Petronio había empezado lo que podría llamarse una exitosa carrera militar. Miembro de una legión en Alta Alemania, ascendió con rapidez y pronto tuvo el rango de centurión. Petronio estaba seguro de su padre se hubiera sentido muy orgulloso de él, si no hubiera muerto de manera prematura. Gozaba de la admiración de sus superiores, y sus hombres respetaban su instinto y su determinación en la disciplina militar. Era pragmático, pero no legalista. Una mano firme hacía un centurión fuerte, y un centurión fuerte significaba victorias, para él y para Roma. Se distinguía por su valentía en las revueltas de la frontera, y su habilidad de mantener la calma en batalla había salvado vidas en su batallón, aunque había poca calidez entre él y sus tropas; Petronio estaba demasiado enfocado en otros asuntos. Halagaba a un hombre cuando lo merecía y no dudaba en castigar al negligente y al descuidado. En definitiva, sus hombres hablaban de él con respeto y eso era suficiente. Una buena reputación militar podía durar una vida, y los favores ganados ahora podrían cobrarse después. El futuro se veía prometedor.

Pero el joven Petronio no estaba satisfecho. Las cosas no estaban avanzando según la ambiciosa agenda que tenía para su vida. Así que después de unos prósperos años en Alemania y una serie de victorias personales bajo su cinto, empezó una cadena de maniobras que él sentía necesarias para el futuro que visionaba. Desde la muerte de su padre, había intercambiado correspondencia con el hijo del hermano mayor de su padre, un oficial importante en Roma, y su pariente más cercano. Como joven siempre tuvo una relación cálida con su primo (lo suficientemente mayor como para ser su padre) y lo consideraba un aliado muy cercano. Su puesto de influencia había hecho la vida de Petronio muy cómoda desde niño, haciendo que tuvieran aún mayores conexiones durante su vida. Pero al morir su padre, lo que el joven oficial había considerado un lazo familiar se había convertido en algo indispensable, su única oportunidad de tener una alianza política en Roma. Petronio se sentía vulnerable en un mundo donde las asociaciones personales eran esenciales para que un joven tuviera poder. Estos sentimientos lo llevaron a tomar la estrategia predecible de fortalecer los lazos con este hombre de cualquier manera posible. Cultivó esa relación con cuidado, enviando obsequios frugales y cartas breves, tratando de sonar interesado en las actividades de su primo en Roma. Cuando se hizo evidente que un exceso de oficiales limitaría sus posibilidades en Alemania por algún tiempo, su instinto le dijo que había llegado la hora de cosechar lo que había sembrado cuidadosamente. Escribió a su primo y mencionó que había llegado la hora de un cambio, que debían enviarlo a un mejor puesto en otra legión dentro del Imperio. Las palabras habían sido escritas con delicadeza; lo que para Petronio, era una obra maestra. Confiaba que al enviar la carta habría algún efecto. Tuvo razón. Dos meses después le llegó una nota indicando que debía viajar a Roma para recibir órdenes nuevas. Recordó las miradas en los rostros de sus rivales mientras se alejaba de la ciudad con una pequeña tropa, molestos ante la promesa de algo que ellos solo podían anhelar. Aun ahora en su celda, Petronio recordaba la envidia en los ojos de ellos. Le encantaban esos momentos.

La sonrisa desapareció. Su viaje a Roma no había sido lo que había esperado. En vez del cálido recibimiento, que estaba seguro de recibir, le dieron tiempo libre junto a la tropa y se le dijo que esperara órdenes nuevas. Su pariente le mostró cordialidad, pero nada más. Ocupado con sus propios asuntos, le comunicó al joven oficial que ya estaba acostumbrado a las peticiones por favores políticos. Roma era un lugar oscuro y peligroso. Las palabras hacia Petronio fueron poco menos de condescendientes. Sí, tenía conexiones políticas. Sí, habría un buen puesto, pero tendría que esperar. Por supuesto que sí; sólo le tocaba esperar. Así que Petronio esperó lleno de impaciencia como siempre. Sea cual fuera, su nuevo puesto estaba seguro de que lo honraría, pero tenía que esperar. Pronto, la realidad acabó con sus altas expectativas. Cuando la noticia llegó, se asombró.

Judea.

Petronio apretó los dientes al recordar el momento en que aquella tierra maldita resonó en sus oídos. ¿Cómo pudieron bajarlo de rango? Esperaba quedarse en Roma o por lo menos cerca de España. Había grandes oportunidades de crecer en aquellos lugares. Un hombre tenía que avanzar. Hasta un lugar como Acaya tenía su encanto si bien era diferente, pero ¿Judea? Desde su perspectiva era difícil verlo como algo diferente al remanso del Imperio. Trató de apelar a la decisión, pero fue inútil. Su última reunión con su primo fue frustrante. El hombre mayor le aseguró a Petronio la importancia estratégica de Judea y las posibilidades de gloria. Estaba seguro de que si alguien podría destacarse sería su joven primo. Ciertamente si Roma lo enviaba ahí debía ser por algo bueno. Mucho podía aprenderse al aceptar la voluntad del Imperio. El discurso de su primo lo había llenado de amargura. Él sabía mucho sobre seguir órdenes, pero más sabía darlas. ¿Por qué lo estaban regañando como a un niño? ¿Qué más tendría que aprender?

Las sombras que colgaban del techo amenazaban con envolverlo, pero sus intentos fueron en vano. El círculo de la luz las mantuvo lejos de él y su esperanza viva. Tomó una bocanada de aire y trató de apartar sus emociones del razonamiento que debería tener su carta. Argumentos apasionados no serían tomados en cuenta. Debía parecer profesional y sobre todo en control. Y eso era algo que no había sentido en mucho tiempo. En lo que a él concernía, su vida entera y su carrera profesional se habían convertido en una celda – oscura, fría y claustrofóbica. Todo parecía cerrarse sobre él y no podía ver una escapatoria. Solo la chispa de su ambición, y su deseo de alcanzar – y quizás sobrepasar – el sueño de su padre lo motivaba a continuar. Su ambición lo obligaba a seguir adelante.

Aquella pequeña llama, brillando con mayor fuerza cuando la cera se derretía de la mecha, parpadeaba en una protesta silenciosa por una corriente de aire, luego volvió a brillar gloriosamente. Petronio no sintió la brisa. Sentía que se estaba sofocando al recordar los hechos que lo habían traído hasta este punto. Los recordó, unos tras otro.

Oración: *Señor Jesús, mucho de lo que he soñado no ha terminado como yo lo esperaba. Confieso que mi desilusión me ha llevado a estar resentido contra Ti o hasta a rebelarme en Tu contra. Muchas veces creo que soy mi propio dueño. Por Tu gracia, elijo rendir mi voluntad a Ti. Mis planes son Tuyos para prosperar, cambiar, o desechar según desees. Amén.*

Día Cince

Al comienzo trató de poner su mejor cara. Era muy degradante haber sido enviado a un exilio virtual, pero sería insoportable si los otros vieran su humillación. Petronio apretó la mandíbula. Se negaba a ser el objeto de burlas en las mesas como ésta en toda Alta Alemania, aunque no estuviera ahí para escucharlos. Así que aprendió todo lo más rápido que pudo; hizo todo lo posible por hablar bien de Cesarea y casi se convence de la grandeza de vivir bajo el nuevo puerto construido por Herodes. Petronio entendía que la ciudad tenía sus cosas buenas. Podría convertirlo en un lugar de grandes posibilidades para su gran plan de gloria personal. Pero estaba a punto de ser desilusionado de peor manera que cuando le informaron que iría a Judea. Ni bien tenía una semana de haber llegado cuando sus superiores lo llamaron. Había ocurrido un cambio y él ya no se quedaría en Cesarea. No era que él hubiera cometido una ofensa; aún serviría en Judea como había solicitado (¿de verdad lo había hecho?). Un nuevo puesto estaba disponible en el fuerte de Jerusalén y requerían de su presencia. Mañana podría viajar hacia allá. La decisión, al igual que la que lo había enviado a Palestina, era irrevocable.

Por lo tanto, se encontraba en Jerusalén. Tomó residencia con el resto de la tropa en el Fuerte de Antonia, una torre construida por Herodes el Grande en la parte norte de la muralla de la ciudad. Desde ahí, se podía observar el segundo distrito de un lado y el Templo del otro. Su trabajo y el de sus hombres era el de conservar el orden entre los problemáticos residentes de la ciudad. Aquí en Judea, nadie hablaba de posibilidades. Jerusalén no estaba de camino a ninguna parte. Esto sería el exilio, es más, la suma de todos los temores que había albergado mientras estaba en Alemania. Su pequeña estadía en Cesarea se había desvanecido como un sueño mientras se acostumbraba a la nueva rutina. Sin razón aparente, Petronio había sido olvidado por las mismas personas a las que había intentado impresionar.

Maldijo el piso bajo sus pies mientras permanecía sentado lleno de enojo. En su mente, Judea era una tierra rocosa dilapidada. El poco verdor que se aferraba a las piedras parecía clamar por un alivio que no encontraba. Muchas veces soñaba despierto con los valles soleados de su niñez o los verdes bosques en los campos de Alemania. Así debía ser la tierra: fértil y agradable. En contraste, muy poco de Judea servía de consuelo. Su mal humor impedía que tuviera algo que no fueran pensamientos negativos y llenos de odio por aquella tierra que detestaba. Los judíos que vivían allí la llamaban una Tierra Prometida, Petronio gruñó en desdén. A él no le prometía nada más que la miseria.

Obviamente, la tierra misma era solo una fracción de su frustración. Lo que realmente lo hacía odiar Judea eran los habitantes. Desde el momento de su arribo, sintió que de todas las naciones donde un romano podía vivir este debía ser el peor.

En realidad, Jerusalén sí tenía algunas diversiones, pero ninguna le agradaba. La religiosidad de las personas arruinaba todo. Había restricciones que les impedían participar en actividades que los romanos consideraban grandiosas y que mantenían contento a un soldado. Él no era el único que se sentía así. Había escuchado que, hasta el mismo gobernador, Pilato, había sido disciplinado por mostrar algo de patriotismo romano algunos años atrás al recibir el cargo. Pilato había traído algunos emblemas imperiales a la ciudad y el Emperador Tiberio lo había reprendido apaciguando así a los *judíos*. Tal vez los judíos estaban tranquilos, pero Petronio estaba furioso solo de pensar en eso. Los romanos eran los vencedores, los judíos eran los vencidos. El centurión comprendía los principios que mantenían el imperio unido, pero creía que las autoridades de Roma podrían pensar en una mejor manera de hacer las cosas que intentar contentar a un grupo de fanáticos religiosos.

Los detalles de la fe judía parecían opacos para Petronio. No tenía deseo de aprender el excéntrico sistema de creencias del pueblo. Un dios, un templo, una ciudad santa – todo eso le parecía muy extraño. El deber le obligaba a saber quién era quién en el pueblo porque de eso dependía la seguridad. Los saduceos eran amigos o al menos eran aliados políticos por interés propio. Los romanos usaban su hambre de poder para sus fines. Los fariseos no eran tan amistosos, pero tampoco eran de armas tomar. Algunas personas estaban inquietando la tierra y Petronio estaba consciente de que podrían causar problemas. Un contingente creciente de zelotes se había comportado extrañamente en los últimos tiempos, causando problemas que tendría que enfrentar. Después de estos grupos, venía una mezcla de extraños que vivían en grupos en el desierto y que vagaban mientras hablaban de su dios. Esto se había destacado recientemente y le parecía que siempre escuchaba hablar de ellos. Pero en su mayoría los judíos eran personas simples, pobres que vivían al igual que otros pobres en cualquier parte del mundo, pero diferían en su fe. No se interesaban por las cosas que a Petronio le parecían importantes, y a su vez permanecían interesados en cosas que Petronio no podía comprender. Su dieta alimenticia y su vestimenta eran incomprensibles, y parecían fascinados al extremo con los días de la semana (negándose a trabajar, o hasta jugar cada séptimo día) y en ciertos festivales. Las particularidades de cada lugar no eran algo nuevo para él. Todo el Imperio era así, cada nación con sus propias costumbres. Pero había algo en estas personas que los hacía diferentes (podría decirse hasta "especiales," pero no de una manera positiva), y Petronio no lograba entender que era. A medida que caminaba por los mercados sucios durante su patrulla, miraba sus rostros oscuros y barbudos mientras hablaban en arameo, discutiendo sobre los precios, eventos recientes, o quizás la religión. No estaba seguro. Lo que sí sabía era que cuando se acercaba a los hombres, ellos bajaban las voces y lo miraban con recelo. Pronto aprendió el significado de una palabra que muchos judíos murmuraban amargamente mientras él y sus soldados pasaban – *perro*. Lo enfurecía al comienzo y se lanzaba hacia las multitudes, agarrando a mercaderes asustados y hasta mujeres en su ira. Pero nunca estaba seguro quien había lanzado los insultos y finalmente decidió ignorarlos. Empezó a ver aquellas afrentas mezquinas como una pérdida de su tiempo. Pero por ellas había hallado el denominador común que todos estos grupos compartían: Todos odiaban a los romanos.

Pues, también los odio yo a ellos a su vez, pensó. Pero en realidad, no tanto. Estaba demasiado alejado de ellos como para odiarlos en verdad. Lo que realmente sentía era un desdén apático. Si nunca hubieran existido o si dejaran de existir mañana, no le importaría. Petronio tenía sus propias preocupaciones y sueños. Sin embargo, recientemente, había empezado a identificarlos a ellos y a su tierra seca con una frustración profunda que crecía en la oscuridad de su corazón. No parecía haber final a su servicio ahí. No había espacio para avanzar o recibir una transferencia. Las pocas veces que había visitado Cesarea sólo habían servido para agravar su herida interna. Mientras sus colegas – hombres de igual o menor rango – nadaban en las aguas del Mediterráneo o descansaban en baños lujosos, él se moría de sed en Jerusalén. Ellos tenían muchos beneficios de Roma y la libertad de la cultura romana; la abundancia de Roma fluía a los puertos de Herodes. Podían tomar buen vino y tener mujeres hermosas. Visitaban los templos cuando querían. Y más que nada, podían jugar el juego en el que él se había vuelto muy hábil. Ascendían, caían, eran promovidos, transferidos, y jubilados con honor. Petronio sabía que no podía estar atrapado en Jerusalén por siempre, al menos esperaba que no, pero estaba perdiendo tiempo y sus habilidades. Tenía que salir de ahí. A pesar de hablar del mérito de servir al César tenía muy poca paciencia para ello. Él y todos los demás reconocían esos discursos como meras palabrerías. No creía en ellos más de lo que creía en los sacrificios que su puesto lo obligaban a tomar. Petronio ansiaba una cosa y solo una, y era a Petronio mismo. Así eran las cosas porque así era como funcionaban. Cualquiera que en verdad creyera este asunto del servicio era un imbécil. Conscientemente, Petronio no luchaba con esta idea; era tan extraña para él que no cabía en su mente. Su padre le había enseñado a consumir y absorber. Su padre le había enseñado a conquistar. Hacer otra cosa estaba totalmente fuera de la cuestión.

Oración: *Señor Jesús, ¡que maravillosos planes tienes para mí! Me conoces mejor de lo que me conozco, y me amas más de lo que pueda comprender. Tienes buenos planes para mí, planes que mis ojos naturales no pueden ver. Pero me enceguezco cuando lucho contra Ti. Ayúdame a confiar en Ti, a permitirte guiarme aun cuando mi situación actual me parezca irritante. Ayúdame con mi incredulidad y dirige mis pies en el camino que a veces es pedregoso pero que lleva hacia Tu gloria. Amén.*

Día Dieciséis

Una gota de cera sucumbió al calor cerca de la mecha y empezó a correr por el costado de la vela. Como una lágrima persistente, empezó su trayecto por el camino por donde habían pasado sus predecesores. Por coincidencia de la naturaleza, la cera caliente halló una pequeña ranura en la madera y prosiguió por unos centímetros más hacia Petronio. Él observó el brillo de la cera líquida extinguirse mientras endurecía frente a él. El rigor de la muerte la había dominado. La llama continuaba brillando, indiferente al drama ocurriendo bajo ella. El pequeño fuego había acabado con la mayoría de las velas sin compasión, y no tenía intenciones de cambiar ahora. Las víctimas yacían como muertos en el campo de batalla y la colina donde descansaban empezaba rápidamente a ser consumida. Ya tenía menos de la mitad de su largo original y no duraría mucho más. Petronio se inclinó hacia delante y fijó su mirada en el fuego, hasta que su visión se nubló, y la flama quedó estampada en su retina. Mantuvo la mirada fija hasta que el color naranja fue todo lo que pudo ver.

Que tonta la vela.

La noción llegó repentinamente. No era *víctima* de la llama. La vela *eligió* arder, *eligió* entregarse al fuego. De principio a fin estaba diseñada para la autoinmolación. Nadie tuvo que convencerla una vez que la chispa alcanzó la mecha. Nadie tuvo que forzarla, como los sacerdotes que Petronio vio desde su torre, arrastrando cabras al altar para ser sacrificadas. Esas cabras tenían sentido común. Por lo menos tenían la sabiduría para luchar, aunque fuera inútil. Ellas peleaban contra las cuerdas de sus captores hasta que el cuchillo caía. Hasta las lámparas del Templo se conservaban; solo el aceite dentro de ellas se consumía. Pero la vela…la vela era tonta. No hacía ni un sonido ni presentaba una batalla. Se ofrecía todo hasta que no quedaba nada. ¿Para qué? Para darle luz a otro. Para dar calor a otro. Para mostrar el camino en un lugar oscuro, para dar valor a un niño asustado, para disipar la tristeza y levantar el espíritu de melancolía del hombre. Hacía todo esto con la determinación inquebrantable y sin pensar en su propio futuro.

Petronio parpadeó y volvió a concentrarse en su oponente. La vela lo observaba con el brillo de su único ojo y continuaba con su tarea de mantener la oscuridad alejada; no le contestaba, sus motivos seguían siendo un misterio. La censura silenciosa de Petronio no cambiaba su propósito ni disminuía la majestad por la que iluminaba su mundo tenebroso. Petronio estiró su mano derecha y enterró la punta afilada de su pluma en la suave cera en la base de la vela. Herida, la vela cedió un poco pero no cayó, amarrada tal como era en los desechos su propia destrucción. Ya no había otro recurso. No era más que un pequeño montón de cera grasienta sobre la mesa. Pronto, la llama que destellaba en el centro de la vela derretida terminaría con la mecha y la vela se apagaría y moriría. Los soldados que la hallarían por la mañana no pensarían dos veces en rasparla y echarla al suelo. Petronio sacudió la cabeza y su susurro ronco hizo eco en las paredes frías.

¿Por qué lo haces?

—¿Centurión?

Petronio se levantó de su asiento de un salto, impulsado por la adrenalina de la sorpresa. Instintivamente llevó la mano hacia la daga que llevaba en la cadera mientras se volvía. La silla cayó al suelo.

—Mis disculpas, señor—dijo uno de sus soldados, cuyo rostro Petronio pudo reconocer en la luz decreciente. Era uno de sus tenientes. Se movió hacia la silla para levantarla. Petronio lo detuvo con un gesto irritado, enojado consigo mismo por haber reaccionado de aquella manera. El joven soldado asumió una postura de atención.

—¿Qué sucede?—preguntó intentando recobrar el control de sus nervios.

—Lo llaman, señor. Hay otro prisionero.

—¿Un prisionero? ¿A esta hora?

El soldado asintió y empezó a hablar. Petronio lo interrumpió.

—Enciérralo. Trataremos con él cuando llegue la luz del día.

—Es el prefecto, señor. Su presencia se requiere. Poncio Pilato lo solicita.

Petronio lo miró con fijeza por un momento y con los labios entreabiertos. El soldado ya estaba en su armadura, su casco sostenido en el pliegue del codo de su brazo izquierdo. La luz brillaba sobre el bronce opaco de su pechera y en los protectores de sus canillas. Su *gladius*, aquella espada corta por la que las legiones eran famosas, colgaba a su lado. Petronio vio su mirada vagar hacia un lado, aunque no movió la cabeza. Era la carta. Los centuriones nunca escribían – jamás. Y hacerlo en medio de la noche era más extraño todavía. Petronio se inclinó hacia el costado y colocó su puño sobre la mesa. El joven volvió la mirada hacia un punto indefinido y respetable frente a él. Petronio aclaró su voz.

—Muy bien. Sígueme a las barracas y ayúdame a vestir.

—Sí, centurión—contestó el joven, girando noventa grados hacia la izquierda para que pasara el comandante. Petronio exhaló con fuerza y pausó por otro segundo, su rostro inclinado. Luego, pasó al lado del soldado y subió los escalones hacia su cuartel.

Oración: *Señor Jesús, examina mi corazón y libérame de la parálisis y la idolatría que siempre me hace sentir víctima. Tú y solo Tú has sido verdaderamente inocente en Tu sufrimiento, y libremente Te sometiste a ese sufrimiento para liberarme. Quiero ser sanado. Quiero tomar mi tapete y caminar. Abre mis ojos para ver la Cruz, Tu falta de temor en Tu disposición de darlo todo, y lo que esa rendición absoluta significa para mí. Ayúdame, de alguna manera, a ser más como Tú. Amén.*

Día Diecisiete

Antes de ponerse su armadura, Petronio ordenó que sus hombres se despertaran. El amanecer estaba por llegar, y si Pilato lo requería debía ser por un asunto moderadamente importante. Debía llevar hombres consigo al ir, y los otros debían quedarse en alerta. Cualquier cosa podría suceder con los peregrinos que habían llegado a la ciudad y ya habían ocurrido algunos inconvenientes. Se puso su armadura sin decir palabra alguna, ayudado por el soldado que lo había ido a buscar. Cuando estuvo listo, Petronio se volvió hacia el soldado. Ya estaba de mejor humor.

—Fuiste muy listo al encontrarme, Lucio.

—Gracias, señor.

—¿Cómo me hallaste?

—Por la luz, señor.

—Ah, por supuesto—contestó Petronio.

Salió de su aposento seguido de su subalterno, y halló a una tropa pequeña de hombres vestidos, armados, y listos para recibir órdenes. Los saludó con un gesto de la cabeza y ellos lo siguieron mientras descendía algunos escalones a través de los pasillos en la fortaleza, y finalmente bajaron unos escalones hacia el perímetro del Monte del Templo. Petronio planeaba llevar a sus hombres como a 300 metros a lo largo del muro que sostenía el lado oeste del Monte (que en realidad era una plataforma enorme construída por manos humanas), de ahí volver hacia el muro que dividía el Segundo Distrito del resto de la ciudad. Este muro funcionaba como una carretera elevada, que más o menos conectaba directamente al Templo del Monte con el Palacio de

Herodes. Esa era la residencia de Pilato, prefecto y gobernador de Judea. Era un recorrido corto de aproximadamente cinco o seis *stadia* desde el Fuerte de Antonia por la ruta que seguían. Mientras marchaban al lado del Templo, Petronio cuestionó a su teniente un poco más sobre el llamado.

—No sé casi nada sobre el asunto, señor. Un mensajero de la guardia de la residencia del gobernador vino y me informó que debía tratar con un prisionero, y que no se podía tratar el asunto con ligereza. Aparentemente tiene algo que ver con los sacerdotes y otros. Ellos están ahora con el prefecto y tienen al hombre en custodia segura. Creo que no pueden hacer con él lo que quieren.

Petronio maldijo.

—Piden muerte a los romanos hasta que los necesitan para que hagan su trabajo sucio— se quejó moviendo la cabeza.

—Sí señor—contestó el joven soldado.

Pronto abandonaron el Templo del Monte, abriéndose camino a lo largo del muro hacia su destino. Las grandes torres de Fasael, Hípico, y Mariamna surgían sobre ellos, las tres formaban la Ciudadela que guardaba la Puerta de Gennath y el palacio hacia el sur. El Palacio de Herodes se levantaba entre los hogares de los ricos y el extremo oeste de la ciudad. Pilato no lo hacía su hogar permanente. El prefecto de Judea gobernaba desde su trono en Cesarea como lo demandaba su puesto. Solo venía a Jerusalén para los festivales de los judíos. Un gran número de tropas lo acompañaban como su guardia personal y para aumentar los patrullajes de la ciudad. Si los problemáticos intentaban rebelarse, éste probablemente sería el momento para hacerlo porque las pasiones religiosas corrían fuertes durante la peregrinación. Un aumento de la presencia militar quitaba fuerza a aquellas ideas. Pilato había llegado a Jerusalén con su esposa hacía una semana más o menos. Esta Pascua parecía similar a otras. Después de una revisión inicial del Fuerte Antonia, Petronio no había visto nada de él hasta dos días atrás. El gobernador había llegado a las barracas de Petronio acompañado por su guardia personal, una delegación de soldados del Templo y unos sacerdotes menores. Supervisó la entrega de las vestimentas del sumo sacerdote para que los judíos celebraran la Pascua. Recordó la actitud de negocios de Pilato y la nerviosa humillación de los santos hombres judíos ante el santuario del poder romano. Podía ser la ciudad de ellos, pero los romanos tenían las llaves y este ritual les recordaba esa dura realidad. Tomaron sus cosas santas, hicieron sus reverencias al gobernador, y se fueron. Después de eso, Pilato había saludado a Petronio con un gesto, y regresó a su residencia a esperar que la Pascua pasara sin novedad alguna. Hasta ese momento, parecía que sería así. El gobernador regresaría a Cesarea la siguiente semana cuando bajara el volumen de visitantes.

Ahora parecía que no le iba a ser un tiempo sin problemas, no con todos los soldados marchando hacia su hogar en la luz del amanecer. Esta vez fue Petronio el que visitó al gobernador y sintió curiosidad. Quizás era otro insurgente como los que habían capturado antes y que ahora estaban encadenados en Antonia esperando su fin. Eso no había pasado a mayores; Pilato los había sentenciado en minutos, pero uno nunca sabía qué pasaría con esa gente. Tal vez sería algún tipo de intriga política. Petronio pensaba en estos asuntos con interés mientras se apresuraba a lo largo del muro, sus tropas iban acelerando sus pasos para alcanzarlo. La ciudad empezaba a despertar. Vio mujeres saliendo por las puertas, voces que se saludaban; unos cuantos gallos cantaron a la distancia. El día comenzaba.

A pesar de que apresuró a su tropa, y la marcha vigorosa, para cuando descendieron al palacio a lo largo de la plaza hacia el sur, Petronio se percató de su retraso. A medida que se acercaba a la puerta vio un grupo de hombres, viejos judíos con túnicas, al frente, y un grupo de soldados detrás de ellos. La formación de los soldados indicaba la presencia de un prisionero en medio de ellos, pero Petronio no lo podía ver. Ya se estaban alejando del palacio dirigiéndose hacia las angostas calles de la ciudad. De pronto alcanzó a ver a Poncio Pilato ingresar a su residencia. Un oficial de la Guardia Pretoriana dio un paso al frente cuando Petronio y su tropa llegaron.

—Saludos, centurión.

—Saludos—dijo pensativamente saludando como ellos lo hacían. —¿Cuáles son las noticias?

El soldado entendió su preocupación y le habló.

—Llegaste a tiempo, Petronio, pero el gobernador no necesita tanto apoyo como pensábamos. El prisionero es un judío de otra jurisdicción y ha sido enviado al tribunal correspondiente. La decisión llegó con rapidez.

Petronio se sintió aliviado al saber que no había fallado. Sus hombres permanecieron atentos, pero él permaneció perplejo sin saber la acción a tomar. ¿Debería o no hablar él con el prefecto?

—Sería prudente que permanecieras aquí hasta que llegue respuesta de la resolución tomada. El sumo sacerdote está involucrado—dijo el oficial contestando sus preguntas antes de escucharlas. —Por favor lleva a tus hombres bajo el pórtico.

Petronio aceptó su palabra como una invitación (tenía el mismo rango que el hombre que le hablaba), e hizo caso. Permitió a sus hombres romper fila, pero permanecieron en alerta y hablaron poco entre ellos. Estaban a la puerta del gobernador después de todo. No sería necesario para él ver personalmente a Pilato a menos que algo irregular sucediera. En tal caso, nuevas órdenes llegarían y Petronio regresaría a la Torre con su tropa. Mientras tanto debían esperar, y eso le parecía bien a Petronio porque tendría tiempo de hablar con los guardias para averiguar qué había sucedido.

Resultó que el prisionero no era nada de lo que había imaginado. En vez de un criminal violento o subversivo, era un rabino joven, un galileo que había llegado a la ciudad para los días santos. El sumo sacerdote junto a sus fieles y miembros de su familia habían llegado con el hombre en custodia, acusándolo con vehemencia. Entre más explicaban la situación, más se percataba de quien era. Había escuchado sobre este hombre. Un simple maestro del norte, un hacedor de maravillas, que había vagado por el campo y hablado del "reino" del dios en el cual creía. Bajo otras circunstancias se habría preocupado – las rebeliones siempre empezaban con esas palabras – excepto que no hablaba palabras que llevaran a una acción, al menos no que Petronio supiera. Parecía estar fascinado con los cielos, y esta fascinación la transfería a sus seguidores.

—¿Es el hombre cuyos discípulos le dieron la bienvenida días atrás?—preguntó Petronio.

—No guardo memoria de estos fanáticos,—contestó su colega con altivez.—Acabo de llegar y he estado cerca del gobernador todo este tiempo. Él es mi preocupación, no esta chusma.

—Creo que es él—, dijo Petronio fingiendo ignorar el tono de voz arrogante.—Él es popular con el pueblo, pero es inofensivo según entiendo, al menos comparado a otros con los que he tenido que tratar. ¿Qué quieren de él?

—Tal vez ese es el problema. Es popular. Pilato piensa que es inocente y se lo ha dicho, pero esos sacerdotes lo siguen acusando de todo lo que se puedan imaginar. Probablemente sean todas mentiras, por supuesto, pero los cargos son lo suficientemente serios porque tienen que ver con los impuestos y la rebelión—el oficial hizo una pausa y miró hacia la entrada del palacio.—No me gustaría estar en la silla del gobernador hoy. Castigar a un profeta y causar otro levantamiento, o enfurecer a los sacerdotes porque no tienen un buen argumento. No será una buena elección.

Petronio guardó silencio, pero levantó una ceja y asintió. El otro se encogió de hombros. Nadie necesitaba mencionar la precaria situación de Pilato en Judea. Otro reporte malo al emperador y Pilato podría perder todo lo que había ganado con su designación, quizás más. Últimamente esas remociones habían demostrado ser fatales para otros en puestos más altos que el de Pilato. Petronio había escuchado que Pilato tenía amigos en lugares altos pero que las cosas eran extremadamente volátiles en Roma, sin importar las conexiones.

—¿Dónde lo llevan ahora?

—Bueno, él es galileo.

—Sí.

—Cuando el gobernador escuchó aquello, hizo lo que todo hombre sabio en su lugar haría. Lo envió a...

—Herodes Antipas.

Asintió nuevamente con una sonrisa burlona.

—No es sin razón que logró que lo designaran prefecto de Judea.

—Claro que no—, respondió Petronio, mirando a su tropa a la luz del sol naciente. Guardó en su memoria la táctica de Pilato para futura referencia. Un hombre en autoridad necesitaba aprender esas cosas para sobrevivir.

Así que Petronio y sus hombres esperaron junto a los otros unas noticias de Herodes. Su casa estaba razonablemente cerca; un mensajero vendría pronto si Herodes tomaba una decisión del caso. Pero el tiempo pasó y no llegó ningún mensajero. Alrededor de una hora después, un guardia llamó y algunos de los soldados personales de Pilato regresaron y entraron al palacio. Petronio y sus hombres formaron filas y tomaron su puesto junto a los hombres de Cesarea. El grupo que había partido se acercaba nuevamente. Los sacerdotes lideraban el camino, acompañados del oficial y unos hombres del grupo de Herodes. Los guardias del Templo y el prisionero venían detrás.

—Parece que Herodes conoce el mismo truco—susurró Petronio a su nuevo amigo mientras completaba la formación. El hombre asintió ligeramente y su mirada le dijo que eso no había terminado y que no iba a ser un final agradable. La táctica de Pilato había fallado.

Oración: Señor Jesús, mi mundo está llena de vanidades. Política, juegos de poder y orgullo toman el lugar prominente de mis pensamientos. Pero Tú eres diferente y no Te disculpas por rehusarte a jugar al rey de la colina con los que ambicionan ser reyes en este mundo. Mientras que los orgullosos buscan liberarse de Tu inocencia, ven Señor y halla Tu hogar en mí. Te abro mi corazón. Amén.

Día Dieciocho

Pilato apareció desde la entrada al palacio y prontamente se ubicó entre las filas de los soldados. El capitán de Herodes, junto a un mensajero, dio un paso al frente para saludarlo. Los sacerdotes escucharon con interés justo tras la puerta, pero no entraron. Después de un intercambio de formalidades, el mensajero desenrolló un pergamino y leyó un mensaje corto. Herodes Antipas se sentía muy honrado ante el gesto de Pilato, pero lamentablemente no podía decidir el destino del prisionero. En ese punto, Petronio perdió interés en el resto del mensaje porque tenía que ver con tecnicidades de la ley, la jurisdicción, y la ofensa del criminal. Sólo porque no pudiera entender las palabras decorativas y los minuciosos detalles que intercambiaban los reyes no quería decir que Petronio no entendiera el meollo del asunto. *"Gracias por la oferta, prefecto, pero no tengo estómago para soportar estos asuntos más que tú."*

Pilato recibió el mensaje estoicamente y tomó el rollo del mensajero. Dijo algo correcto según los protocolos de tales dignatarios y se inclinó antes de retirarse. El capitán de Herodes llamó al guardia del Templo que vino para entregar al prisionero.

Fue la primera vez que Petronio lo vio. Era un judío como muchos otros: común, de altura y peso normal, barbado. Estaba ahí de pie en medio de Sus captores, cabeza inclinada, manos atadas tras Él. Lo habían golpeado, Su cara estaba amoratada, y Petronio vio sangre seca en el cabello debajo de Su nariz y en Su labio. Una túnica púrpura muy fina envolvía Sus hombros. Cuando Petronio dio un paso al frente para tomarlo bajo custodia romana (el otro oficial acompañaría a Pilato durante el juicio), se hizo una pregunta. Rodeando a este hombre había sacerdotes y Sus asistentes, soldados del Templo, hombres de Herodes, romanos regulares, y miembros de la Guardia Pretoriana. Parecía demasiada atención para un simple maestro. Petronio miró al capitán mientras empujaba al joven. El otro soldado malinterpretó su mirada.

—Un regalo para el 'rey'—dijo con sarcasmo mientras manoseaba la orilla de la púrpura.

Petronio no sabía cómo responder así que no dijo nada. Pilato volvió a leer el rollo mientras los hombres de Herodes se alejaban. Los sacerdotes permanecieron esperando, miradas de impaciencia y enojo había en sus rostros. Pilatos los miró como si fuera a responder, pero se dirigió a Petronio.

—Centurión, llévalo dentro—dijo fatigado—, en breve entraré.

Petronio se volvió en obediencia mientras sostenía al prisionero con firmeza por el brazo y llevándolo con excesiva fuerza por los escalones. No miró al rostro del hombre. Pilato empezó a hablar con los sacerdotes mientras Petronio pausaba para sacar a cuatro hombres de las filas. Les ordenó seguirlo, y entonces continuaba. Ya conocía el camino. Dentro del palacio había un patio donde el gobernador escuchaba casos importantes. Petronio ya había estado ahí. El prisionero no opuso resistencia de ningún tipo, ni activa ni pasiva. No tropezó ni intentó alejarse, aunque Petronio podía sentir la respetable musculatura de Su brazo. Parecía que el rabino caminaba con un propósito, como si fuera uno de los hombres de Petronio que marchaban junto a ellos. Por un momento, Petronio hasta pensó que el prisionero lideraba el camino. Deliberado. Esa era la palabra. Daba pasos deliberadamente. Eso confundía a Petronio, pero no quería que un judío lo incomodara. Cuando llegaron a la silla de Pilato le dio un empujón al hombre.

El prisionero cabizbajo tropezó, se contuvo y lentamente se enderezó. No se volvió. Los hombres de Petronio observaban todo con atención mientras su comandante asumió una posición más cerca al prisionero. Esperaron como cinco minutos y durante este tiempo, Petronio observó al hombre desde atrás. Se halló deseando haberlo mirado mejor. Quería ver Su rostro, pero el protocolo no incluía un cambio en su ubicación, y los soldados asumirían que tenía curiosidad (y estarían en lo cierto). Petronio tuvo que conformarse con evaluar su forma y postura desde su lugar.

A pesar del abuso que había sufrido, el hombre permanecía quieto. No miraba a Su alrededor. Su porte no era ni arrogante ni modesto, simplemente firme con cierta anticipación. La túnica morada que Herodes le había puesto alrededor del cuerpo se caía hacia un lado, y con las manos atadas no podía hacer nada. Petronio dudó que lo hubiera hecho aun si pudiera. Era un insulto cínico, la elegancia de la vestimenta contrastaba con el que la vestía, denigrándolo. Los ricos gastan sin preocupación su dinero en chistes malos. Bajo Sus pies desnudos estaba el mármol frío. A Petronio le pareció que tampoco había dormido aquella noche. Era obvio que los sacerdotes habían tratado con Él antes de traerlo aquí.

Pilato entró apresuradamente con los guardias tras él. Tomaron su puesto mientras Pilato se sentaba y arreglaba su toga. Los ojos de Petronio se encontraron con los del oficial con el que había hablado afuera. Le hizo una pregunta con la mirada. El hombre miró hacia un costado, hacia atrás y pronunció la palabra *morte* sin emitir sonido. De ahí volvió su atención al gobernador.

Con una sola palabra, el soldado confirmó la sospecha de Petronio. Bajo la ley romana, los judíos no podían dar pena de muerte sin el permiso del gobernador. No querían que Pilato juzgara a este hombre; querían su sello de aprobación sobre una decisión que ellos ya habían tomado. Pero no contestaba la pregunta fundamental del por qué. Ya sabía que Pilato no lo consideraba digno de semejante castigo. ¿Qué habría hecho este hombre para que los judíos lo quisieran muerto?

El gobernador se inclinó hacia delante observando al acusado por un momento, y habló con Él. Esa fue la conversación más extraña de la que Petronio fue testigo. Claramente, ellos ya se conocían. Sus palabras eran la continuación de una conversación anterior antes de la visita a Herodes. Pilato hizo algunas preguntas sobre monarquía, y si se creía y proclamaba rey de los judíos. El hombre pausó pensativamente por un momento y optó por no responder. En vez de eso hizo una pregunta tonta a Pilato.

En ese momento, Petronio se dio cuenta que el hombre era tonto. Obviamente no conocía de leyes o protocolos romanos. Pilato no podía condenarlo a menos que encontrara evidencia contra Él, y con Su vida pendiendo de un hilo (seguro sabía eso), era una locura bromear con el tema. Pilato le concedía el derecho a hablar y de defenderse. Este era el momento, después sería muy tarde. Debía negar los cargos (aún si hubiera algo de verdad en ellos), y crear una contra acusación para Sus verdugos. La ley aplicaba a todos y Petronio había visto suficientes juicios para saber como la gente manipulaba el sistema a Su favor. Quizá el ataque de este hombre hacia los sacerdotes no podría lograr nada más que Su libertad, pero ¿acaso no sería suficiente?

Pilato respondió con todo el sarcasmo que Petronio habría usado. *No juegues conmigo, judío. Estoy aquí y tú estás allá, golpeado y vestido como un payaso. Yo haré las preguntas.*

El rabino por fin contestó, pero Petronio, por el tono de voz, supo que no lo hacía por miedo sino por razones propias. Admitió que era un rey – de algún tipo: un rey de otro lugar, de otro mundo.

—¿Así que *eres* un rey?—repitió Pilato lleno de incredulidad.

El joven reiteró Su respuesta. Pues sí, un rey de la Verdad. Pilato hizo otro comentario sarcástico pero el rabino no dijo nada. El prefecto sacudió la cabeza, se levantó y salió murmurando en voz baja para sí misma.

El prisionero permaneció inmóvil, rodeado de aparente serenidad. No miró a los guardias y no demostró miedo a las palabras de Pilato. So no era eso lo escondía muy bien, pensó Petronio. Por un momento el soldado quiso acercarse al hombre y explicarle la gravedad de la situación. Quería explicarle a aquel maestro loco acerca de la ley romana y hacerlo reaccionar ante Su excentricidad religiosa. *Insensato*, pensó, *mejor mueres aquí si no empiezas a guiarte por las reglas.* ¿Acaso no te das cuenta de que el gobernador quiere sacarte (y salir él mismo) de este lio? Dale una razón, cualquiera que sea, para que te deje salir libre. Habla como lo hacen todos para que puedas regresar a caminar entre tu gente o lo que desees hacer. Tal como están las cosas, toda esta charla sobre la verdad y el cielo no te está ayudando en absoluto. Es tu vida, pensó Petronio. Si no haces algo pronto, vas a perderla.

Oración: Señor Jesús, vivo en un mundo oscuro. A mi alrededor hay personas que creen que eres una broma, que se burlan de Ti, y con sus miradas, palabras y actitudes tratan de disuadir mi fe en Ti. Dame Tu calmada valentía, Tu certeza celestial, y sobre todo Tu corazón misericordioso. Ayúdame a no caer en la farsa de la sabiduría del mundo. Ayúdame a no ser arrastrado por las mentiras de este mundo acerca de la fuerza. Amén.

Día Diecinueve

Después de un breve intermedio, Pilato regresó. Sus guardias resumieron sus puestos, pero el gobernador giró sobre sus talones antes de llegar al asiento del juicio, y se detuvo a pocos pies del joven maestro. Pilato fijó su mirada en Él y Petronio vio que movía su mandíbula, como si estuviera rechinando los dientes mientras pensaba. El judío no se movió, pero la bata se deslizó y cayó al suelo, revelando una simple vestimenta de tela.

—Quieren deshacerse de ti, Jesús de Nazaret. ¿No dirás nada en tu defensa?

El hombre no contestó. Pilato lo observó en silencio, la tensión llenó el ambiente.

—Muy bien, dijo Pilato rompiendo el silencio tan abruptamente que Petronio se sobresaltó de manera imperceptible donde estaba. El gobernador llamó al soldado fuertemente sin quitar sus ojos del acusado—¡Centurión!

—¡Prefecto!—Petronio dio un paso hacia el frente recobrando la postura.

Pilato pausó, sus ojos aún pegados a la figura cómica frente a él. El nazareno ni se inmutó.

—Flagélelo.

Petronio se detuvo por una fracción de segundo mirando de reojo al rabino.

Y nada. Pilato finalmente apartó la mirada para llevarla hacia el soldado. Petronio respondió, corrigiendo la dirección de su mirada antes de que pudiera leer la intención de la mirada del gobernador.

—¡Sí, prefecto!

Petronio hizo un gesto rápido y sus hombres dieron un paso al frente para agarrar al prisionero. Estaban sobre Él en un instante, y casi lo levantan del suelo en su afán de obedecer. La sentencia había sido declarada, la orden había sido dada, y el castigo debía cumplirse. No fueron suaves. ¿Por qué habrían de serlo? En este momento, unos cuantos empujones eran el menor de los problemas del judío. Petronio esperó unos momentos hasta que los soldados estuvieran unos pasos delante para hacer un saludo al gobernador y alejarse. Apenas había dado unos pasos cuando Pilato lo llamó.

—Petronio Severo.

Era la primera vez que Pilato lo honraba al llamarlo por su nombre, en vez de su rango, para darle una orden. Petronio se sorprendió que apenas dio media vuelta para volverse al gobernador, como si un amigo lo hubiera llamado. Pilato no se movió de su lugar, su figura envuelta en la toga aún miraba hacia el lugar donde el maestro había estado de pie. Solo su cabeza se volvió hacia el centurión, en su rostro una expresión de controlada ansiedad. Petronio pensó que el gobernador era muy digno en su gesto, un semblante que iba acorde con su puesto de autoridad. De seguro tenía años practicándolo. Pilato no esperó que Petronio respondiera antes de volver a hablar.

—Mi intención es salvar la vida de este hombre, centurión— dijo—, pero estos sacerdotes quieren sangre. No me queda más que dársela. Quizás un profeta golpeado y sangrante sea suficiente para satisfacerlos, y así no tendremos que darle hombre muerto. Pero debe sufrir. ¿Comprendes?

Petronio asintió.

—Sí, señor.

Pilato se dio la vuelta y miró hacia el suelo donde el rabino había estado sin responder a su pregunta. Petronio lo observó antes de volverse y seguir los pasos tomados por sus soldados, escoltando al judío que recibiría la golpiza más dolorosa que un hombre podría experimentar.

Con el prisionero en las manos de los soldados, Petronio guió a su tropa hacia la fortaleza donde la horrible tarea sería ejecutada. Allí, Petronio dio la orden y la víctima fue desnudada. Permaneció rígido mientras le quitaban la ropa, fina y ordinaria, y la echaban a un lado. Casi de inmediato, el hombre estuvo desnudo, temblando en el aire frío de la mañana, todos los soldados rodeándolo. El rumor se había dispersado con rapidez y casi todos los hombres en el pretorio, hasta los que no tenían motivo para estar ahí, se reunieron para observar el espectáculo. No era frecuente que los romanos tuvieran permiso de azotar a un hombre santo judío que fuera tan popular. Los judíos tenían sus propias reglas para aquellos castigos: Unos cuantos golpes, un poco de sangre, y todo en nombre de la hermandad. Pero este hombre no era un hermano para ellos por lo que los soldados no tendrían límites en el castigo, y no usarían tan sólo palos o tiras de cuero para la tarea. Además, había sido una orden directa del gobernador. Ahora, el prisionero estaba ahí, frente a ellos, vestido de vergüenza frente un poste designado para el castigo. Uno de los hombres de Petronio amarraba Sus manos con una tira larga de cuero. ¡Que extraña era la rabia que el soldado tenía con el joven rabino! Lo trataba con toda la dureza posible, halándolo y atando Sus muñecas con tanta fuerza que Petronio vio los dedos del judío tornarse morados. Otros dos hombres lo sostenían con fuerza para que no pudiera escapar o luchar por soltarse. Aquello no era necesario. El judío miró Sus manos y la tarea que realizaban sus captores como si esperara que ellos fueran exitosos. Lo único que Petronio pudo observar en el judío, que delataba Su anticipación de lo que estaba porvenir, era Su respiración un poco agitada.

Los soldados terminaron la tarea. Empujaron al hombre desnudo contra el poste con un golpe seco, y el que lo había atado tiró la cuerda hábilmente por encima de la punta de una espiga que sobresalía de la madera unos dos metros y medio arriba del suelo. Halaron con tal fuerza que el judío tuvo que pararse en la punta de Sus pies, Su cabeza hacia atrás, las palmas juntas pero extendidas por la cuerda que lo obligaba a estirarse lo más que podía. Petronio ya lo había visto. Un fundamento del sistema penal dondequiera que fuera en el imperio era que los comandantes ejecutaban la paliza. Él mismo había ordenado flagelar esclavos alemanes por robar, o hasta por desafiarlo. Eso, pensaba Petronio, era algo que faltaba aquí. El hombre no parecía odiarlos por el maltrato que le estaban dando. No demostró enojo o temor, ni gimió ni pidió misericordia, un comportamiento que Petronio siempre había considerado una de las formas más grandes de desprecio. Aún ahora, casi colgado, con Sus glúteos descubiertos – algo que Petronio sabía era de suprema humillación para un judío – el prisionero permanecía quieto.

—Centurión estamos listos—dijo su teniente, Lucio.

Oración: Señor Jesús, Te hicieron cosas terribles, pero solo hicieron lo que Tú ya habías permitido en Tu corazón para poder redimirlos. Tanta determinación pura es incomprensible para mí, pero me pides ser igual a Ti con la promesa de la gracia que me sostendrá. Perdóname por encubrir lo que sufriste para poder tolerarlo. Ayúdame a entender Tu sacrificio, para que pueda seguir Tus pasos. Amén.

Día Veinte

Lucio sostenía un látigo – sus fragmentos filosos, pedazos de hueso y metal entretejidos en sus hebras de cuero, chocaban entre sí mientras se balanceaba en su mano. Petronio lo miró a él y a su arma.

—¿Comienzo?

—No—dijo Petronio casi pensativamente—, no.

—¿Señor?

—Esto es para otra persona, Lucio. Llama a Velio.

El mensaje estaba implícito en la orden. Esto no sería un azotamiento simbólico. Velio era un soldado alto y robusto, uno de los más fuertes en la tropa de Petronio. Él había castigado terriblemente a otros hombres.

—Señor—dijo Lucio obedientemente antes de llamar al hombre que estaba en medio del grupo que esperaba el espectáculo.

El otro hombre dio un paso al frente y tomó el látigo. A estas alturas, una gran multitud de soldados bulliciosos y bromistas se había juntado. Había estado divirtiéndose a costa del prisionero, burlándose de Él por Su desnudez y el sufrimiento por venir. Ahora que estaba por empezar el castigo levantaron sus voces.

—¡Dale, Velio!

—¡Haz que esa escoria llore como niña!

El resto de la multitud se unió con gritos semejantes.

Podía parecer que el soldado estaba solo en el patio, solo con su víctima. Era un hombre que se tomaba la tarea asignada con seriedad. Con una apariencia sombría en el rostro dio unos pasos hacia el prisionero. Por toda su severidad, los otros soldados se inquietaron más. Tal vez esa era la razón por la que Petronio no escuchó gritar al judío cuando el primer latigazo cayó sobre Su espalda. Como si fuera su papel en un drama, el público se calló por un segundo. El cuerpo del rabino se estremeció del impacto del golpe, pero permaneció quieto. La sangre brotó de las heridas que el látigo había causado. Velio se detuvo por un momento y los soldados espontáneamente celebraron. Entonces la paliza empezó en serio. El cuerpo del hombre subía y bajaba, por el látigo cortando la superficie de Su piel. El látigo con tiras tachonadas azotaba Sus costados, Su pecho, Sus brazos y piernas. En pocos minutos no era más que una masa sangrante. Petronio perdió cuenta de los latigazos, pero aquello no importaba. Cada azote del látigo contaba como más de un golpe, y con la fuerza del castigador y la naturaleza del instrumento, el castigo pronto haría que se le vieran hasta los huesos. Pero ¿quién lo había imaginado? No hubo gritos, ni llantos, ni quejidos, solo el gruñido suave cuando la tortura le robaba el aliento. Petronio no era el único que se había dado cuenta. Gradualmente los hombres se callaron hasta que todo lo que podía escucharse en el patio era el azote rítmico del látigo contra la piel, y el sonido rasposo del látigo contra el pavimento cuando se levantaba antes de volver a caer. En poco tiempo, el hombre colgaba de Sus muñecas, Sus piernas ya no lo podían sostener. Su cuerpo reaccionó a los golpes como lo haría el cadáver de un animal en el matadero. La fuerza del látigo, no el dolor, hacía temblar Su cuerpo. Era hora.

—Suficiente—dijo Petronio dando un paso al frente.

Velio se detuvo en medio golpe, bajó el látigo y se hizo a un lado. Se quitó el casco y se secó la frente manchándose con sangre sin darse cuenta. Petronio caminó hacia el poste, sacó su daga, y cortó la cuerda que sostenía al hombre. El judío colapsó y los soldados se alegraron.

—Ya no eres tan valiente, ¿verdad? —Petronio dijo en voz baja mientras miraba al prisionero. Antes que pudiera inclinarse para verificar si el castigo había sido demasiado fuerte, el hombre rodó hacia un costado y miró las sandalias de Petronio. Colocó los brazos bajo Su propio cuerpo y empezó a empujar Su codo contra el suelo ensangrentado para incorporarse. El centurión se sorprendió…y ya nada parecía sorprenderlo. Llamó a sus hombres, y ellos se acercaron con diligencia. Pronto habían levantado al judío.

Algunos hombres se acercaron con lo que quedaba de Su ropa, ahora rasgada por la brusquedad por la que se la habían quitado, y la túnica real.

—¿Podemos vestir al "rey," centurión?—preguntaron con risa sarcástica.

Petronio miró y vio que no solo habían preparado la capa morada para el "Rey de los Judíos" sino que también habían formado una corona de espinas y un cetro. Tenían su permiso para divertirse y querían aprovecharlo al máximo. Petronio se dio cuenta que no era el único que estaba frustrado con Judea. Sacudió su cabeza, una sonrisa en el rostro – la primera de todo el día – y con un gesto de la mano les dio permiso para la ceremonia de coronación. No le iba a quitar a su tropa un poco de diversión en aquella tierra sombría. Además, si empeoraba el estado del judío podría lograr lo que el gobernador había sugerido.

En poco tiempo, el rabino estaba de pie frente a ellos, adornado con el regalo de Herodes ahora manchado de sangre, y un cetro en la mano. Guardaron la corona para el último. Un soldado la colocó sobre la cabeza del herido con pompa fingida y dio un paso atrás para admirarlo, con el dedo entre los labios a causa de la espina que lo había pinchado. Todos empezaron a reír. Repentinamente el soldado cayó sobre las rodillas.

—¡Salve!—exclamó.

El resto de los soldados rompieron en una risa escandalosa. Uno tras otro, ellos también cayeron de rodillas o hicieron una reverencia, imitando al líder.

—¡Salve! ¡Salve! ¡Salve, oh, Rey de los Judíos!

De simple, el judío permaneció de pie, soportando las burlas. La expresión en Su rostro hablaba de cansancio, y estaba débil por la pérdida de sangre y la paliza que había recibido. Su cuerpo se estremeció. Pero Su calma permaneció intacta mientras miraba a los que se burlaban con tanta crueldad. Petronio vio tristeza en la mirada del judío y entendió que no era por lamentación propia sino por condescendencia benevolente por los hombres violentos que clamaban tontamente a Sus pies. Se le ocurrió que nada obligaba al judío a sostener el cetro ridículo y permitirles la broma. Por un segundo Petronio reconoció algo que nunca había visto antes pero que todo hombre reconoce cuando lo encuentra. Petronio vio *nobleza*. Le dejó aturdido. En ese instante toda la pompa y gloria de Roma parecía pura vanidad, y todo el poder de su ejército un juego de niños. El hombre levantó la cabeza y empezó a echar una mirada hacia Petronio. El corazón del soldado saltó en su pecho.

En ese momento, el hombre frente al maestro exclamó, —¡Su corona se resbala! Saltando a sus pies, el hombre asió el cetro de su mano y de un palazo terrible lo hizo caer sobre Su frente. El debilitado hombre cayó al suelo, y sangre brotó de su cabeza. La corona había servido bien. Los otros se rieron y empezaron a pelear por el honor de "ajustar la corona del rey." Una y otra vez cayó el cetro sobre la frente del hombre, clavando las espinas de la corona en la cabeza del rabino. El judío no tenía la fuerza para resistir y los soldados lo tuvieron que sostener de pie. Algunos lo patearon cuando cayó, otros lo golpearon en el rostro, y otros halaron Su barba. La mayoría permaneció de pie y se rio sin parar. Solo cuando Petronio miró a Lucio se dio cuenta que no estaba cumpliendo el papel de seguirles la corriente. Una expresión de desconcierto reemplazó la alegría en el rostro de su teniente. Petronio tosió y se obligó a reír a pesar de la rigidez que sentía en su garganta.

—¡Está bien! ¡Está bien! él dijo—. Basta ya. Debemos devolverlo – nuestro rey tiene una audiencia. Hemos hecho nuestro trabajo y ustedes ya se han divertido.

Comicamente desilusionados pero obedientes a la orden de su jefe, se alejaron, riendo y bromeando, regresaron a sus puestos y deberes. Los que habían llegado con Petronio permanecieron con él. A su orden, dos soldados levantaron al prisionero nuevamente. Obviamente, a estas alturas, no podía caminar. Dando una última mirada al hombre flagelado que ya casi no parecía un hombre, Petronio se volvió en dirección al palacio. Los soldados siguieron tras él, arrastrando al prisionero que trastabillaba tras ellos.

Oración: Señor Jesús, me avergüenzo de estos latigazos que solo fueron un preludio a Tu gran sufrimiento. Es demasiado doloroso saber lo que has sufrido, y prefiero no mirar para no considerar los detalles. Pido Tu gracia para entender lo que Tus discípulos entendieron para poder contemplar Tu majestad. Ayúdame a mirar Tus heridas y ser sanado. Amén.

Día Veintiuno

Para cuando llegaron a la silla de Pilato, Petronio estaba furioso consigo mismo. Él, un centurión, un guerrero de años, se había vuelto un blandengue. Estaba actuando como un niño. ¿Qué eran esos sentimientos que experimentaba? ¿Acaso llevaba tanto tiempo alejado de la batalla que un poco de sangre y la diversión que habían experimentado a costa de un judío loco lo había hecho sentir que se debilitaban sus rodillas? ¿Qué le estaba pasando? Mientras se presentaban ante el gobernador, Petronio tomó la decisión de odiar al judío con todo su ser. Nadie y menos un condenado lo haría dejar la disciplina que gobernaba su vida y que lo llevaría a la gloria. Tenía una imagen que guardar y este debilucho predicador de proverbios había hecho que fallara. Justo cuando su razón le iba a decir lo irracional de sus pensamientos, la presencia del gobernador llamó su atención. Su propia voz distrajo su estado mental.

—El prisionero está listo, prefecto.

Pilato miró al galileo, luego a Petronio, luego al acusado nuevamente, observando detenidamente sin decir una palabra, pero asintiendo y con labios fruncidos. Se levantó y los soldados se hicieron a un lado mientras Pilato descendía los escalones para caminar hacia la entrada donde los sacerdotes esperaban. La toga se arrastraba tras Él y Petronio se percató que el borde de la misma manchaba el lugar donde había estado el rabino. El flagelado había dejado un rastro de sangre sobre el piso de mármol. Pilato se volvió antes de alejarse demasiado.

—Tráelo— dijo a secas.

Petronio y sus hombres lo siguieron, y pronto se hallaron a la entrada de la residencia de Pilato. Los sacerdotes esperaban ahí, su pureza ceremonial todavía intacta fuera de las rejas; la multitud se hallaba tras ellos. Los soldados permanecieron detrás de Pilato mientras el gobernador caminaba hacia los hombres santos y de detuvo. Petronio estaba demasiado lejos para escuchar lo que decía, pero podía asumir que hacían referencia a la inocencia del hombre. Pilato se volvió e hizo un gesto para que se acercaran a Jesús.

Petronio lo asió con fuerza del brazo lacerado y escuchó como el aliento del hombre se colaba entre Sus dientes. El prisionero no opuso resistencia. Los dos se adelantaron a media distancia de la reja. Petronio entendió que el gobernador quería que el judío se acercara solo y el soldado lo dejó ir. El hombre avanzó y se detuvo frente a Sus acusadores. Petronio solo podía verlo a Él.

—¡He aquí el Hombre! —exclamó Pilato.

Sin dudar ni un momento clamaron "¡Crucifícalo! ¡Crucifícalo!"

¿Crucificarlo? ¿Por qué querrían crucificarlo? Petronio no tenía amor por los judíos, y de hecho en ese momento estaba intentando hallar un motivo para odiar a *este* judío en particular. Pero nada de lo que había hecho justificaba esa clase de muerte. Esa muerte estaba reservada para los más viles de los criminales y podía tomar días. Roma prohibía que sus ciudadanos fueran crucificados, y en la mayoría de los casos de los que no eran ciudadanos (como en la de este hombre) no había necesidad. Ese hombre no había hecho nada aparte de ofender los prejuicios políticos de los religiosos o violar uno de sus códigos religiosos.

Con la aprobación de Pilato podrían apedrearlo y eso sería suficientemente doloroso. Además, así era como ellos hacían las cosas. Al juicio de Petronio eso sería suficiente si en verdad este hombre era un ofensor religioso. Pilato podría ceder a su demanda por el bien de su estadía política, y Petronio pensó que eso era lo que los sacerdotes querían desde el principio: la aprobación y permiso de los romanos. Ahora veía que también querían el *método* romano de castigo. Sólo Petronio y sus hombres podrían ejecutar tal sentencia.

La bulla de la multitud tomó fuerzas mientras Pilato sacudía la cabeza. Había fallado otra vez. Se volvió y llamó a Petronio, quien dio un paso rápido al frente y agarró al prisionero para llevarlo a tropiezos de regreso al interior. Pilato no los siguió. Petronio y los soldados esperaron mientras el gobernador hablaba con los religiosos afuera.

Minutos después, Pilato regresó y Petronio y sus hombres retomaron sus puestos, el centurión se encontraba a pocos pies detrás del rabino. El gobernador se veía nervioso como si los sacerdotes lo tuvieran en sus manos. Pilato no tomó su asiento, sino que caminó de un lado a otro frente al prisionero. Finalmente se detuvo frente a Él.

—¿De dónde eres? —preguntó al prisionero y su voz tuvo un tono que hizo que Petronio mismo sintiera un estremecimiento a lo largo de su espalda.

El prisionero permaneció en silencio, pero se tambaleó un poco a pesar de Sus esfuerzos de permanecer quieto. Un temblor recorrió Su cuerpo. Petronio sabía que un frío inquebrantable había comenzado a apoderarse de Él. Eso siempre ocurría después de una paliza así, eso y otras cosas más. Su sangre formaba pequeños charcos a Sus pies, las gotas caían desde la orilla de Su bata hasta el hermoso piso. El gobernador esperó en vano una respuesta. Todo estaba extremadamente quieto.

Pilato rompió finalmente el silencio por su enojo. ¿Quién se creía ese hombre que era? Debía recordar que estaba frente al gobernador romano de Judea, un hombre que tenía la autoridad para matarlo – crucificarlo – o liberarlo. ¿Acaso no tenía sentido común? ¿Acaso los azotes no le habían demostrado la habilidad que tenían los romanos para hacerlo sufrir?

—No tendrías ninguna autoridad sobre mí—contestó el judío sorpresivamente, Su voz llena de claridad y fuerza—, a menos que se te hubiera sido dada de arriba; por lo tanto, el que me entregó a ti tiene mayor pecado.

Atónito, Pilato solo pudo mirar al hombre. El judío no dijo nada más y por un momento, Su cuerpo dejó de convulsionar. Petronio no podía ver el rostro de los hombres. Un instante después, Pilato tomó su túnica y pasó de largo frente al judío y al centurión, y salió por las rejas. No había palabras para describir lo que había en su rostro: una mezcla de furia, confusión y algo más. Petronio no tuvo dificultad en reconocer el otro sentimiento en el rostro de Pilato. Después de tantas batallas, Petronio sabía lo que era. Lo podía oler en el gobernador cuando pasó a su lado. Pilato tenía miedo. El miedo lo seguía como una nube que lo envolvía, envenenando el aire a su alrededor y buscando contagiar a los otros. Lo impactó a Petronio como una ola silenciosa, y el centurión, cuya mirada seguía el prefecto, mantuvo su rostro a un lado mientras peleaba consigo mismo para controlarse. Había algo en este rabino humilde…algo muy diferente. ¿Quién era? ¿Qué poder tenía para descontrolar a los gobernantes de los hombres?

Después de un momento de recuperación, otra vez el centurión miró por delante – y se halló frente a frente con Jesús de Nazaret. El maestro se había vuelto para mirar a su captor fijamente al rostro. El centurión se congeló. Petronio no habría podido esquivar la mirada aún si su vida dependiera de ello, y sabía que en esos momentos el prisionero había decidido mirarlo a él y no tenía interés en la salida del prefecto. Petronio miraba sin pestañear, ahora, él mismo un prisionero de algo que no podía explicarse. Una gran gota carmesí cayó de una espina encarnada en la piel bajo Su pelo. Por el borde de su visión Petronio siguió su paso mientras se deslizaba por la frente, a lo largo de la ceja, y hasta la sien. Las otras heridas que encontró en su camino permitieron que se conservara su volumen. Ganando velocidad, la gota descendió por la mejilla del maestro y desapareció en el enredo que había sido Su barba. A lo largo de esos segundos, los ojos no variaron. Petronio podía ver que la parte blanca de uno de ellos se había enrojecido con una hemorragia que se extendía por su superficie. Por un momento fugaz e inútil, esperó contra su propia voluntad que el guardia del templo hubiera causado Su herida y no uno de los hombres de su tropa. Después de eso, la introspección semiconsciente de Petronio desapareció bajo la mirada del rabino. Lo que vio ahí lo espantó, no por la fealdad o la desesperación de la víctima, sino por las inexplicables conmociones que estaba sintiendo. Desde sus recuerdos más lejanos, empezó a sentir algo que surgía en su interior. Una vez más era un niño. Su madre estaba con él, jugando, corriendo y riendo en las colinas detrás de su casa en Italia. Se vio caer y lastimarse, sangre brotando de su mano. Su madre lo besó y lo meció entre los brazos, apretándolo contra su pecho y canturreando hasta que él se durmió bajo la luz del sol. Entonces, ella lo llevó a casa. Recordó la mirada de su madre al secar sus lágrimas y consolarlo. Había sido mucho tiempo, mucho tiempo atrás. Petronio parpadeó. ¿Cómo podía ser posible? ¿Cómo era que este judío podía sentir pena, compasión por *él*? ¿Cómo se *atrevía*? La ira dentro de él luchaba por salir, pero murió, sofocada por una fuerza más grande que la habilidad del soldado para explicarlo. No pudo soportarlo más. Petronio miró al piso.

Oración: *Señor Jesús, aún debilitado eres infinitamente más fuerte que yo. Pareces común, pero eres fuera de lo común. Tu sangre y Tus golpes podrían hacerte horrible, pero eres más hermoso que todo lo que he visto en mi vida. Y porque tal poder, riqueza y gloria son demasiadas para mí, Te humillaste para que yo pudiera recibir Tu gloria. Tú me llamas, oh, Señor, y que por Tu gracia nazca humildad en mi para poder contestar Tu gentil llamado. Amén.*

Día Veitidós

Una tropa de la guardia Pretoriana regresó a la corte sin el gobernador. Ellos, junto a los hombres de Petronio, debían acompañar al prisionero al lugar del juicio llamado *Lithostrotos* (es decir, el Pavimento). Ahí el destino del prisionero sería finalmente decidido. Petronio sabía lo que eso significaba. A menos que Pilato tuviera un as bajo la manga, no habría un juicio ante la multitud. El hecho que tuvieran que llevar al prisionero allá le indicaba a Petronio que Pilato había intentado por última vez tratar con los sacerdotes, pero que había perdido. Su puesto político peligraba y no sacrificaría su puesto por el bienestar de un judío tonto que no tenía el suficiente sentido común para defenderse. No pasó demasiado tiempo para que un séquito de soldados y sacerdotes, junto al gobernador y el rabino condenado, hallaran el camino al Pavimento. Las personas ya habían llegado y el sol acababa de aparecer sobre las colinas del lado este de la ciudad. Los asistentes, animados por los ayudantes de los sacerdotes se reunieron para mirar. Para cuando ya se habían organizado según sus rangos había una gran multitud.

Finalmente, Pilato tomó su lugar y las personas hicieron lo mismo delante y debajo de él. Los sacerdotes permanecieron de pie a un costado. Petronio podía percibir que ellos sentían el triunfo que estaban esperando. Pilato se reunió con algunos de sus ayudantes, haciendo consultas breves y dando órdenes, aunque Petronio no sabía de qué se trataba. Los ayudantes asintieron obedientemente y se volvieron para marcharse. Un mensajero – Petronio lo reconoció como un oficial de los ayudantes de la señora Prócula – se acercó con rapidez y habló con ellos. Su urgencia llamó la atención de Petronio que había estado distraído desde su experiencia con el rabí en el palacio. Después de un breve intercambio de palabras, inmediatamente dejaron pasar el mensajero hacia el gobernador. Petronio lo vio inclinarse para susurrar a Pilato antes de entregarle un pequeño pergamino. Pilato lo tomó y lo leyó de inmediato con interés e ignorando a los que estaban a su alrededor. Todo el asunto fue de lo más inesperado, y todos los actores en el drama – sacerdotes, soldados y demás – parecieron pausar sus roles respectivos. Solo el prisionero parecía permanecer en calma. Pilato cerró la carta pensativamente, su rostro ensombrecido. Los ojos de Pilato lo traicionaron al mirar nuevamente al rabino. Sus ojos mostraron nuevamente la preocupación que Petronio ya había observado en el palacio. Todos esperaban. Pilato se controló, levantó la barbilla, y miró la escena frente a él. Con labios apretados, llamó a Petronio para que llevara a Jesús ante la multitud.

Pilato se puso de pie y levantó la voz.

—¡Aquí está su rey!—gritó moviendo la mano.

Los sacerdotes y escribas respondieron con gritos y clamores de muerte, a lo que Pilato asintió antes de mirar hacia un costado. Fue entonces que el prefecto lanzó los dados por última vez, la petición de la multitud irónicamente le había dado la última oportunidad. Una delegación ya se había acercado con una petición anual – la petición de perdón. Durante el Festival, el gobernador podía dar clemencia a un hombre condenado si el pueblo lo pedía. Aquello era una estrategia romana que servía a sus intereses: Era una manera de ganar el favor de las masas y desalentar revueltas, mostrando buena voluntad hacia ellos. Ahora que a Jesús de Nazaret solo le faltaba ser condenado, podría ser perdonado a petición del pueblo, si ellos lo elegían. Pero la tradición implicaba que debía presentarles dos opciones... ¿a quién más podría Pilato ofrecerles? Petronio se asombró ante la maquinación de Pilato al ver que los carceleros – sus propios hombres acompañados por los asistentes que había visto antes – avanzar con el líder rebelde que acababan de echar en la cárcel y que esperaba la crucifixión junto a otros hombres.

—¿A quién quieren que libere? ¿A quién elegirán? ¿A Jesús Barrabás o Jesús de Nazaret?

En esto Pilato se arriesgó terriblemente. ¡Que ironía!, pensó Petronio, ofrecer la liberación de un rebelde para aplacar al pueblo y así intentar prevenir otra rebelión. Cuando él vio esta treta de Pilato, entendía que el prefecto temía las consecuencias políticas de la muerte del rabino – y algo más – mucho más de lo que temía a Barrabás. Así que, Pilato intentaba hacer la correcta opción tan obvia como posible. De seguro elegirían a...

—¡Danos a Barrabás!—gritó la multitud.

Petronio no podía creer lo que escuchaba. Barrabás no era más que un asesino común que disfrazaba su crimen con habladuría religiosa. Cualquiera sabría que esa clase de hombre traería muerte a la ciudad y al pueblo. Petronio vio la frustración en el rostro de Pilato. Su astucia política no había servido de nada.

—¿Qué haré entonces con el Rey de los Judíos?"—preguntó Pilato a sabiendas de la respuesta.

Gritos ensordecedores de "¡Crucifícalo! "¡Crucifícalo!" de la multitud, llenando la corte y haciendo eco en las paredes a su alrededor. El judío permaneció quieto durante todo esto, aunque ahora ya demostraba estar afectado, Su cuerpo estaba apesadumbrado y abrumado por el momento. Petronio observó al prisionero con admiración por haber soportado el abuso que le ocasionaron. Había liderado a esa gente, les había enseñado en los mercados y en el Templo. Todos le habían escuchado. Su sabiduría había silenciado a más de uno. Seguro podría decir unas palabras con las pocas fuerzas que le quedarían para convencer a la multitud de apoyarlo. Seguro habría algo que podría decir para salvarse Su vida. ¿Qué ganaba al permanecer en silencio? No, pensó Petronio, no estoy hecho para Judea. *Nunca, jamás entenderé a esta gente.* Un pueblo que mata a sus propios héroes es muy malo. Eso podía pasar aun en Roma. Pero un héroe que permite que le hagan eso cuando tiene el poder de escapar con vida – *eso* era algo incomprensible para Petronio. El centurión sentía una tormenta dentro de él que solo podría ser acallada si alguien ocupaba el centro de su atención. Vio a Pilato intentando calmar la sed de sangre de la multitud, pero era inútil. El gobernador llamó a un esclavo que se mantuvo a su lado mientras Pilato se lavaba las manos en señal de repudio ceremonial. La multitud empezó a callar. Pilato terminó su tarea exonerándose. No llegaría al emperador noticias que él había derramado sangre judía inocente. Era la multitud frente a él quien lo había hecho.

Increíblemente, ellos expresaron su acuerdo con el gobernador.

Oración: Señor Jesús, que terribles elecciones nos pone por delante la vida, pero ninguna tan terrible como la verdadera y muy real opción de elegir algo que no seas Tú. Por todas las veces que elegía la basura sobre Ti, pido que me perdones. Límpiame del delito de sangre, oh, Dios, Dios de mi salvación. Has dejado todo por mi bienestar. Ahora, déjame soltar todo por Ti. Amén.

Día Veintitrés

Después de esto, todas las cosas siguieron su curso. Petronio dejó a Lucio encargado y se aseguró que el condenado fuera llevado a la Torre en preparación de la ejecución, tal como otros habían sido llevados antes de Él. Las personas siguieron sus pasos y se aglomeraron para no perder ni un momento del espectáculo. Los soldados que no estaban directamente a cargo del prisionero mantuvieron la multitud en su lugar. Petronio observó el drama que se desarrollaba frente a él, y acompañado de un soldado común entró para hablar con el gobernador. Había reunido a los sacerdotes y estaba escribiendo la sentencia sobre un pergamino como se acostumbraba, para que fuera colgado junto al condenado y sirviera como advertencia a otros. Sea cual fuera la razón, los hombres santos tenían gran interés en lo que Pilato escribiera. Petronio se mantuvo a una distancia respetuosa y observó al gobernador realizar los últimos trazos sobre el pergamino. Cuando lo leyeron inmediatamente empezaron a protestar. El prisionero no era un rey, dijeron con enojo. Pidieron que escribiera *que decía ser un rey*.

Pilato ya había hecho suficientes concesiones para un día.

—Lo que escribí, escrito está—dijo cortantemente.

Los ancianos dieron un paso atrás, quejándose impotentemente.

—¡Centurión!

—Prefecto.

Pilato enrolló el pergamino y se lo entregó en las manos.

—Asegúrate que se cumpla la sentencia.

—De inmediato, señor.

Se dio la vuelta y bajó los escalones. La multitud había disminuido y Petronio y los guardias se movieron con facilidad hacia las barracas. Cuando llegaron notaron que las personas empezaban a llegar tratando de ver a través de las rejas entreabiertas lo que sucedía adentro. Los soldados romanos les gritaron con enojo y les dieron órdenes. Cuando los hombres de Petronio lo vieron, hicieron lo que pudieron para abrir camino. Entre tumbos llegó al patio con el pergamino en la mano, levantado arriba de la muchedumbre.

Una vez adentro, pudo ver al centurión menor, un hombre llamado Marco, que había reunido al resto de la guardia que no estuvo involucrada en los hechos hasta entonces. Formaban filas y se armaban con lanzas para hacer el corto viaje hasta el muro externo de la ciudad, al lugar de la ejecución, con la menor cantidad de complicaciones posibles. Al rabino ya le habían quitado la túnica púrpura – Petronio solo podía adivinarlo que había sucedido a ella – y estaba arrodillado. Petronio podía ver que la ropa blanca estaba manchada de Su propia sangre. Unos cuantos hombres amarraron un travesaño de madera sobre Sus hombros y brazos y lo obligaron a levantarse. El condenado se tambaleó, pero logró hacerlo. En su mente, Petronio vio la imagen de lo que sucedería en pocos minutos: Manos y pies clavados en la áspera madera, la cabeza inclinada, el vientre distendido. Petronio había sido testigo del horror más veces de lo que podía recordar. Sabía que la fuerza de la gravedad arrancaba las extremidades de sus cavidades, que el pecho se hinchaba lleno de dolor mientras el prisionero intentaba respirar ahogadamente, y el corazón empezaba a fallar. Por cruel astucia aquella tortura había sido concebida para matar a la víctima lentamente mientras que le robaba toda decencia y autoestima.

—¿Todo en orden, Petronio? — era Marco quien hablaba.

—Sí, todo en orden.

No era capaz de apartar los ojos del condenado frente a él. Podía apreciar la calmada determinación que irradiaba de Su cuerpo que se debilitaba con rapidez.

—Bien. Aún tenemos a otros dos y ya los preparé.

De hecho, Petronio se había olvidado por completo de ellos.

—Por supuesto.

—El tercero es inesperado. Atrajo una multitud, pero imagino que podremos manejar la situación— dijo Marco, muy confiado por su juventud.

—Sí, estoy seguro—respondió Petronio medio distraído.

Guardaron silencio por un momento, observando la formación final que habían asumido las tropas, antes de dar la orden para que prepararan la salida. Petronio podía ver a los otros dos hombres, desnudos hasta la cintura y sangrando por los azotes, los travesaños ya atados a sus hombros. Uno de ellos sollozaba descontroladamente.

Los soldados los empujaban a gritos y los hincaban con la culata de sus lanzas. Con un poco más de maltrato y empujones, la procesión por fin estuvo lista para partir.

—¿Es esa la sentencia? —preguntó Marco súbitamente.

—¿Qué…?

Marco señaló el pergamino en la mano de Petronio.

—Para el prisionero. El veredicto.

Petronio miró el pergamino entre su mano derecha como si fuera la mano de otra persona. Súbitamente recordó algo.

—¡La carta!—exclamó.

La había dejado inconclusa sobre la mesa y cualquiera podría leerla. Que los dioses tuvieran compasión de él si alguien ya la había hallado. Su mente intentó recordar cuánto había escrito y cuáles serían las consecuencias si las tropas se enteraban de su contenido.

—¿Qué?

Repentinamente se volvió hacia Marco.

—Tú puedes.

Marco lo miró sin entender.

—Las ejecuciones—dijo Petronio con impaciencia—. Puedes manejarlo. Los hombres están bajo tu mando.

No le estaba preguntando, pero tampoco le estaba ordenando. Sus palabras lo afirmaban y eran lo más parecidas a una petición, no era el tono que usaría con un subordinado. Marco tartamudeó un poco. Aquello era inesperado. Petronio había estado presente a lo largo del proceso y el mismo Pilato le había pedido que se encargara de la sentencia. ¿Acaso no debería estar presente para finiquitar el asunto? Al final, la vanidad de Marco lo convenció. El honor sería todo suyo.

—Sí, Petronio. Todo está bajo control. Haz lo que tengas que hacer.

—Estoy agradecido.

Entregó el pergamino en las manos sorprendidas de Marco. Era la primera vez que Petronio daba las gracias por algo en su vida, pero no se percataba de aquello. Se dio la vuelta y empezó a caminar con rapidez, tan rápido como el orgullo se lo permitiera para alcanzar la entrada de la torre. A medida que se acercaba a la puerta, escuchó a Marco gritar una orden y en respuesta, varias docenas de hombres se pusieron atentos. Otro grito, y las puertas de las rejas sonaron cuando empezaron a girar sobre sus bisagras. Se escuchó el sonido de la multitud. Petronio miró hacia atrás. Entre los fuertes cuerpos de dos de sus soldados vio la figura doblada del joven maestro. Luchaba por avanzar bajo el peso de la cruz. Petronio vio la parte superior de Su cabeza, una mezcla de sangre y espinos, subiendo y bajando mientras ponía un pie delante del otro. Un soldado lo empujó.

Los hombres lo rodearon y Jesús desapareció de su vista. Petronio permaneció en trance unos segundos, luego tragó en seco y entró a la fortaleza.

Avanzó con rapidez a través de los corredores hacia las escaleras que lo llevaban a su lugar de destino. Una tropa se había quedado atrás para cuidar la Torre, pero Petronio no halló a ninguno. Un vapor ácido llenaba los pasillos y quemaba su garganta. Poco importaba porque estaba concentrado en sus pensamientos como para notar lo que sucedía a su alrededor. A pesar de su temor de sentirse humillado por la carta, los eventos del día empezaban a agolparse en su cabeza. Tanto había ocurrido en tan poco tiempo. Vio de nuevo el rostro golpeado del rabino, la sangre, Sus ojos. Escuchó Su silencio ante Pilato, los sacerdotes y el pueblo. El recuerdo lo afectaba. Era como un rugido en su interior. Vio, escuchó, y el misterio empezó a apoderarse nuevamente de él. Frunció el ceño a medida que bajaba los escalones, y un susurro – la voz de su conciencia – escapó del nudo que tenía en su estómago y alcanzó el centro de su cerebro.

—*¿Por qué?*—preguntaba en angustia—. *¿Por qué? ¿Por qué? ¿Por qué?*

Sus sandalias pisaban el suelo al ritmo de la interrogación dentro de su corazón. Por fin, cabizbajo y con dientes apretados, llegó. Mientras giraba hacia la esquina del cuarto que había usado se topó con un soldado que salía. El hombre se estrelló contra la pared y se sostuvo de la columna. Un balde de madera cayó al suelo.

—¡Centurión! Disculpe, señor. No lo vi.

—No importa, soldado. Fue un accidente.

El hombre levantó el balde. Una nube de humo pasó entre ellos.

—¿Qué está pasando?—Petronio preguntó con seriedad buscando la fuente del humo.

—Un pequeño incendio, señor. Para eso es el agua—dijo mostrando el implemento —. No se preocupe. Lo tenemos bajo control.

A través del humo, Petronio pudo ver salir dos hombres más con baldes entre las manos.

—¿Fuego? ¿Quién empezó el incendio? ¿Para qué?

El hombre tosió ante el humo y movió la cabeza malhumorado, finalmente relajándose un poco. Petronio reconoció esa mirada como la de alguien que había limpiado el desorden de un otro, pero que no estaba dispuesto a asumir ninguna culpa por él.

—No sé quién fue, señor. Aparentemente algún tonto dejó una vela encendida sobre la mesa y combustible cerca de ella. ¡Prendió el maldito fuego!

Petronio trastabilló al dar un paso hacia el humo y se detuvo. La respuesta que estaba buscando llegó. Con una última mirada hacia el soldado y sus compañeros, el centurión giró sobre los talones para correr escaleras arriba y dirigirse hacia el Gólgota.

Oración: Señor Jesús ayúdame a verte crucificado. Por Tu misericordia, no permitas que mi corazón inquieto evada lo que hiciste por mí, decorándola con colores religiosos de dos mil años de antigüedad. Dame una mirada hacia Tu sacrificio e implanta Tu fuego en mí. Así como sorprendiste a los que viste cara a cara, haz que me sorprenda yo, y que, de alguna manera, a través de mí, sorprendas más aún a los que están a mi alrededor, Amén.

La historia de Petronio contiene muchos aspectos que provocan preguntas. Si quiere profundizarse más en estos detalles, diríjase a la página 219 para leer más.

LA PROMESA

Demas, el Zelote

Lucas 23:39-43

Día Veinticuatro

La sentencia ya había sido dada. No había esperanza. Él lo sabía y comprendía que su tiempo ahora sería muy corto. No había dormido, por supuesto, y no estaba más cerca de resolver su conflicto interior gracias al desvelo. Desde el atardecer del día anterior, la inquietud desesperante de su mente solo generaba pensamientos erráticos, circulares; visiones agotadas de los gritos de batalla que nunca se escucharían y preguntas que nunca serían respondidas. Esposado de pies y manos, Demas languidecía, sediento y con falta de aire, en la cárcel más remota y fétida de Antonia. La oscuridad en su celda hacía eco de la desesperación de su alma.

Un hombre que se ahoga se aferra a lo que puede, y durante la última hora las reflexiones que lo torturaban hallaron algo en que aferrarse. Tres de ellos habían sido capturados y condenados – él, su acompañante, Matías, y su líder, Jesús llamado Barrabás. Habían sido encerrados juntos, sabiendo que el nuevo día les traería la muerte. Habían hablado poco porque Barrabás había decidido no hablar; en lugar de eso, permaneció taciturno y fingiendo dormir. Sin advertencia, los soldados llegaron. Solo se habían llevado a Barrabás, y algo en la manera en que lo sacaron de la celda hizo que Demas se hiciera preguntas. ¿Acaso no había sido ya pasada la sentencia? Los tres serían colgados como advertencia para cualquiera que quisiera rebelarse. Solo una patética luz que ingresaba por la una grieta de algún lugar del corredor luminaba el calabozo al cual Barrabás no había regresado. Este hecho rompió la monotonía del suspenso e hizo que Demas, encadenado en su calabozo pensara que algo estaban tramando. No podía llamarse esperanza, pero era un nuevo acontecimiento que no esperaba y que le servía para esquivar los pensamientos insensatos que lo habían atormentado toda la noche.

Demas volvió la cabeza y miró a lo largo de la celda hacia donde estaba Matías. Solo estaban a unos pies de distancia, pero la oscuridad había impedido que lo viera durante la noche, y ahora podía percibir su silueta. Ambos estaban sentados en el suelo, los pies en grilletes, las muñecas encadenadas a la pared por una cadena sujeta a un anillo de hierro. La cruda disposición los obligaba a estar entre sentados y acostados sobre el costado de sus cuerpos. Matías tenía su cabeza hacia atrás y a Demas le pareció que sus ojos estaban cerrados, pero decidió susurrarle unas palabras.

—¡Matías!

Su compañero se movió y levantó la cabeza.

—Qué.

—¿Qué crees que harán con Barrabás?

Silencio.

—¿En qué nos beneficiaría a nosotros? —dijo finalmente, con un enojo apático en su voz.

Demas no respondió. La desilusión lo invadió y se dio cuenta que todo se había reducido simplemente a eso – su fin. Habían sido finalmente atrapados y enjaulados como animales esperando la muerte. Pero el oscuro final no siempre había parecido inevitable, al menos no como él lo recordaba. Al comienzo, ante sus ojos, habían sido los amados de Dios y los instrumentos de Su voluntad en la tierra.

Barrabás era un líder poderoso. Tenía propósito, visión, y una presencia fuerte que le permitía compartir sus ideales con los seguidores. Como muchos otros, detestaba a los romanos que estaban en su tierra, y estaba cansado de las costumbres paganas que deshonraban la santa herencia dejada por sus ancestros. ¿Estaba Dios con ellos o no? ¿Acaso no eran ciertas las promesas? Si Dios reinaba (y de seguro lo hacía), entonces la carga de *actuar* era de los hombres de Israel. Debían levantarse y marchar, y Dios estaría con ellos como lo había estado con los héroes de antaño. En esto el corazón de Barrabás ardía en llamas, y su ira carismática podía ser muy elocuente. Los hombres de Israel *no actuaban. ¡Confabulaban!* Sacerdotes, recaudadores de impuestos, mercaderes y gente común cooperaban con aquellos perros viles. Pero lo que hacían no podía aquietar la mano de Dios, predicaba Barrabás. Las señales revelaban que el tiempo de Dios estaba cerca. No habría que esperar más en nombre de la piedad y la sumisión, no más excusas en nombre de la fe. Dios vendría a Israel cuando Israel regresara a Él, y eso significaba purgar el mal de la tierra. Su favor estaba con ellos y no fallarían.

Mirando la oscuridad, Demas recordó cuando Barrabás le había hablado por primera vez. Fue durante una reunión en una casa de Jericó. Era de noche y Barrabás había motivado a los presentes a creer y prepararse para la acción. Demas había escuchado sobre Barrabás, y ahora que oía sus palabras sentía un fervor dentro de él que no había conocido antes. ¡El Dios de sus ancestros estaba con él desde siempre! No tenía que vivir como lo hacía, oprimido y avergonzado. Sin decir palabra, era evidente el entusiasmo en Demas, y se percató que Barrabás lo miraba con mayor atención. Cuando terminó la reunión, el líder lo llamó y preguntó sobre sus pensamientos. Demas se sintió halagado y un poco nervioso. No valía la pena esconder el hecho de que las relaciones comerciales de su padre habían hecho que su educación fuera más amigable con los gentiles de lo que muchos judíos devotos se sentirían cómodos. Su nombre mismo mostraba la aceptación que su padre había tenido con la cultura greco-romana. Algunos menos fervorosos que Barrabás en su xenofobia habrían criticado a los padres de Demas por sus asociaciones con los gentiles. Pero Demas también era un hebreo puro, y su padre estuvo atento a su educación en las verdades de la fe bajo la tutela de los fariseos. Lo que había aprendido de ellos, ahora se removía en sus entrañas tomando vida, mientras escuchaba a este predicador revolucionario – vivo de una manera que su padre no habría imaginado. Por su parte, Barrabás, el pragmático, vio en este joven recluta una extraña combinación que sería invaluable para él: un judío con linaje y con algo de entrenamiento en los Santos Escritos con una respetable facilidad de palabra en idioma griego, experiencia en asuntos gentiles, y los más importante de todo, fervor religioso.

Al comienzo, Barrabás parecía hacer únicamente lo que condenaba en otros: hablar. Pero no se rendía. Al contrario. Este tiempo formativo había sido único para Demas, y a través de un inflamado dicurso tras otro, la visión se completó, la fiebre de hacer algo en nombre de Dios se volvió irresistible. Las anécdotas antiguas de los héroes de Israel tomaron nuevo significado para él. Las historias inspiradoras de su niñez se volvieron realidades de importancia inmediata. Los ejércitos de Josué – efectivamente el nombre de pila de Barrabás – cruzaban su alma, expulsando a los amoritas de la Tierra Prometida. David mató al campeón incircunciso de los filisteos, y ganó el reino que nunca acabaría. De cierta manera, Judas "el Martillo" Macabeo parecía mayor; era un héroe reciente que se había resistido a la ocupación pagana, purificó el Templo, y restableció la independencia judía. Pero para Demas, el mayor de todos, el símbolo cuyo espíritu admiraba más y el héroe que deseaba emular era Finees, hijo de Eleazar y nieto de Aarón, el primer sumo sacerdote de Israel. La hora gloriosa había sido dada en el tiempo de Moisés cuando Israel pecó en Peor al mezclarse con los odiados moabitas. Mientras otros lloraban y se lamentaban, él se levantó en armas.   Con un solo golpe de su lanza había acabado con los corruptos israelitas y el ídolo malvado que los sedujo, deteniendo así la plaga que había caído sobre los santos. *Dios mismo exaltó* a Finees por su fervor y le había dado el sacerdocio como recompensa. Demas empezó a soñar con algo así, quería ser él quien diera el fatídico golpe, lo asestaría y cambiaría su rumbo y salvaría así a la nación. Anhelaba el halago de Dios y esperaba una sola oportunidad para demostrar su devoción.   Se había vuelto tan fervoroso, tan dedicado en imitar al héroe antiguo, que Barrabás empezó a llamarlo afectuosamente— mi Finees—, y hablaba bien de él a los otros hombres de su pequeña, pero creciente banda de revolucionarios. Demas no podría sentirse más orgulloso aunque su padre lo hubiera vestido con una túnica de muchos colores.

Oración: Señor Jesús, protégeme de mi hambre por los halagos. Mis inseguridades no son la inmadurez de la infancia, sino más bien un rasgo profundo de mi falta de confianza en Tu amor por mí, ¡cuántas consecuencias catastróficas me puede costar a mí y a otros también! Muchas veces me he alegrado con las adulaciones de los insensatos. Búscame y examina mi corazón...fíjate si tengo algún mal pensamiento y guíame por elsendero que lleva hacia Ti. Amén.

Día Veinticinco

Las tácticas de guerrilla empezaron poco a poco. El mismo Rey David no se movía hasta escuchar las marchas del ejército enemigo desde los árboles, explicaba Barrabás. El tiempo y el lugar son importantes durante una guerra santa. Escuchar los pasos angelicales era clave para la victoria. Claro, Barrabás nunca explicó con claridad cómo esto funcionaba o cómo escuchaba de Dios, y tampoco nadie preguntó. Todo permanecía como un misterio. Lo que no era un misterio, sin embargo, era cómo esta teología se transformaba en acción. Constantemente se concentraban en los ciudadanos judíos que Barrabás veía como facilitadores más que como soldados de las tropas romanas. —Recuerden—los reprendió Barrabás una vez—, la lanza de Finees *golpeó primero* al israelí malvado y después mató a la ramera. Sin embargo, había más que principios puramente espirituales en juego. Muchos de estos judíos corruptos poseían riqueza abundante – su riqueza era señal que estaban "fornicando con Moabitas" – y ese dinero sería el botín por todos sus esfuerzos. Barrabás señalaba que Moisés usó el metal precioso de los incensarios de Coré para cubrir el altar del Señor. Barrabás poseía sabiduría para explicar todo.

Demas haló sus cadenas, pero el dolor del hierro apretando sus muñecas era el menor de los males. En ese momento, su memoria lo estaba obligando a recordar sus dudas iniciales. Se había unido a Barrabás para servir al Dios de sus ancestros y para liberar a Israel. Había soñado con un reino restaurado, un lugar donde el Cielo alcanzaría la Tierra mientras Dios bendecía las acciones nobles de sus guerreros escogidos. Había decidido trabajar con estos zelotes porque en este tiempo malo quería ser *bueno*. Pero entre más hacía lo que Barrabás pedía, menos bueno y noble se sentía. Era un asunto violento. Y sí, las Escrituras hablaban de la guerra en nombre de Dios, pero algo le carcomía la consciencia, diciéndole que *esto* no era *aquello*, y él lo sabía. Límites que Demas tenía en su alma, linderos de piedra que tenían que ver con el respeto, el cuidado de su hermano judío y del forastero, y conservar la fe, se desplazaron tanto que ya no sabía dónde quedaban los límites. La misión, la visión de una Israel pura y libre del infiel romano lo justificaba todo, o al menos debía hacerlo. Pero una pesadez crecía en su corazón a medida que dejaban un rastro de angustia y temor por sus acciones – un dolor que no caía sobre sus invasores, sino siempre y exclusivamente sobre el pueblo. Estos pensamientos se revolvían dentro de él, pero nunca los reveló. Por fuera, era el mismo joven Finees que había sido, o pensaba que era.

Entonces y de repente, unas semanas atrás cuando la crisis de Demas se agudizó, Barrabás proclamó que la hora había llegado. Ellos seguirían a su Dios a Jerusalén durante la Pascua. En aquel tiempo y lugar santo, de seguro Dios estaría con ellos, las multitudes de los peregrinos se levantarían para unirse a su causa, y el Cielo acabaría echando a los romanos. El plan de Barrabás era simple. Entrarían al Patio de los Gentiles en el Templo, se enfocarían en los infieles que se atrevieran a contaminarla con su presencia impura y acabarían con ellos. Para evitar confusión, solo un pequeño grupo de hombres haría el ataque juntos, y el lugar donde se derramaría la sangre sería el punto de reunión para las multitudes. El resto del grupo de Barrabás estaría esperando, listos, con armas escondidas bajo las ropas, para ayudar a sus compatriotas o darles armas, puesto que Dios estaría complacido y bendeciría su obediencia. Los que liderarían el asalto serían Barrabás y tres más, incluyendo a Jonatán, Matías…y Demas. Algo en la manera en que Barrabás pronunció su nombre hizo que el corazón de Demas diera un vuelco – y no por la gravedad de las palabras del líder. Demas había notado una especie de reprimenda en la mirada que Barrabás le dio, o un toque de conquista. ¿Se había percatado de las luchas interiores de Demas? ¿Era esta su manera de corregir a un guerrero que empezaba a flaquear? No lo sabía, pero si aquella había sido su intención, fue manejada magistralmente. Al final, pensó Demas, retomaremos Tierra Santa levantando la espada contra aquellos que verdaderamente merecen caer a manos de ella. Finalmente, atacaremos a los romanos y los sacaremos de la Ciudad Santa de Dios. Sus dudas desaparecieron y se sintió con más lealtad hacia Barrabás y mayor compromiso con su revolución.

Demas cerró los ojos. Lo que había sucedido pasó por centésima vez ante sus ojos. Habían llegado y se habían posicionado cerca de la puerta sur del Patio de Mujeres. Barrabás miró a su alrededor y señaló a un par de hombres en la multitud. Ciertamente aquellos hombres no eran judíos, pero estaban vestidos como peregrinos. ¡Más civiles! Los ojos de Demas hicieron una pregunta a Barrabás, pero su jefe no lo iba a tolerar. *Eran perros gentiles*, había escupido con violencia, *y debían pagar con su propia sangre por la profanación del Templo.* Dios estaría con Su pueblo y la batalla final empezaría allí. Obedientemente, Demas hizo a un lado sus dudas y los siguió. El primer hombre que parecía más grande y fuerte que Barrabás y Matías cayó ante las pequeñas espadas que tenían. El segundo cayó del golpe de Demas. La cuchilla atravesó su vientre y cayó con un gemido a los pies de Demas. Él observó a su víctima e intentó sentirse como Finees, pero no pudo. La multitud empezó a disiparse llena de miedo. Barrabás comenzó a gritar y llamar la atención de los presentes proclamando que el Reino de Dios estaba ante ellos. *¡Levántense hombres de Israel que tienen fervor por la Tierra, levántense!*

Pero los hombres de Israel no estaban tan listos como Barrabás había convencido a sus compañeros revolucionarios. Increíblemente, la multitud solo había ido al Templo a adorar y orar – no a comenzar una revolución. Nadie respondió a Barrabás, nadie se le acercó siquiera. La única respuesta que escucharon fue el grito desgarrador de una mujer que ignoró la amenaza y corrió hacia el hombre que estaba muriendo gracias a la espada de Demas. Las trompetas sonaron. ¿Vendría Dios en su ayuda? ¿Enviaría fuego al altar como había hecho en los días de Elías? Pero no fue Josué quien tocó la trompeta, ni fue Dios quien respondió, fueron los romanos. En un momento estaban sobre ellos, más preparados al parecer que Barrabás, para enfrentar la hora de la revolución. Al final, los cuatro solo pudieron herir a un par de guardias antes que mataran a Jonatán y arrestaran al resto de ellos.

Eso había sido ayer por la mañana. Las autoridades los enjuiciaron en pocas horas y su condenada había sido notificada: serían crucificados a la mañana siguiente. La velocidad y la eficiencia del asunto llevó a Demas a creer que no solo los romanos habían estado más listos que ellos, sino que iban a tomarlos como un ejemplo durante la Pascua misma. No era accidental que Roma gobernara el mundo, y ellos no soportaban ninguna insurrección. Ese era un final brutal, no solo por los meses de preparación y cuidadosa planeación, sino por la esperanza que habían guardado. Para hacer las cosas peor, de pie ante Poncio Pilato, Demas se enteró que su víctima había sido un simple peregrino que había llegado a adorar al Verdadero Dios. El cuñado judío del hombre muerto – el hermano de la viuda – testificó que el hombre era un griego que había sido circuncidado y vivía según la Ley de Moisés. Su crimen, decía el hombre ahogado en llanto, era el color de su piel y su cabello. Hasta ese momento, Demas había actuado desafiante, igual que Barrabás, confiado en la justicia de su causa y en la salvación de Dios, pero al escuchar la historia del hombre que había asesinado, su corazón se llenó de vergüenza.

Ahora Demás esperaba impotente su muerte por tortura pública, y su mente era un torbellino causado por el conflicto de convicciones a medio resolver. Había resuelto que sin importar como acabara la revuelta, la Tierra Prometida debía ser limpiada de su impureza, y hasta su último aliento creería que el pueblo de Dios debía levantarse en armas para tomar el reino a la fuerza. A pesar de que su confianza en Barrabás se había debilitado, en su ser, su lealtad y admiración permanecieron inquebrantables. Habían vivido y peleado juntos, y si Dios así lo disponía, morirían juntos. Sin embargo, la imagen que Demas tenía de sí mismo, paradojamente, no había sobrevivido la noche. Nunca antes había sentido su vida como una pérdida, un desperdicio, sin ningún dentido como hasta ahora. El hombre que había asesinado no era un profanador del Templo, por el contrario, había llegado como un creyente devoto para ser santificado. Las dudas que Demas había reprimido hasta entonces consumían su mente. ¿Quién conocería la verdad? Tal vez Dios decidiría salvarlo tal como había hecho con sus ancestros.

La puerta exterior de la celda chirrió y escuchó los pasos de los soldados aproximarse. La noche había terminado y la pesadilla acababa de empezar.

Oración: Señor Jesús, Tú eres real. Perdóname por restarle importancia a lo que significa ser Tu discípulo y minimizarlo con una serie de clichés que Te ignoran y que dejan tras de mí muchos heridos – personas que debí ayudar pero que no lo hice, personas que herí y que no debí herir. Deshacer mis pasos es imposible, pero haz Tu obra en mí para que miarrepentimiento me lleve hacia Ti y no me lamente. Amén.

Día Veintiséis

En pocos minutos, los guardias llevaron a Demas y Matías – con muchos golpes y gritos – hacia el patio. Allí no caía ningún rayo del sol, porque sobre éste se alzaba la Torre de Antonia, el símbolo de lo que tanto odiaban, e impedía que la luz pasara. Era una copa amarga que la sombra de la torre fuera el símbolo de su derrota. A su alrededor había cuatro soldados asignados a cada uno de ellos, además de una especie de oficial que daba órdenes, y otros más. Demas notó por sus facciones que algunos de ellos no eran romanos, lo cual explicaba por qué algunas órdenes eran dadas en griego. Esto permitía que Demas comprendiera un poco lo que estaba ocurriendo.

En un muro cercano había varios postes para azotar. Los hombres que vigilaban a Demas lo llevaron hacia uno de ellos mientras el guardia de Matías hacía lo mismo. Obligándolo a elevar las muñecas atadas sobre la cabeza, los guardias levantaron a Demas, y sin ninguna ceremonia lo colgaron de un gancho alto. Sus pies apenas podían tocar el suelo. El dolor en su manos y brazos era difícil de creer, pero peor fue el dolor que Demas sintió en sus pulmones, una presión que marcaría las horas finales de su vida.

Un gemido y un grito se escucharon. Matías se había resistido, sosteniendo sus manos atadas como un solo puño y tratando de golpear a uno de los guardias. Instintivamente, la cabeza de Demas se inclinó hacia un costado tratando de ver lo que sucedía, justo cuando una porra cayó sobre los hombros de Matías. El hombre cayó al suelo y antes que pudiera moverse, el guardia más grande lo pateó salvaje y eficazmente en el vientre. El otro soldado levantó la porra nuevamente pero el oficial pegó un grito.

—¡Nada de eso! No le hagan ningún favor, muchachos. Ya conocemos sus intenciones. Tiene un largo día frente a él y queremos que sus huesos le duren lo más que pueda.

Pronto, cojeando y jadeando, Matías colgó a su lado.

Demas sintió unas manos toscas rasgar su ropa y de inmediato estuvo desnudo excepto por la tela envuelta alrededor de su zona inguinal que servía como ropa interior. Un guardia quiso quitarla, pero el comandante lo detuvo.

—¡Sigue no más!—gruñó—Esto tendrá que ser rápido y estamos bien atrasados ya con todos los cambios de hoy.

A medida que los soldados se alejaban, Demas escuchó el bullicio de la mañana tras el muro. Las multitudes de la Pascua empezaban a moverse. Una voz se destacó en medio del ruido de las pisadas, de las ovejas que balaban, y de las ruedas de madera sobre los adoquines. Extrañamente fueron aquellos ruidos comunes y corrientes y no el del látigo sobre su piel, lo que hicieron que el temor a la muerte se apoderase de él. El látigo cayó una y otra vez. Demas escuchó a Matías quejarse en voz baja hasta que los quejidos se convirtieron en gritos, y sus propios gritos resonaron en sus sienes como golpes de tambor. Aparte del dolor, que convertía sus pensamientos en un mar de confusión, dos cosas se le ocurrieron a Demas mientras los pedazos de metal rasgaban la piel de su cuerpo. Primero, las heridas que recibía nunca se sanarían – su alma dejaría su cuerpo antes que las cicatrices se formaran. Era algo que nunca había experimentado y que su mente no era capaz de comprender. Lo otro se destacó en medio de sus pensamientos tormentosos como moneda preciosa perdida irremediablemente: Barrabás no estaba ahí con ellos.

La flagelación interminable finalmente acabó y los guardias los soltaron del poste. Temblando y sangrando profusamente fueron obligados a arrodillarse sobre el pavimento de piedra. Después de removerles los grilletes, los guardias les estiraron los brazos para amarrarlos al patíbulo – los maderos cruzados que cargarían sobre sus hombros hasta el lugar de ejecución. Más soldados habían llegado al patio y se estaban organizando y preparando para marchar al sitio de ejecución. Le fue claro que la seguridad era extrema. Frente a Demas estaba el oficial que había dirigido el castigo, y Demas ardiendo desde su interior por algo más que sus heridas y ya sin nada que perder, levantó la mirada para ver al oficial que había dejado de marchar. Como si fuera casualidad, el hombre bajó la mirada para encontrarse con la del zelote condenado que no mostraba súplica ni desafío sino algo más. El soldado se detuvo e inclinó la cabeza hacia un lado, un gesto sarcástico y sin compasión para reflejar la pregunta en el rostro del prisionero. Demas habló de inmediato – aún su propia voz le pareció extraña.

—Jesús Barrabás—pronunció Demás en idioma griego perfecto.

Una sonrisa malévola apareció en el rostro del soldado antes de reír.

—Está bien, te lo diré— canturreó—ya que me lo preguntas tan bonito. Resulta que tu héroe tuvo suerte y no se unirá a las festividades de hoy. Querían a un Jesús u otro, y el tuyo fue el más suertudo.

Desdeñosamente, el soldado siguió con sus quehaceres. Pero Demas estaba estupefacto, tanto que no podía sentir ni el dolor en sus rodillas rechinándose sobre el pavimento mientras trataba de entender lo que acababan de decirle. Las puertas de la entrada se abrieron para dar paso a una tropa de soldados. Era aún más grande que la que ya estaba reunida en el patio y en medio de ellos llevaban a un hombre severamente golpeado. Mientras los soldados terminaban de amarrar el madero a los hombros de Demas, los otros soldados llevaron al hombre golpeado hacia el frente y lo empujaron al suelo. Demas lo reconoció. Era Jesús de Nazaret, el maestro de Galilea que las multitudes habían recibido con algarabía en Jerusalén días atrás. Demas tuvo un momento de descanso mientras los soldados traían un patíbulo para el recién llegado. Demas miró a Jesús y supo que lo habían maltratado mucho más que a él y a Matías. Su rostro estaba amoratado e hinchado, y en Su barba se veía un enredo de sangre. En Su cabeza llevaba una corona de espinas. El nazareno no luchaba ni observaba, simplemente tenía la mirada en el suelo mientras amarraban el madero a Sus hombros. Finalmente, Demas cayó en cuenta de la atrocidad que veía delante de sí. Barrabás los había abandonado. No estaría allí como había prometido, no moriría con ellos. Su lealtad no había sido correspondida, y su Dios se había olvidado de ellos y los había dejado solos. El cielo no se abriría, no tendrían una salvación apocalíptica. Nadie los celebraría ni lamentaría sus muertes. Morirían bajo el ojo burlón de los incircuncisos. Demas dejó caer su cabeza mientras los sollozos empezaron a salir del centro de su alma.

—¡Que se muevan!—gritó alguien.—¡Vamos!

Otras voces hicieron eco al grito y las puertas se abrieron. Una gran multitud esperaba afuera. Los guardias avanzaron, empujando a los presentes hacia un lado, abriendo camino para los escoltas y los condenados a morir. Los empujaron y la culata de una lanza se clavó sobre los riñones de Demas.

—Debes dejar de llorar—se dijo Demas inútilmente—. Debes morir con valentía.

Tropezando en su andar, trató de pensar en un gran héroe de Israel que hubiera enfrentado la muerte con valentía en manos de los paganos. El único que se le ocurrió fue Sansón, pidiendo a Dios con su último aliento que se acordara de él antes de derrumbar el templo filisteo. No serviría de nada. Lo colgarían de un árbol y moriría bajo la maldición de Dios y el hombre. La crucifixión se llevaba todo del hombre antes de quitarle la vida. La oscuridad del alma, negra como la media noche, lo abrumó.

Pronto, estuvieron en la calle. Los romanos disfrutaban de llevar a las víctimas delante de ellos, entre más famoso era el condenado, más les gustaba exhibirlo. Si las cosas no hubieran cambiado, Jesús Barrabás habría estado liderando el desfile con Demas y Matías tras él. Pero como resultaron las cosas, los romanos obligaron a Jesús el galileo a liderarlos. Demas lo vio adelantarse, muy resguardado por los soldados, y cuando las personas se percataban de Su presencia, un grito ahogado se escapaba de sus labios; algunos lo ridiculizaban, pero la mayoría eran lamentos. Las personas se alinearon en el camino, moviéndose con la procesión y acercándose tanto como los guardias se lo permitían. Una vez que se alejaron de la torre, los soldados fueron más exitosos en mantener el orden, aunque muchos, en su mayoría mujeres, se acercaron rápidamente para mirar lo que ocurría y clamar tras ellos.

La procesión avanzó, acercándose a la reja por la que saldrían del perímetro de Jerusalén. La crucifixión era demasiado horrorosa, demasiado impura, para que ocurriera dentro de los muros de la Ciudad Santa. Demas ahora caminaba cerca, tan solo unos pasos detrás del nazareno y Matías tras él. El Maestro daba traspiés mientras caminaba, la severidad de Su castigo lo había debilitado más que a los zelotes. La sangre empapaba Su prenda casera. De repente Jesús cayó, Su rostro al suelo, en la calle polvorienta atrapado bajo el peso de la cruz. No podía levantarse. Sus escoltas lo patearon un par de veces para que se levantara. Era inútil. Un centurión, que Demas reconoció por la revuelta en el Templo del día anterior, pero al que no había visto hasta ese momento, dio un paso hacia delante y los reprendió.

—¡Idiotas! Díganme, ¿de qué servirá si muere aquí? ¡Quítenle esas cosas y ayúdenlo a levantarse!

Los hombres se acobardaron ante sus palabras y corrieron a obedecerlo. El oficial que había hablado con Demas trataba de parecer importante pero obviamente ahora se hallaba en presencia de su superior.

Demas los observó levantar y quitar Su carga al nazareno. El cuerpo del hombre se estremecía y Sus manos temblaban como si todavía la cargara. El centurión grande miró al hombre malherido con dureza por un momento, luego maldijo y miró a su alrededor. Inesperadamente se acercó a la multitud de peregrinos que intentaban entrar a la ciudad y asió a un hombre. El oficial le ordenó que cargara la cruz del nazareno, las protestas del hombre fueron inútiles y las amenazas del centurión lo callaron. Asustado y humillado, el peregrino entregó sus pertenencias a la familia, levantó el madero y siguió el camino. Con un grito y más órdenes, empezaron a caminar.

Si no fuera por su propia situación, Demas se habría sentido muy mal por su hermano judío que era obligado a marchar hacia Su propia muerte. Demas sabía un poco sobre Él por los comentarios, pero no le tenía mucha simpatía. Barrabás había hablado sobre Jesús y lo que había dicho no fue agradable. Este galileo era muy conocido en su tierra y también había cosechado una reputación en Judea. Su fama era la de un gran maestro, un hombre de gran carisma y sabiduría. También se decía que hacía milagros que sanaban – existía el rumor que abrió los ojos a un ciego y resucitó a un muerto. Para todos los judíos estas eran las señales milagrosas que acompañarían la venida del Mesías.

Al escuchar estas cosas y los murmullos de sus seguidores, Barrabás habló sobre el asunto. Estaba de acuerdo en que ese hombre se expresaba muy bien, pero ¿de qué servía tener esos dones de Dios y no usarlos para Su causa? Este era un hombre que las multitudes adoraban y que inspiraba un gran respeto de toda clase de personas, pero no hizo nada con ello. ¿Qué enseñaba? ¿Cuál era su propósito? ¡No importaba! Su falta de acción lo decía todo. Cualesquiera que fueran sus motivaciones, no podían tomarlo en serio si su tarea era la de rescatar la nación y establecer el Reino de Dios sobre la Tierra. ¡Abrió los ojos a los ciegos! Pero él era ciego, dijo Barrabás lleno de enojo. Era un vagabundo sin rumbo, demasiado débil e ingenuo para aprovechar la influencia que le había sido dada.

Incluso en ese momento, Demas pudo percibir los celos de Barrabás hacia el hombre. Su jefe de guerrilla era carismático, tenía seguidores, y podía mover a las personas, pero Jesús embelesaba a las multitudes. ¿A qué zelote no le habría gustado que sus palabras silenciaran a los saduceos y fariseos como lo había hecho Jesús? Sin embargo, si Barrabás hubiera tenido esas habilidades ellos hubieran sido acallados por más de un acertijo; la nación se habría levantado como una sola y ya no estarían los romanos. Sí, habrían visto la gloria de Dios. Una semana atrás, Barrabás había estado enfurecido junto a sus compañeros mientras el profeta entraba a Jerusalén montado en un burro, las palmas agitándose al viento y los gritos de—¡Hosanna, Hijo David! Hijo de David tal vez, pero no un mesías. No *podía* serlo. Barrabás había dicho que, si Jesús montaba un caballo de guerra, él habría sido su discípulo más fiel.

Ahora, Demas lo contemplaba con desilusión por culpa de su *propio* Jesús y no podía mirar a *este* Jesús con mejores ojos. Más bien, su desprecio aumentaba. Barrabás había fallado en el mismo lugar donde Jesús de Nazaret había maravillado a las multitudes. Este Jesús era una ofensa al mismo espíritu de Finees que lo había motivado. ¿Por qué no hacía algo con Su poder? ¿Por qué no levantaba un ejército en ese momento? ¡Que lanza podía empuñar! Pero no, Sus discípulos era mujeres y tontos, y todavía se preocupaba por ellos. A medida que se aproximaban al lugar de ejecución, Jesús se volvía a las muchedumbres y les hablaba suavemente para consolar a los inconsolables.

Había una cualidad en Su voz – era la primera vez que Demas la escuchaba – aunque cansada y seca por la tortura y la sed, que resonaba en su espíritu. El hombre no estaba preocupado por sí mismo ni se lamentaba por Su destino. Estaba preocupado por otros y sus hijos. Como un pastor, los consolaba antes que los soldados lo obligaran a seguir el camino. Algo en Su condescendencia compasiva, en Su conducta y mirada hizo que Demas fuera afectado y momentáneamente olvidara todo lo que había pensado sobre Él. De verdad, el misterio envolvía a este hombre. Pero después de pensarlo un poco más, Demas hizo a un lado estas ideas. ¿No podía este "mesías" haber evitado sus lágrimas? Si la prevención es mejor que la cura, ¿acaso Sus palabras no estaban tardes y eran muy pocas? No, Barrabás no se había equivocado sobre este hombre.

—Mano a la obra—clamó una voz.

Habían llegado al Gólgota.

Oración: *Señor Jesús, perdóname por todas las veces que quise que montaras un caballo de guerra en vez de un burro, por las veces que quise que usaras Tu sabiduría para herir en vez de consolar y sanar, las veces que quise que pelearas en vez de cargar la Cruz. Señor, con demasiada facilidad, he aceptado a otro Jesús, porque creer en Ti y en Tu bondad ha sido una tarea difícil para mí. Dame Tu gracia para conocerte como eres enrealidad y creer en Ti. Amén.*

Día Veintisiete

Frente a ellos había media docena de postes de madera clavados en el suelo. En latín se llamaban los *stipes*, y la parte superior tenían una hendidura, un corte, donde calzaría el patíbulo que los condenados habían cargado. Estos postes, permanentes y ubicados a las afueras de la ciudad, aun vacíos servían como un recordatorio constante del poder vengativo de los romanos. Demas vio la cruz de la que sería colgado. Era repulsiva, llena de manchas porque había sido usada antes y de seguro sería usada nuevamente después que él muriera. Cuando se trataba de ejecuciones, los romanos eran tan económicos como teatrales.

También eran muy minuciosos y eficaces. El miedo de la muerte por crucifixión era un método que usaban para mantener a los rebeldes a raya, también era una herramienta que usaban para cumplir con su amenaza. En este caso significaba ser obligados a asegurarse que la sentencia se cumpliera. No había manera en que Demas pudiera tratar con el espectáculo de los romanos crucificando al galileo, y no tuvo tiempo de intentarlo ni de conquistar su terror, porque él era el siguiente.

No perdieron tiempo desatándolo. Con un jalón rápido, los soldados quitaron su ropa interior – era el último ápice de dignidad que le quedaba. Completamente desnudo y temblando incontrolablemente, lo tumbaron de rodillas, luego fue arrojado sobre su espalda y sus piernas se retorcieron debajo de él. Demas trató de jugar a ser valiente pero los gritos que salieron de sus pulmones mientras clavaban las estacas a través de la base de sus manos, cerca de las muñecas – primero una, luego la otra, jugaron en su contra. Los soldados levantaron su cuerpo, que gemía y se convulsionaba en medio del patíbulo, el cual dejaron caer con un golpe seco en la hendidura del poste. El martillo de hierro que usaron para clavar su carne ahora sostuvo la cruz con un clavo de madera. Demas nunca se imaginó que su cuerpo tuviera tal capacidad de agonía, y las cosas se pusieron peores. Tomando sus piernas colgantes, una a la vez; un soldado romano todo pesado por su armadura, estiró el cuerpo de Demas con firmeza mientras clavaban sus talones a los lados del poste. La crucifixión estaba completa y los soldados se alejaron. A través del sudor, las lágrimas y un poco de ceguera producida por el dolor inexpresable, Demas miró a sus atormentadores. Decir que miraba hacia abajo era una exageración porque la cruz no era muy alta, y sus pies colgaban sólo a ancho de mano del suelo. El centurión más joven se detuvo junto a él con un pergamino en la mano (encima del cual Demas sabía que tenía los cargos contra él) que colocaría sobre su cruz como advertencia. También habían colocado uno sobre la cabeza del nazareno. El pergamino permanecía en la mano del comandante y mientras los soldados buscaban una rama para asegurarlo sobre la cabeza de Demas vio lo que estaba escrito. *LESTES* decía en griego – *insurrecto, forajido* – junto a su equivalente en arameo y latín para que cualquier transeúnte tomara nota y se asustara, o maldijera y se burlara si lo deseaba. Los ejecutores observaron su obra.

—Larga vida, escoria rebelde—se burló uno de los soldados antes de maldecirlo y escupir en la cara de Demas mientras se alejaban.

Luego crucificaron a Matías. Él maldijo y gritó mientras los romanos lo estiraban sobre la cruz.

—¡*Haz algo*, Mesías! Si eres un hacedor de milagros, ¿por qué no haces uno ahora?

Su grito desesperado terminó en gritos angustiados cuando lo crucificaron. La amargura y la angustia dentro de Demas estallaron y él se unió al escarnio.

—Si en verdad eres el Hijo de David, ¿por qué no lo demuestras y nos rescatas a todos? —logró decir en medio de su dolor—. Sálvanos con tu gran poder.

Con esfuerzo, Demas levantó su rostro y miró a su izquierda. Como siempre, Jesús no respondió. Su cabeza estaba inclinada y Su porte era solemne y triste, pero Demas notó que no lo provocaban ni lo avergonzaban con sus palabras despectivas. La duda asaltó su corazón. Repentinamente, sus palabras burlonas parecieron vacías y tontas frente a toda esa nobleza y entrega total.

Pronto, Matías colgaba al otro lado del nazareno y los soldados, después de revisar el perímetro, se acomodaron para monitorear el calvario. Su primera tarea era dividir las cosas que habían reunido de las víctimas, como era su derecho. Discutieron y echaron suertes a los pies de Jesús riéndose escandalosamente mientras lanzaban los dados. Su ritual ambicioso y escandaloso solo añadía la humillación de ser crucificado. Eso fue su intención.

—Padre—dijo Jesús suavemente y con claridad mientras miraba el ridículo espectáculo —perdónalos porque no saben lo que hacen.

Los soldados siguieron con sus juegos ignorando sus palabras, pero Demas al escucharlo se quedó estupefacto. No sólo eran inesperadas Sus palabras sino de otro mundo. Se dio cuenta que lo que le habían enseñado a creer y quién era realmente Jesús de Nazaret eran dos imágenes muy diferentes. Este hombre en la cruz a su lado era sin duda diferente a cualquiera hombre que hubiera conocido antes. No había nada pasivo en Él, Sus acciones y palabras, Su quietud y silencio tenían propósito, más que cualquier revuelta que Barrabás hubiera hecho. Pero aquí había algo que Barrabás nunca había demostrado en medio de toda su violencia. ¿Qué le había costado a Jesús decir aquellas palabras a Sus torturadores? ¿Cómo podía orar y pedir misericordia por aquellas personas que lo habían clavado a la cruz y se reían de Él? Pero eso no parecía afectarlo. Al contrario, fluyó de Él sin esfuerzo. Aquí se manifestaba una fortaleza irresistible nunca vista. Demas sintió que por primera vez en su vida estaba en la presencia del verdadero poder revolucionario. Jesús había volteado las mesas y tomado control de Sus enemigos desde un trono inconcebible – la cruz romana. A pesar de que su mente era un torbellino, a Demas le pareció que acababa de ser testigo de una subversión cuya sutileza quedó mucho más allá de su capacidad de comprender.

La agitación en el espíritu de Demas mientras colgaba al lado del enigmático rabí se mezclaba con la agonía física que estaba experimentando. Su boca estaba seca y tenía una sed indescriptible, sus fosas nasales estaban saturadas del olor de su propia muerte lenta. Aunque su cuerpo reposaba estirado sobre la cruz, su abdomen estaba abultado y sus rodillas se doblaban a medida que su peso halaba sus brazos fuera de la cavidad de sus hombros. Su cuerpo empezaba a colapsar dentro de sí mismo, el corazón latía aceleradamente en su pecho y le era casi imposible respirar. Para hacerlo, tenía que forzar su cuerpo a empujarse desde sus tobillos que estaban clavados a la cruz, levantar su barbilla desde el pecho, y tomar una bocanada de aire. Este ciclo le hizo entrar en un nuevo mundo de sufrimiento.

No había límite para su vergüenza, ya que su desnudez y debilidad estaban expuestas para quien quisiera mirarlo, judío o gentil, hombre o mujer. A pesar de su humillación, Demas podía darse cuenta de que no era el centro de atención. Una pequeña multitud estaba reunida a distancia observando la escena e intentando consolarse. Demas se percató de que ya que ni su madre ni su hermano estaban presentes lamentándose por él, los que estaban allí debían ser personas que amaban y seguían al nazareno. Algunos gemían y se arrodillaban en la tierra, sus rostros lodosos por sus manos polvorientas. Pero los que lo odiaban eran más atrevidos. Se habían reunido para mirar boquiabiertos y burlarse. Muchos eran personas que simplemente habían llegado a la encrucijada y lanzaron sus maldiciones como si fuera un deber cívico y siguieron su camino. Así eran las ejecuciones públicas. Pero había otros con más determinación en su desprecio. Aquellos eran personas prominentes de la ciudad, sacerdotes y otros líderes religiosos, que lo insultaban y se regocijaban.

—¡Rey de Israel! ¡Mesías! ¡Bájate de ese madero maldito si en verdad eres el Elegido!

—¡Destruye el Templo y reconstrúyelo en un día, ¿sí?! ¿Qué obras harán tus manos ahora?

—¡Salvó a tantos este que se llama Hijo de Dios! ¡Pero no se puede salvar a sí mismo!

¡Salve, Rey de Israel, para que podamos creer!

Siguieron con sus burlas, y sobre ellas aun más burlas. Un hombre crucificado no tenía que contener su lengua. Demas escuchó a Matías maldecir a los que se burlaban de él, gritando sobre la liberación de Israel, llamando a sus detractores cobardes y cosas peores. ¿Qué tenía que perder? Los sacerdotes tenían razón. Nadie se bajaba de la cruz. Nadie. Pero Jesús no dijo nada a aquellos que lo consideraban un adversario, no dijo ni una palabra. Al igual que antes no parecía estar afectado por sus insultos; parecía que no los escuchaba. Por el contrario, ante los ojos de Demas, Jesús parecía poseer más nobleza por sus insultos.

Los soldados se habían alejado a pocos pasos. Ahora Demas vio a algunas mujeres mayores y a un hombre joven a los pies de la cruz de Jesús. Estos eran los discípulos que no estaban avergonzados de su conexión al hombre moribundo, que no temían a los romanos, o que amaban a Jesús más de lo que los temían. Una, obviamente era Su madre, llorando en silencio y meciéndose mientras estaba arrodillada con las manos sobre su pecho como si temiera que el corazón se le rompiera. Mientras las burlas seguían, Demas escuchó a Jesús hablarles con gentileza. Una vez más no demostró sentir lástima ni preocupación por la condición en la que se hallaba.

La tormenta en el corazón de Demas se había convertido en un raudal. Mientras Matías seguía maldiciendo, Demas miró a Jesús. ¿Quién era este hombre crucificado a su lado? ¿Qué habría ocurrido aquella mañana si Barrabás estuviera en la cruz en lugar de Jesús? Se le ocurrió a Demas que sin darse cuenta había estado comparando a este Jesús con el Jesús al que él había acompañado durante el año pasado. Barrabás reprobó la prueba. Miró por encima del cuerpo torcido del nazareno y vio a Matías jadeando y murmurando. De repente, la enormidad de su insensatez le fue revelada. La verdadera comparación no era entre Jesús de Nazaret y Barrabás o incluso Matías. La verdadera comparación era consigo mismo. Demas vio a Demas por primera vez, como un reflejo en las aguas cristalinas del río. No vio a un hombre santo, sinceramente celoso por la santidad de Israel, sino a un terrorista egoísta y vanaglorioso. Había querido honor y poder – pero no era para el Dios de sus padres. No había querido servir a Dios sino a sus propios anhelos. El recuerdo de su crimen vino a sus ojos y ahora Demas sabía que no era más que un salteador y ladrón. Sí, había saqueado y robado cosas, pero más que nada había robado *esperanza*. Había querido ser un salvador, creando expectativas en el hombre común de que la revolución redimiría la nación de sus males, pero los crímenes romanos no lo hacían inocente, y la causa de Israel no convertía sus acciones en justas. Recordó con gran vergüenza a la víctima del Templo. Había sido un creyente piadoso y ahora Demas se sentía un criminal por sus acciones. Incluso si el hombre hubiera sido un pagano escéptico, Demas sería culpable de derramar sangre inocente. Dolor llenó su corazón al darse cuenta de que no era Finees y que nunca se había parecido a él. Todo por lo que había luchado era una mentira.

Levantó sus ojos llenos de lágrimas hacia su vecino solo para darse cuenta de que el nazareno lo miraba. Sus miradas se encontraron. Demas ya no podía respirar. Quería cubrirse el rostro por la vergüenza que sentía, pero no podía. Deseaba darse la vuelta y correr, pero no era posible. La cruz lo mantuvo cautivo al nazareno. Parecía que la desnudez de Jesús le quitaba la fachada, revelaba su falsedad, y mostraba sus deseos más íntimos. Bajo esa mirada penetrante y llena de fuego lo único que quedaba era *Él*.

La voz de Matías rompió el momento al repetir algunos de las burlas que los líderes religiosos estaban lanzando.

—¡Necio! ¡Basura! ¡Si eres el Mesías haz algo para salvarnos a todos! ¡Llama a tu Dios y haz algo!

Basta ya. Con el corazón ardiendo, Demas se armó de valor, pagó el precio en sus talones para llenar sus pulmones, y arremetió contra su compatriota con toda la fuerza que pudo.

—¿Acaso no temes a Dios, tú que tienes la misma sentencia de muerte? Es justo que tú y yo estemos aquí recibiendo el castigo por los crímenes cometidos, pero este hombre no ha hecho nada malo.

Sorprendido por las palabras de su camarada, Matías se calló. Pero no se asombró tanto como Demas, cuando habló al nazareno con voz entrecortada.

—Jesús, recuérdame. Recuérdame cuando estés en Tu Reino.

—En verdad te digo, hoy estarás conmigo en el Paraíso.

Si Demas no había estado preparado para la fe que dio a luz a sus palabras para Jesús, ahora se quedó estupefacto al escuchar las palabras de respuesta a su petición. Algo lo llenó desde afuera hacia dentro. Algo lo limpió. ¡De todos los lugares para hallar consuelo, amistad y salvación! Su cuerpo moribundo gimió desesperadamente y el calor del sol de la mañana caía sobre ellos sin misericordia. Sin embargo, Demas se sintió fuerte. Hay un fatalismo compartido en los hombres condenados a muerte – una enfermedad que al mirarse pudieron verla en los ojos del otro. Era una oscuridad que había infectado los ojos de Demas desde que había dejado el patio de la torre. Una parte era resignación y otra era desesperación. Era una mirada que hablaba más que las palabras; una camaradería vana de muerte y despedida eterna. Miró a Jesús una vez más y sus miradas se encontraron, pero la mirada de muerte había abandonado los ojos de Demas para no volver.

Oración: Señor Jesús, gracias por el poder de la cruz que enciende la fe bajo la peor de las circunstancias, y en los lugares menos esperados, y que nos arrebata del poder de la muerte aún en la última instancia. Estoy agradecido por el evidente sacrificio que hiciste, la luz cegadora de Tu Verdad que desenmascara mi fealdad, y me da gracia para responder con súplica arrepentida. Y gracias por esa voz que me dice que estaré contigo pronto, pronto en el paraíso. Amén.

Día Veintiocho

Al mediodía empezó a oscurecer. En cuestión de minutos, nubes oscuras cubrieron el cielo. Parecía que la naturaleza misma se estaba rebelando a la violencia cometida en ella. Mientras una hora aterradora tras otra pasaba, se volvía más oscuro hasta que la media tarde parecía el atardecer. El viento apareció, soplando polvo y enfriando el aire. Algunas personas se asustaron y empezaron a huir. Otros halaron sus mantas alrededor de sus cuerpos y permanecieron embelesados. En medio de aquello, la voz de Jesús se escuchó clara y fuerte.

—*Eloi, Eloi, lema sabachthani?*

Su pregunta causó un revuelo entre los soldados y algunos de los observadores.

Demas los escuchó hablar en griego sobre Elías, pero él sí había entendido las palabras de Jesús.

Dios mío, Dios mío, ¿por qué me has abandonado? ¡Que terribles palabras llenas de angustia habían salido de los labios santos! ¿Qué querían decir? ¿Acaso el Dios que Demas acababa de conocer se había dado por vencido?

—Tengo sed—escuchó decir a Jesús con voz rasposa.

Alguien corrió y tomó la esponja que había estado inmersa en una cubeta de vino agrio, y la levantó hacia Jesús.

—Déjalo—se rió otro en tono burlón—¡Veamos si Elías regresa del cielo para salvarlo!

Pero el hombre se acercó. Jesús recibió la bebida y mientras Demas lo observaba sintió algo conmoverse en el interior de su pecho. Desde el fondo de su espíritu, su recuerdo de estudiante de las Escrituras se despertó, se estremeció y cobró vida dentro de él. La mente de Demas respondió como si un rabino le hiciera una pregunta. Citar el primer versículo del salmo, era instruir al alumno para que lo recite por completo.

Dios mío, Dios mío, ¿por qué me has abandonado? ¿Por qué estás tan lejos cuando gimo por ayuda?

—Consumado es—dijo Jesús—. Padre, en Tus manos encomiendo mi espíritu.

Demas lo vio inclinar la cabeza y Su cuerpo volverse inerte. Un temblor sacudió la tierra y se escuchó un gran estruendo que se elevaba y descendía en la distancia. Las personas lloraron y algunos corrieron asustados. Hacia el sur, sobre los tejados lujosos de la Ciudad Alta, la esposa de Pilato, Prócula, tembló y lloró llena de temor en su habitación. Pero algo se había apoderado de la fibra más íntima de Demas.

Dios mío, clamo de día, y no respondes; Y de noche, y no hay para mí reposo.

—Verdaderamente este hombre era Hijo de Dios—dijo Petronio, centurión de la Torre, inclinando su cabeza, quebrantado de tristeza.

Pero Tú eres santo, Tú que habitas entre las alabanzas de Israel. En Ti esperaron nuestros padres; Esperaron, y Tú los libraste. Clamaron a Ti, y fueron librados; Confiaron en Ti, y no fueron avergonzados.

Los discípulos de Jesús y los otros que habían observado con dolor Su crucifixión sollozaron en voz alta, se golpearon el pecho y se dieron ánimo mientras se alejaban llenos de angustia. El Lugar de la Calavera empezó a quedar vacío.

Mas yo soy gusano, y no hombre; Oprobio de los hombres, y despreciado del pueblo. Todos los que me ven me escarnecen; Estiran la boca, Menean la cabeza, diciendo: Se encomendó a Jehová; líbrele Él; Sálvele, puesto que en Él se complacía.

La mente de Demas continuó con la recitación, pero observó a unos soldados juntarse para hablar con unos oficiales que acababan de llegar junto a unos judíos bien vestidos. Después de un breve intercambio de palabras, el centurión asintió. Llamó a dos de sus hombres que tomaron una lanza y una porra pesada. Se acercaron a la cruz de Demas.

No Te alejes de mí, porque la angustia está cerca; Porque no hay quien ayude.

Los sacerdotes, siempre preocupados por la pureza ritual, manifestaron su caso y Pilato dio la orden que las muertes fueran apresuradas por la Pascua. Si se lo dejaba solo, un hombre crucificado podía durar días, pero al romperle las piernas se aseguraban de causar la muerte por asfixia con mayor rapidez. Era una pequeña misericordia para la víctima que quería que se terminara el sufrimiento. Pero ¿quién podría agradecer tal gesto?

Un soldado deslizó el mango de la lanza entre las rodillas de Demas y lo hizo girar. Gimió en agonía, se quejó sin fuerzas, demasiado débil para gritar cuando el otro soldado le dio con la porra con fuerza contra su pierna justo arriba de la rodilla. Su otra pierna fue destrozada en la misma manera.

Me han rodeado muchos toros; Fuertes toros de Basán me han cercado. Abrieron sobre mí su boca como león rapaz y rugiente.

Demas se desplomó, quebrado y completamente incapaz de impulsarse hacia arriba para tomar otra bocanada del aire muy escaso, que lo había mantenido con vida durante las últimas seis horas. Su respirar se volvió poco profundo, y la presión que había aumentado en su pecho se volvió un peso difícil de soportar, pero aún podía escuchar y oyó los quejidos de Matías como si estuviera a gran distancia cuando los soldados le fracturaron las piernas.

¿Qué harían con el Maestro? Seguro lo dejarían en paz. Con las pocas fuerzas que le quedaban, Demas giró la cabeza para mirar. Los soldados sujetaron Su rodilla y lo sacudieron, uno hasta agarró Su barba e hizo girar la cabeza del Maestro de lado a lado. No hubo respuesta.

—Te digo que está muerto. Está muerto— dijo el que sujetaba la lanza.

—Difícil de creer. Nunca vi a alguien irse tan rápido.

—De nada sirve que hablemos. Hay una manera de asegurarnos.

Con esas palabras, el soldado dio un paso atrás e inmediatamente atravesó su lanza profundamente en el costado de Jesús, la punta perforando hacia el corazón. La imagen se quedó grabada en el zelote arrepentido. Demas se atragantó y tosió con debilidad, sus pulmones sin aire eran incapaces de producir un sollozo. Acababa de darse cuenta de que en sus momentos finales había hallado el Héroe que buscó—y el que esperó ser—toda su vida. Allí a su lado estaba el Sacerdote Celoso, el Santo y Verdadero Finees. La culpa del pecado y la vergüenza había terminado por un movimiento de la lanza, y la expiación se había cumplido. La mano de Dios se detuvo, su ira se apartó y la plaga sobre la nación se disipó. Esta había sido quitada a Demas.

La lanza fue retirada. Sangre y fluido claro fluyeron.

He sido derramado como aguas, Y todos mis huesos se descoyuntaron; Mi corazón fue como cera, Derritiéndose en medio de mis entrañas. Como un tiesto se secó mi vigor, Y mi lengua se pegó a mi paladar, Y me has puesto en el polvo de la muerte.

Satisfechos, los asesinos se alejaron. El Rey de los Judíos estaba muerto. La madre de Jesús pegó un grito como si su corazón hubiera recibido la punzada. Demas estaba muriendo con rapidez. Su corazón latía irregularmente, y cada vez exhalaba más de lo que inhalaba. Sus extremidades temblaban involuntariamente y su quijada se relajó.

Mas tú, Jehová, no Te alejes; fortaleza mía, Apresúrate a socorrerme. Libra de la espada mi alma, de la garra del perro mi vida.

Su espíritu empezó a elevarse mientras su cuerpo dejaba de luchar. Sus ojos a medio cerrar, observaron el polvo a sus pies que su propio cuerpo había mancillado.

Murmullos inaudibles subieron a su garganta, pero estaba demasiado cansado para pronunciarlas. Su mente divagó por unos instantes antes de volver a concentrarse.

Porque no menospreció ni abominó la aflicción del afligido, Ni de él escondió Su rostro; Sino que cuando clamó a Él, le oyó.

—Porque *no* menospreció...*Ni* escondió su rostro...— susurró la conciencia de Demas. Sus hombros y su espalda eran una agonía, sus brazos quemaban, sus piernas fracturadas latían y pulsaban. Su piel estaba fría y húmeda, y su boca era un desierto.

Increíblemente, la paz descendió sobre él, bañando su espíritu como una llovizna primaveral.

Comerán los humildes, y serán saciados; alabarán a Jehová los que le buscan; Vivirá vuestro corazón para siempre.

Este día estarás conmigo en el Paraíso. Este día estarás conmigo en el Paraíso. Este día estarás conmigo...

El corazón de Demas no pudo más. Incapaz de pensar y al borde de la inconciencia, su dolor empezó a menguar mientras su memoria cedía y otra voz terminaba la recitación. Era más fuerte y tierna, tranquila y poderosa, subliminalmente divina, cercana y cálida.

Se acordarán,
y se volverán a Jehová todos los confines de la tierra,
Y todas las familias de las naciones adorarán delante de Ti.
Porque de Jehová es el reino,
y Él regirá las naciones.
Comerán y adorarán todos los poderosos de la tierra,
Se postrarán delante de Él
Todos los que descienden al polvo,
Aun el que no puede conservar la vida a su propia alma.
La posteridad le servirá;
Esto será contado de Jehová hasta la postrera generación.
Vendrán, y anunciarán su justicia;
A pueblo no nacido aún,
anunciarán que Él hizo esto.

****

La oscuridad se alejó como si fuera un velo rasgado, como una vestimenta débil y sucia que en su rencor no había cubierto la desnudez, sino que había aumentado la vergüenza. Repentinamente fue levantado con gentileza, su cuerpo retorcido ahora estaba de pie, sus piernas llenas del vigor de la juventud, sus brazos livianos y alzados como un niño maravillado.

—Oh Jesús, Mesías, mi Rey, mi Amigo, y mi Dios. Yo...— empezó a decir.

Pero sus palabras fueron acalladas por una sinfonía, su propio gozo lo hacía reír armoniosamente para unirse a la canción que llenaba el lugar. Lo vio delante de él como muchas rosas de Sarón en el viento de verano, escuchó los colores del arco iris esmeralda sobre la Tierra Prometida, sus dedos acariciados por las embriagadoras fragancias del infinito Edén.

Pero por sobre todo, Demas vio el Rostro, brillando como mil mil soles por su clemencia y bienvenida. Y entonces, cargado de una llama fría y enceguecedora, por la primera vez que probaba la leche y miel del verdadero entendimiento. En ese instante infinito fue consumido y sanado por completo mientras su corazón se llenaba de bendición inaguantable.

Oración: *Señor Jesús cuando me sienta abandonado, cuando sienta que estás esperando hasta el último momento para rescatarme, ayúdame a recordar la Cruz. Tú reinas sobre un Reino que vuelve este mundo de cabeza. Solo al contemplar a Cristo podré vencer el vértigo de este mundo al revés, el ámbito donde la pérdida se convierte en ganancia, donde lo roto es coronado con gloria, y donde los pecadores como yo son escandalosamente recibidos como Tus hijos. Gracias por atreverte a presentarte y ser crucificado. Amén.*

Para saber más sobre la historia de Demas y otros personajes en su historia, por favor busque una explicación del trasfondo más completo en el epílogo desde la página 221.

Parte III

Simón Pedro el Discípulo, y Esteban el Arcediano

Y ellos lo vencieron por la sangre del Cordero y por la palabra de su testimonio, y despreciaron su vida hasta la muerte.

~Apocalipsis 12:11

LAS PREGUNTAS

Simón Pedro, Discípulo

Juan 21:1-22

Día Veintinueve

Las últimas millas del camino de regreso, tras el peregrinaje, estaban frente a ellos. Habían regresado por la costa oeste del Mar de Galilea hacia Tiberias, y horas antes del mediodía el calor empezaba a cansarlos; estaban agotados por el viaje. El día anterior había sido muy largo porque caminaron hasta encontrar un lugar seguro que los acogiera: El hogar del pariente de uno de los discípulos. La sencillez y humildad de aquella casa, justo al sur desde donde el Jordán fluía del gran lago, daba un sentimiento de paz al lugar. Después de desayunar temprano bendijeron a sus anfitriones y se dirigieron hacia el norte bajo el claro y húmedo amanecer. La cercanía a su hogar hizo que cada milla pareciera interminable, pero avanzando a un ritmo constante llegarían antes de tiempo. Tenían hasta el atardecer para llegar a Cafarnaúm; el día siguiente sería el Sabbat.

Simón Pedro guiaba el camino porque en ausencia del Señor Jesús, él asumió el liderazgo. Miró por encima de su hombro para ver a sus compañeros y al menos a media docena de mujeres piadosas del círculo íntimo que los habían acompañado a Jerusalén casi tres semanas atrás. Andrés era el que estaba más cerca de él, después eran Felipe y Natanael, y el resto formaban pequeños grupos detrás de ellos. Los hijos de Zebedeo iban al último junto a María Magdalena y la madre de Jesús. Unos cuantos discípulos devolvieron la mirada, buscando algo en el corazón del otro, algo que no comprendían completamente. Tropezando, Simón fingió que su gesto era casual y volvió la mirada hacia las brillantes aguas a su derecha y la dejó allí hasta recuperar la compostura y continuar en el camino frente a él.

Casi un mes había pasado desde que había recorrido esos caminos hacia el sur, pero ya estaba en su tierra y respiraba el olor de las aguas que conocía desde su niñez. Su memoria divagó por un recuerdo de tres años atrás: Simón se había encontrado por primera vez con Jesús en Judea, por supuesto, a través de un conocido de su hermano menor. Jamás pensó que alguien cautivaría a Andrés como Juan el Bautista lo había hecho. Pero Simón había entendido mal a su hermano y cuando estuvo cara a cara frente a Jesús de Nazaret comprendió la magnitud de su error. El Maestro le había dado la bienvenida con una mirada y lo había llamado *Kepha*—"Roca"— y no por única vez. Aquel había sido un momento inolvidable, aunque Pedro todavía no entendía su pleno significado. El instante decisivo no había ocurrido en Judea sino en la misma tierra de Simón, aquí en la orilla de este lago en Galilea.

****

La noche había sido larga e inútil sobre el lago. Cansados, hambrientos y estoicamente desilusionados, Simón, Andrés, Santiago y Juan, junto a otros a quienes habían contratado, arrastraron sus barcas hacia la orilla, y halaron las redes vacías para limpiar y repararlas. Enfocado en su tarea como siempre, Simón no se percató de la multitud que se acercaba, y cuando lo hizo, ya era demasiado tarde. Jesús estaba casi encima de él. Para su sorpresa, el Maestro, sin arrogancia y sin dudar, se trepó al barco. Mientras un Simón maravillado lo contemplaba, Jesús con autoridad y sin petulancia pidió a los pescadores que lo llevaran hacia el mar para poder hablar a Sus seguidores sin obstáculos. Cansado, pero sin demorarse, Simón obedeció. Después que los hermanos y sus ayudantes maniobraran el barco para poder nivelar el ancla a la costa, Jesús se sentó en medio de la barca y empezó a enseñar a la multitud. Predicaba sobre el Reino de Dios, de la decisión urgente que debían tomar con sus vidas y no solo con sus palabras. Si la multitud estaba cautivada, Simón lo estaba mucho más. Cierto, él vio a Santiago y a Juan dejar su labor e irse al frente para escucharlo, quietos y fascinados; pero ellos podían irse si lo deseaban. Por otro lado, la hospitalidad innata de Pedro hacía que su huida fuera imposible. De pie sobre la popa, moviendo la caña del timón suavemente para mantener la barca en su lugar, él y Andrés eran los únicos verdaderos cautivos de las palabras de Jesús. No podían disculparse o alejarse anónimamente. Tenían que escucharlo todo del Maestro. Pedro jamás había escuchado enseñanzas como las de aquella mañana, ni siquiera del rabí más sabio que había tenido el privilegio de conocer. Después llegó la sorpresa más grande. Cuando el Maestro terminó Su lección y despidió a la multitud, se volvió y le dijo a Simón que entrara a las aguas profundas y dejara caer las redes. Andrés miró a su hermano y Simón, con candidez en la voz, le explicó al Maestro las realidades de pescar en el Mar de Galilea. La pesca había sido inútil la noche anterior y a la luz de la mañana y en aquellas circunstancias, el esfuerzo sería en vano. ¿Para qué mencionar que la redes que habían limpiado y arreglado volverían a dañarse? Pero solo por complacerlo, Simón haría lo que el Maestro pedía. Jesús miraba todo con señorío y lleno de complacencia, pero no dijo nada.

En minutos, Simón caía arrodillado a los pies del Maestro. Sus redes estaban tan llenas que se romperían y su barca se hundiría. Los hijos de Zebedeo respondieron a su llamado de auxilio, pero sin éxito. La sorpresa abrumó a todos. La mente sencilla pero tenaz de Pedro comprendió que en ese momento estaba tratando con alguien totalmente fuera de su pequeño mundo del lago, alguien demasiado sublime para poder aspirar a ser como Él.

—Señor, aléjate de mí. Soy demasiado pecador—rogó Pedro con la cabeza inclinada. En verdad, el temor era la única respuesta correcta, pero Jesús volvió a hablar para hacer a un lado las protestas de Pedro con una mezcla de compasión y confianza que lo atravesó a Pedro como una espada. — No tengas miedo. De ahora en adelante pescarás hombres.

Simón Pedro abandonó las redes aquel día, así como lo hicieron su hermano y sus compañeros. Si había algo que había entendido a través de ese milagroso evento era que de ahora en adelante debía seguir y no pescar. Pero el asombro de aquel día fue solo el comienzo ¿Cómo podía recordarlo, ya que todo se había vuelto borroso para él? Los pueblos, las multitudes sin fin, las palabras y los misterios revelados, las señales y los prodigios. Jesús había atraído multitudes, enseñado a los más sencillos, y silenciado a los sabios. Las veces que había sanado eran más de las que podían contar, y en verdad eran más que eso. Los ojos de los ciegos se habían abierto y podían ver. ¿Cómo podría Pedro olvidar, mientras viviera, el asombro que llegó cuando la multitud pudo comer de lo que Jesús había sostenido en Su mano? ¿Qué pasaría después? ¿Dónde lo llevaría estos hechos? El Reino de Dios había tomado el poder y ellos podían ver la gloria completa con sus ojos.

Los recuerdos de Simón se volvieron silenciosos y más intensos. Miró el polvo en sus sandalias antes de entrar a las calles de Tiberias y por sus pensamientos acalló el murmullo de los discípulos a su alrededor. El Señor lo había escogido. No podía negarlo ni jactarse. El sentimiento electrificante que lo acompañó en aquellos primeros días llegó a lo más profundo de su alma. Todos los discípulos habían experimentado lo milagroso, sí, el Señor había ordenado que vivieran en ello por Su nombre. Habían salido en grupos de dos en dos, sanando y expulsando demonios. Pero Simón sabía que tenía favor especial con el Maestro. En este lago, el Señor lo había llamado en medio de la tormenta, y Simón había dejado atrás a los otros para salir del barco y caminar sobre las aguas. Solo Simón y los hijos de Zebedeo lo habían visto resucitar a la niña, y una vez más fueron ellos tres lo que vieron la transfiguración de Jesús; transformado por la gloriosa visión del monte santo habían visto la visión de Moisés y Elías también. Aquellas cosas eran tan extraordinarias que no tuvo ni tenía palabras para ello. Pero el momento que lo había definido y lo había exaltado frente a sus hermanos fue cuando las palabras le fueron dadas: *Eres el Mesías, el Hijo del Dios viviente.* Incluso ahora, la respuesta del Señor y Su seguridad al darle a Simón un nombre nuevo, eran como un trueno en su interior. Pedro, la Roca, el firme, el discípulo que había escuchado directamente del Padre. Las palabras del Maestro quemaban en su corazón: *Te daré las llaves del Reino de los Cielos...*¿Qué duda quedaba? Si los demonios clamaban por misericordia, y la hambruna, la ceguera, y aun la muerte misma cedían paso ante las palabras suavemente pronunciadas por el Maestro, ¿quién era él para resistirse? ¿Qué más habría querido decir cuando les dijo a ellos, a los Doce, que se sentarían en un trono juzgando a las tribus de Israel? ¿Qué más podrían hacer que anhelar la visión brillante del poder celestial que había profetizado?

Oración: Señor Jesús, muchas veces parece que todas las oraciones que puedo orar dicen: "Aléjate de mí, Señor, porque soy muy pecador," es lo más lógico. Pero Tú me recuerdas que ni la verdad de mis fallas pecadoras es mayor que Tu amor. Abre mis oídos para escucharte decir, "No tengas miedo," y que entregue mi lamentación sin fe para recibir Tu valentía para saber que no Te he elegido a Ti, pero que Tú me has elegido a mí. Amén.

Día Treinta

Fue entonces que empezó la extraña y fatídica conversación. No era de gloria y honor ni de poder milagroso del Mesías para restaurar el esplendor de David y Salomón sino de sufrimiento, oprobio, y muerte. Simón no alcanzaba a comprender aquella conversación. ¿Quién era mejor recibido que el Maestro? No sólo chocaban estas palabras con la visión y esperanza de Simón, sino que contradecían el futuro glorioso que Jesús mismo les había prometido. ¿Cómo podían ser ciertas ambas predicciones? Seguramente la presión había sido demasiada para Él. Seguro era que necesitaba que le dieran ánimo…

No, Señor. Estas cosas nunca Te pasarán.

¿Quién ha entendido al Señor o ha podido darle consejo? ¿Quién se sentaría y se lo explicaría de aquella manera? ¡Que insensatez era pensar que se podría entender la mente de Jesús de Nazaret! El Señor lo había reprendido con rapidez y firmeza cuando había actuado como si estuviera en una posición para disuadirlo de Sus misteriosos y dolorosos planes. Pedro se avergonzó ante el recuerdo porque aquellas duras palabras habían sido pronunciadas en presencia de sus hermanos. La reprimenda era igual que las otras que había dado el Maestro, regañándolo a él y a los otros por su falta de fe. Y como en aquellas ocasiones era seguida de una difícil lección:

Si alguno quiere venir en pos de mí, niéguese a sí mismo, y tome su cruz, y sígame. Porque todo el que quiera salvar su vida, la perderá; y todo el que pierda su vida por causa de mí y del evangelio, la salvará.

Esta promesa que se repetía con frecuencia y que hablaba de un reino glorioso e inminente confundía a Pedro más. Como todos los que vivían bajo el gobierno de los romanos sabían muy bien, un hombre levanta una cruz sólo porque prontamente estaría estirado sobre ella. ¿Cómo podrían seguir al Maestro en un reinado glorioso si fueran hombres muertos? Y Simón no era el único sufriendo un vértigo mesiánico. A través del tiempo y de modo progresivo, muchos de los que lo seguían de cerca y que se habían convertido en amigos y seguidores, lo estaban abandonando. Todas las predicciones de muerte, de carne y sangre, eran demasiado para ellos. En una ocasión en que el Señor había confrontado a los Doce, luego que una multitud se alejara murmurando con miradas confundidas, Simón había sido el vocero. *Señor, ¿a quién iremos? Tú tienes palabras de vida eterna. Y nosotros hemos creído y conocemos que Tú eres el Cristo, el Hijo del Dios viviente.* ¿Quién no consideraría sus palabras un modelo de fidelidad? Pero Jesús no se impresionó. Con Su respuesta enigmática una vez más reafirmó Su derecho sobre ellos, así como Su conocimiento sobre sus corazones. Era el mismo Jesús que había abierto los cielos a Simón, cuyo afecto por él era demostrado cada vez que lo llamaba *Kepha*. Pero cada vez y con mayor frecuencia, el joven rabí revelaba un propósito oculto pero apasionado, un enfoque sin igual, que demostraba ser preocupante porque no mostraba señal de estar en desacuerdo con la misma personalidad que había ganado favor con las masas. Pero los Doce (o al menos lo parecía) en verdad creían lo que Simón había dicho, y no hicieron intento de dejar al Maestro. Pero Jesús no se sorprendió ni se sintió halagado por su lealtad. Simplemente fijó Su rostro hacia Jerusalén, el lugar del que hablaba con tanta fatalidad, y avanzaba con Su comitiva decreciente detrás de Él.

Desde ese momento, los eventos sucedieron con tanta rapidez que tomaría el mismo tiempo contarla que vivirla. No eran confusos en la mente de Pedro, por el contrario, la sucesión de eventos era una visión clara. Las situaciones dramáticos de la enfermedad de Lázaro, su muerte, y su salida de la tumba llevaron a lo que los Doce pensaron sería un regreso a la popularidad que una vez habían disfrutado. Las personas se agolpaban en Betania para ver a Lázaro. La conversación estaba por todos lados, y parecían los tiempos en que manejaban las multitudes y debían apartarlos para que pasara el Maestro. Pero cuando se sentaron a celebrar al hombre que había resucitado, Jesús respondió al ataque de Iscariote contra María con el mismo lenguaje profético: *Me ha preparado para mi sepultura.* Oscuridad cayó sobre Simón cuando escuchó estas palabras, pero su naturaleza enigmática no podía competir con el optimismo que los discípulos sentían al ver las multitudes alegres que les daban la bienvenida. Era como si Judea nunca hubiera sido un lugar de peligro para el Maestro y la Ciudad Santa estuviera lista para recibir a su Señor.

En aquella atmósfera pesada, Jesús llamó a Simón y a Juan a un lado y les dio órdenes sobre Su entrada a Jerusalén. Pedro podía sentir a través de las instrucciones exactas que algo grande ocurriría. No fue desilusionado. Pronto, el Maestro cumplió las expectativas de Simón, cabalgando en medio de una multitud en la Pascua con discípulos, nuevos y antiguos, sacudiendo las palmas de victoria y paz, y echando sus ropas delante del humilde Rey y Su burrito. Cuando Sus enemigos protestaron a las aclamaciones ensordecedoras, Jesús riendo y sonriendo los reprendió con las Escrituras. Nadie había visto un día así. El Jesús de antes había regresado, el que habían conocido al principio – antes de las palabras inquietantes y que los seguidores disminuyeran. El Hijo de David había llegado a reclamar Su herencia.

Duró tan solo un día. Cuando Jesús empezó la siguiente mañana derrumbando las mesas de los cambistas en el Templo, los vientos favorables cambiaron. Ciertamente, las multitudes se mostraron complacidas, pero un nuevo elemento había surgido en la oposición que inquietó a Simón. Saduceos, Fariseos y Herodianos – enemigos uno del otro – parecieron unir fuerzas para tratar de derrotar al Maestro. Planearon su ataque más calculado, audaz y persistente, pero no fueron contrincantes para Jesús. Mientras Simón y los otros variaban entre gozo, por Su manejo de la situación, y preocupación por la venganza que vendría debido a la humillación pública sufrida, el Señor no mostró señal de doblegarse ante los elogios de las masas o el temor por la hostilidad de Sus enemigos. Jesús no los provocó ni apaciguó con intención. Él les habló la verdad sin tapujos y con pasión, y Pedro pensó que el Maestro estaba enfocado en la meta. En privado, el Maestro habló palabras de oscuridad y de esperanza que nunca habían escuchado antes. ¿Cómo terminaría todo?

Oración: Señor Jesús, Tus caminos son maravillosos y están más allá de mi poder para seguirlos. Dame la gracia para disfrutarlos como algo asombroso y no como algo para resentirse por ser inesperado. ¿Qué debo esperar de Ti aparte de que harás algo que excede mi capacidad de entenderte? Ayúdame a regocijarme cuando llegue el momento, sin temor a que sea una trampa; ayúdame a aceptar las dificultades en el camino – que son oportunidades que tienes para hacer más de lo que yo puedo esperar. Amén.

Día Treinta y Uno

En Tiberias, compraron pan recién hecho, un poco de pescado, y agua fresca para la comida del mediodía. Tenían que comer apresuradamente porque debían llegar a sus casas en la costa norte antes de que el sol descendiera. Unos permanecieron sentados a la sombra de algunos árboles al norte del pueblo y los otros hablando en voz baja alrededor de él. Simón se perdió nuevamente en sus recuerdos sobre lo que había pasado en esa portentosa cena dos semanas atrás. Olas de emoción lo inundaron, emociones que se entrelazaban y que oprimían su corazón.

Palabras fatídicas, acciones fatídicas, y oraciones fatídicas. A medida que Jesús hablaba de cosas maravillosas y funestas, Simón no podía contener su ímpetu. Protestó, se resistió, hizo promesas en voz alta, e hizo su juramento; había decidido ser el más fuerte, el líder de sus hermanos durante la hora más oscura de su Señor. El Señor le respondió con tristeza y amor.

Si no te lavare, no tendrás parte conmigo. Simón, Simón, he aquí Satanás os ha pedido para zarandearos como a trigo; pero yo he rogado por ti, que tu fe no falte; y tú, una vez vuelto, confirma a tus hermanos.

…Y, tan dolorosamente…

¿En verdad morirás conmigo, Simón? Te digo que el gallo no cantará hoy antes que tú niegues tres veces que me conoces.

Oh, Getsemaní. Si tan solo Simón no se hubiera permitido fallar en aquel huerto. Si hubiera podido impedir que aquella profecía devastadora se cumpliera en él como si fuera una figura desafortunada en una tragedia griega. La vergüenza le pesaba y el dolor no se había calmado desde los eventos abrumadores que habían ocurrido aquella noche fatídica. A pesar de sí mismo, Pedro todavía luchaba con la revelación de su debilidad que afloró en aquellas horas oscuras antes del amanecer sin esperanza. Demostró su fuerza con violencia que el Señor reprendió y revirtió. Ocultó su lealtad aquella noche. Sus promesas nobles y audaces se convirtieron en maldiciones cobardes ante las voces ásperas de jóvenes esclavas y extraños. ¿Había sido él alguna vez ese discípulo que había visto la gloria y manifestado que Jesús era el Mesías? La mirada angustiada de Jesús quemaba la memoria de Simón. Nunca más sería el cantar de un gallo igual para él.

El día 14 del Nisán amaneció. Simón Pedro vio a Pilato entregar al Señor a los soldados que se lo llevaron, pero no los siguió. Él y los otros, dominados por el terror y la vergüenza, escondieron sus rostros y se perdieron entre la multitud. Se abrieron camino hasta sus cuartos de descanso para temblar y esperar. Escucharon del horror por boca de Juan porque solo él había enfrentado la situación, él y las mujeres. Simón permaneció paralizado mientras escuchaba al miembro más joven del grupo contar la historia con voz quebrantada. Cuando terminó, Pedro se alejó. El toque afligido de Andrés y los ojos inciertos de los otros solo empeoraron la situación. No podía ver el rostro de la madre de Jesús, no podía soportar la angustia y menos aún los sollozos de Magdalena y los otros. Se habían quedado con el Señor; y él no lo había hecho. Su oprobio estaba completo.

En las interminables horas que siguieron, un miedo que paralizaba y un desánimo sofocante luchaban dentro de él para controlarlo, pero la batalla nunca se resolvió. Todas sus esperanzas, la ilusión de un reino glorioso, de un Israel restaurado, de un Dios que liberaría a Su pueblo, permanecía sin vida en una tumba prestada. Simón no podía resistir los pensamientos persistentes que susurraban en su mente: que Jesús de Nazaret había sido otro mesías fraudulento, y que Simón y otros quedaban como una banda de tontos que fueron lo suficientemente ingenuos para creer en Sus palabras y trucos de magia. Y como aquellos tontos mesiánicos antes que ellos, las autoridades los capturarían, los sentenciarían sin remedio, y los crucificarían junto al necio que los había precedido. Ataques de llanto se apoderaron de él, haciendo temblar su cuerpo, y quebrantando su salud mientras su alma hacía un intento patético de levantarse y alejar aquellas dudas que se habían convertido en pesadillas. Pero, así como se sentía, miserable y sin defensa, y aún con la incertidumbre que se había vuelto su mundo, un ancla tenaz permanecía firme en él. Aunque su mente recordaba un prodigio milagroso tras otro, había uno permanente que no se movía, que seguía firme contra las luchas internas que soportaba. Se aferró con las uñas a lo que había sucedido en aquel lago tres años atrás cuando el Maestro había tomado control de las redes, y con amor desbordante en los ojos había llamado a Simón para que lo siguiera. Había fallado irremediablemente en la hora de necesidad del Señor, y ahora su Señor se había ido. Pero ese fragmento – se prometió en medio de las lágrimas – aquel milagro que era expresamente para *él,* sería el que guardaría para siempre.

Aquellos tres días pasaron con tortuosa lentitud, como una noche continua. Las mujeres iban y venían secretamente para conseguir provisiones (la mayoría comía muy poco, pero su sed era grande) y hacer preparaciones para el entierro del Señor después del Sabbat. Las mujeres eran solo mujeres, no eran amenaza para los poderosos, y sus velos servían para disfrazarlas. Pero los hombres no se atrevían a salir. Les llegaron noticias del suicidio de Judas, noticias que lastimaron aún más la herida de su traición; fue un detalle más que les hizo creer que las cosas no eran como parecían. El Maestro ya no estaba y ahora Sus Doce tampoco. Escucharon también que los soldados romanos resguardaban la tumba. Le tomó un momento a Simón darse cuenta de que el guardia había sido puesto ahí a causa de ellos. Alguien menos avergonzado se habría reído ante esta revelación. Sus enemigos los habían visto con el Maestro por días. Hasta la gente común reconoció sus rostros y acentos la noche que se llevaron a Jesús. Permanecieron en la ciudad porque su temor les había convencido de que en las puertas de

Jerusalén estaban a la caza de ellos y que los romanos los buscaban en medio de las multitudes de la Pascua. Seguro habría espías esperando verlos, buscando ganar una recompensa por su traición, así como Judas había recibido una. Los discípulos no tenían otro remedio que permanecer ocultos y dejar que las multitudes disminuyeran, y engañar así a sus perseguidores con la idea de que ellos ya se habían marchado. Cuando pasara la novedad, harían su escape.

Oración: Señor Jesús, perdóname por hacer suposiciones de Tu Señorío. En mi debilidad, he usado Tu Cruz como un talismán en contra de las luchas, desilusiones, y fracasos. Pero Tú eres el Señor de la Vida Resucitada, no de la vida sin problemas. Te entrego todas las grandes promesas que he hecho. Es la fe que has plantado en mí la que es mi victoria – Tú eres todo lo que necesito. Me aferro a Ti. Amén.

Día Treinta y Dos

Simón casi ni se percató que las mujeres habían partido en la oscuridad antes del amanecer del día 17 del Nisán, la mañana después del Sabbat. El agotamiento lo había llevado a dormir y a despertarse asustado por los terrores nocturnos y largos periodos de insomnio. No podía recordar cuándo o cuánto había dormido en aquel sofocante y caluroso cuarto. Sus pesadillas y sus pensamientos parecían iguales. En todo caso, no había estado ahí durante las últimas horas de la vida del Maestro así que no podía soportar verlo en sus primeras horas de muerte; no habría ido aunque el terror no estuviera esperándolo fuera de la puerta. Ya había amanecido cuando llamaron a su puerta, susurrando y llorando con una urgencia que sólo podía significar más problemas. Pedro se levantó con rapidez y abrió la puerta. Vio sus rostros mientras se apresuraban a entrar.

Cinco mujeres sin aliento entraron. Cinco mujeres hablando a la vez, contradiciendo y confirmando lo que la otra decía – asustadas, asombradas, pero también hablando con una esperanza maravillosa. Pasaron largos momentos con los discípulos a su alrededor antes que ellos pudieran entender lo que decían. Nadie las apuró o perdió la paciencia con ellas; la nueva vida en sus ojos les indicó a los hombres que algo importante había sucedido.

Al final, lograron contar su historia, pero cuando terminaron, lo único que ellos habían entendido era que había una tumba abierta, que los guardias estaban en el suelo, y que hombres hermosos en ropa reluciente llegaron dándoles buenas nuevas incomprensibles. *No os asustéis; buscáis a Jesús de Nazaret, el que fue crucificado; ha resucitado, no está aquí.* Eso no tenía sentido. Los discípulos les pidieron contar la historia de nuevo. *¿Por qué buscáis entre los muertos al que vive? No está aquí, sino que ha resucitado. Acordaos de lo que os habló.* Más tonterías. Para cuando las preguntas incrédulas fueron pronunciadas una tercera vez, Pedro abrió la puerta. Con una mirada rápida sobre el hombro, Pedro se encontró con los ojos ansiosos de Juan, y así se empezó la carrera.

El cielo del este brillaba con un color dorado-grisáceo sobre el Monte de los Olivos. La luz temprana del sol se deslizaba sobre los árboles que coronaban el monte, pero los discípulos solo vieron un atisbo de esta gloria mientras corrían por las calles de Jerusalén. La luz que brillaba al amanecer tenía un precio, ya que las multitudes empezaban a aparecer. Ignoraron las miradas ofendidas de los peregrinos mientras corrían, olvidando su dignidad; más de una vez casi provocan una colisión. Al girar en una esquina pronunciada, Pedro notó que en la calle que acababa de pasar, se apresuraba una mujer tras ellos. Era Magdalena. No disminuyeron su carrera por ella. La Puerta de Gennath estaba abierta, y el tráfico de la mañana por mayor parte fluía hacia dentro; los discípulos iban contra corriente. Torpemente, Pedro navegó por el cuello de botella, cabizbajo y presuroso, preocupado por guardar su anonimato. Pero los guardias parecían estar aburridos y prestaban más atención a su cotorreo que a los adoradores que pasaban frente ellos. Una vez pasada la puerta, Simón levantó la cabeza y corrió con todas sus fuerzas. Sus ojos se humedecieron por el viento de su carrera, las lágrimas se deslizaban por sus sienes, y sus pulmones respirando el aire frío de la mañana. Juan y él corrieron como dos amigos hambrientos por pan fresco; ninguno iba a envidiar al ganador de la carrera, pero cada uno corría por su propio estómago y su vida. Mientras se acercaban al huerto donde sabían que el Señor había sido enterrado, la juventud y delgadez de Juan lo dejó atrás. Sólo por un momento se ocultó de su vista, hasta que Simón lo alcanzó.

Exceptuando la presencia de guardias o los mensajeros brillantes, todo era como las mujeres lo habían descrito. La tumba estaba abierta, su gran piedra completamente movida hacia un lado. El jardín estaba vacío excepto por unos pajarillos que cantaban exuberantemente y sin cuidado alguno. Agachándose, Juan miró hacia dentro. Pedro pasó a su lado y notó los restos de las cuerdas y el sello de barro que había sido puesto como una advertencia del poderío de Roma y de su ira en contra de cualquiera que abriera la tumba. Podía haber sido un juguete roto, pero no les importaba. El temor por las cosas santas invadió a los discípulos más que el temor a las cosas terrestres.

Pedro miró alrededor de la baja celda, un haz de luz pasando a su lado y brillando en la pared opuesta. Luego entró Juan. Había retazos de lino blanco, algunos con manchas horribles que reposaban en el suelo, y el manto que cubría la cabeza y el rostro estaba pulcramente doblado a un lado. Pedro observó tres veces, mirando arriba y abajo las paredes y los linos como si pudiera hallar la respuesta que buscaba. Se resignó. El misterio no sería resuelto ahí. Mientras salían de la tumba, Magdalena se acercó con expectativa en el rostro. Lágrimas de angustia, esperanza, y asombro llenaban sus ojos. Pedro sacudió la cabeza ligeramente y pasó con lentitud a su lado. Juan lo siguió. La dejarían para que hallara sus propias respuestas y se lamentara.

****

Camino a casa, Simón y los otros llegaron a una pequeña ciudad llamada Magdala que quedaba a poco más de una hora hacia el norte de Tiberias. La ciudad servía para identificar a María Magdalena y distinguirla de otras Marías. Ese había sido su hogar, pero ella les había asegurado que iría con ellos a Cafarnaúm. A medida que se acercaban, Simón recordó lo que había pasado la mañana de la resurrección. No había pasado ni una hora desde que habían regresado de la tumba cuando Magdalena estaba de regreso a su puerta. Si antes había denotado confusión y esperanza, ahora estaba transformada por el gozo. El gozo eclipsó la angustia, y su confusión fue reemplazada por un propósito.

¡He visto al Señor! ¡Él ha resucitado y vive! ¡Va delante de nosotros hacia Galilea!

Una vez más la escucharon, pero no le creyeron. Habían oído el reporte de Pedro y Juan: lo que habían visto y lo que no habían visto. Lo más probable era que las mujeres estaban sufriendo histeria. Simón no las culpaba, aunque el semblante de Magdalena hacía que dudara. Su esperanza, su vida entera se había puesto de cabeza cuando asesinaron a su Maestro. El trauma la había estremecido por completo: espíritu, alma y cuerpo. Su vida, tal como era, había terminado. Pero era mejor creer en la lógica, en lo racional que hablar de ángeles y apariciones. Eso no tenía sentido. ¿Resucitado? ¿Vivo? Imposible. El Milagroso podía levantar a los muertos, pero ¿quién levantaría al Milagroso? La mente de Simón estaba exhausta por los eventos sorprendentes de la mañana, pero ahora estaba confundido por este enigma nuevo.

Agachado sobre el suelo, con el rostro entre las manos, miró a María que estaba sentada con otras mujeres a su alrededor, consolándola porque su fe la había aislado de los otros. Ella no lloraba, solo sacudía la cabeza y les susurraba con urgencia. Levantó la mirada hacia los ojos de Pedro. Era demasiado para que él pudiera soportarlo. Se levantó y caminó hacia una habitación pequeña de esa casa prestada, y cerró la puerta. Necesitaba estar solo.

Pedro trató de organizar sus pensamientos, pero mientras se sentaba en un jergón junto a la pared, entraron en su mente como una corriente de pensamientos que no eran suyos.

Tienes en mente cosas humanas, no las cosas de Dios...a menos que cargues tu cruz, si no dejas todo lo que tienes, no podrás ser mi discípulo...si golpean tu mejilla, ofrece la otra...no son siete veces sino setenta veces...si alguien quiere ser el mayor, debe volverse como un niño y ser el menor de ellos... ¿de qué sirve ganar el mundo si perdieras tu alma? ¿Qué puede dar un hombre a cambio...el Hijo del Hombre no vino a ser servido sino a servir, y dar su vida en rescate...Yo soy el Buen Pastor, Yo pongo mi vida por las ovejas; nadie me la quita… ¿entiendes lo que he dado por ti? Ahora que Yo, Tu Maestro y Señor…el Hijo del Hombre será traicionado y entregado a las manos de los pecadores, seré golpeado, escupido, crucificado…pero en el tercer día…

No, Señor. Estas cosas…nunca Te pasarán a Ti. No, Señor. No…no…no…

Kepha.

Todas las enseñanzas, profecías y eventos de las últimas nueve horas, los últimos tres días, hasta los últimos tres años no habían sido suficientes para prepararlo para esto. Levantó la mirada al escuchar su nombre y a pesar del calor del día, un escalofrío lo recorrió desde las cejas hasta los talones. ¿Cómo era inesperadamente reconocer a un amigo perdido en un lugar extraño? Primero se ve a un extraño y el corazón percibe lo que la mente aún duda. Luego, se ponen de acuerdo por sentir familiaridad pero no la identificación. Al final, el conocimiento y el corazón dan permiso para alegrarse y a veces para asustarse. Todo esto pasó por el interior de Simón Pedro en un parpadeo de ojos.

Ahí estaba Jesús, a menos de dos pasos de distancia. Como un relámpago, Pedro lo identificó como lo hizo aquella vez en que lo vio caminar sobre las olas durante la noche de tormenta. ¿Era acaso un fantasma? Y el fantasma habló.

Paz. No tengas miedo. Soy yo.

En verdad era Jesús, limpio y fresco, tibio y vivo. El Señor había resucitado. El ímpetu venció la parálisis de Pedro, quien cayó a los pies de su Maestro, asiendo desesperadamente Sus pies marcados por heridas mientras su espíritu se llenaba de amor y asombro santo. No podía hablar y apenas susurró palabras ininteligibles. Jesús, gentil como solo podía serlo Él, respondió con firmeza. Y desapareció. Simplemente había visitado, no venía a dar audiencia. Después de observar con fijeza el lugar donde el Maestro había estado, Simón abrumado por el encuentro se levantó y corrió al otro cuarto.

Las siguientes horas fueron una mezcla de asombro, gozo inexpresable, dudas, preguntas y constante emoción. Simón no podía recordar como habían reaccionado a su testimonio y la confirmación de lo que las mujeres estuvieron contando todo el día. Justo cuando empezaron a preguntarse cómo vivirían con todo eso y decirles a los otros, Cleofás y su esposa, María – el tío y la tía del Señor Jesús, aparecieron. Habían visto a Jesús en el camino a Emaús, y regresaron para compartir la noticia. ¿Qué pasaría ahora? El cielo mismo respondió la pregunta cuando frente a ellos apareció sin abrir una puerta o ventana el Señor Viviente.

Ahora, todos los discípulos compartían lo que María Magdalena y Simón habían visto, excepto Tomás, que no estaba. Jesús era el mismo Señor que habían conocido, pero a la vez era completamente diferente. Su Maestro parecía más sólido, palpable, más santo, más…*otro*. Pero al igual que siempre, aseguró, confirmó, reveló, y reprendió. Les dio instrucciones que se hallaban en las Escrituras y les habló de las cosas porvenir. Pero habló también de Su partida inminente; si ellos pensaron que las cosas serían como antes, Jesús los corrigió. Él no permanecería entre ellos.

La tierra se movió bajo sus pies. Pero ellos no eran los que estaban atravesandoparedes. El temor hacia los sacerdotes y sus aliados romanos aún pesaba sobre ellos. Después de mucha discusión, los discípulos decidieron permanecer en la ciudad por otra semana – hasta la Fiesta de los Panes sin levadura – cuando las multitudes se hubieran disipado, antes de dirigirse hacia el norte a Galilea como el Señor había ordenado. Jesús no había hablado de tiempos, pero sí les dejó saber de la necesidad de este viaje a casa, y luego la urgencia de regresar a Jerusalén donde el plan del Padre sería terminado. Quizás el Señor llegaría al día siguiente, cenaría y revelaría más de lo que ellos debían esperar.

Pero el Señor no llegó al día siguiente ni el otro. ¿Qué quería decir aquello? Los largos y cálidos días se convirtieron en una semana, el rumor de las multitudes de la Pascua aminoró, y las dudas empezaron a llenarlos. ¿Será que se imaginaron todo? Y aunque no hubiera sido imaginación, ¿cómo podrían seguir a un Maestro resucitado pero ausente? Tomás, quien no había visto nada, sólo empeoró el asunto. Él decía que la imaginación de ellos había creado una aparición, o que un impostor los había engañado, porque el Señor ya no era. Firme pero inamovible como era su carácter, el Gemelo se negaba a ceder sus pensamientos sin la debida evidencia; tenía que poner sus dedos en las cicatrices de los clavos, y su mano en el orificio creado por la lanza romana o no creería. Abrumado por su propio asombro, Simón no discutió con él.

En el octavo día, una semana después desde la primera aparición del Señor, Tomás obtuvo su respuesta y la presencia divina del Maestro. Los demás olvidaron sus propias preguntas. Mientras Jesús, majestuoso y vivo, reprendía con benevolencia a un arrepentido Tomás, algo se desintegró en medio de los discípulos. Un final había llegado a este capítulo, a esta primera enseñanza de la nueva era del Reino que había descendido sobre ellos. Aquí no estaba Lázaro que había sido resucitado para morir otra vez. Aquí estaba la Vida Misma encarnada. Las heridas del Mesías, evidencia espantosa de la falta de poder ante los gobernantes de la tierra, servía ahora como testigo de la autoridad invencible y fortaleza que siempre había sido Suya. El Señor había dado Su orden y ellos obedecerían. Por fin tuvieron el valor de desechar sus miedos, que los habían aprisionado, y Pedro manifestó la decisión de todos.

Al día siguiente partieron de la ciudad sin retrasos, sus rostros enfocados en elcamino a Galilea.

Oración: Señor Jesús me someto a la gran verdad de que vienes a mí en Tus propios términos pero que cumples lo que prometes. Vienes a tiempo y vienes en poder. A medida que aclaras estas cosas para mí, llévame desde la doctrina de la resurrección hasta comprender lo que es encontrarme contigo vivo. Haz que los argumentos y los debates desaparezcan en Tu presencia, y que todas esas voces se silencien mientras hablas. Amén.

Día Treinta y Tres

Así como habían venido de sus casas, regresaron. Viajando por el camino escarpado hacia el Valle del Jordán, pasaron a otros peregrinos que salían de Jerusalén puesto que la semana santa había terminado. Llegaron a Jericó al anochecer.

Temprano en la mañana salieron de la ciudad hacia el norte, y fue cuando Simón escuchó la conversación. Al pasar junto a un grupo lento de peregrinos, el nombre "Jesús de Nazaret" le llamó la atención. Reflexivamente se volvió y miró, pero las personas no le habían hablado a él ni a ningún otro de los discípulos; los viajeros hablaban entre ellos de lo que había ocurrido. Fue la primera de varias instancias, de conversaciones públicas que usualmente se ignoran por su poca importancia. Esto y aquello le pasó a tal y cual, y significa (o no significa) esto y lo otro para mí. La muerte de Jesús de Nazaret se había vuelto el tema para los chismes. Algunos se preocupaban, otros se burlaban, pero las conversaciones servían para llenar el tiempo. Pero para Pedro, que iba de regreso a casa, aquellas conversaciones atacaron su nueva y frágil fe con fuerza. Había esperado un asalto verbal, hasta violencia, pero la conversación mundana que escuchaba, que no atacaba o simpatizaba con los hechos ocurridos, sino que reducían lo que era Santo a algo vulgar…su alma no podía esquivar.

La charla de otros probablemente era lo peor que inmediatamente molestaba la mente de Simón, pero había otras cosas que lo inquietaban también. Todo, desde los recuerdos más difíciles como la de su negación, como los cambios que no habían ocurrido alrededor suyo hasta el polvo en sus sandalias y en su garganta, jugaban con las dudas de Pedro y enlodaban la emoción de las visitas del Señor. Y Jesús no caminaba junto a ellos mientras se dirigían al norte. La tentación de negar al Señor había alimentado la idea sutil de hacerlo una persona del pasado. ¿Cómo era esta pérdida diferente a la pérdida que cualquier hombre siente por un amigo fallecido? Sería mucho más fácil, más normal. Una batalla rugía en el corazón de Pedro – la batalla entre el aire celestial que rodeaba el Señor resucitado que cualquier persona cuerda llamarían un sueño, y la realidad del mundo en el que todos vivían. La muerte de Jesús había devastado el mundo de Pedro más allá de la recuperación. Ahora que su corazón temblaba con el gozo surreal de haberlo visto de nuevo, el resto de la creación seguro estaba de cabeza. El rio Jordán fluía igual que siempre lo había hecho, y las cálidas brisas agitaban los matorrales de su orilla, y las lóbregas pero hermosas colinas más allá hacían que sus ojos brillaran bajo el sol como siempre. ¿Quién se levanta de entre los muertos? ¿Qué significaba eso? Todo esto pasaba la habilidad de Simón para entender, y en su deseo de calmar la mente buscó descanso en lo familiar y en lo común, aún al costo de lo raro y lo precioso. Para cuando llegaron a Cafarnaúm, Pedro se hallaba con el alma en conflicto. Sabía con seguridad que el Señor había resucitado; no se sentía seguro de saber nada más con confianza.

El sol brillaba por lo bajo sobre la montaña plana hacia el oeste para cuando llegó a su casa. Después de ponerse de acuerdo para reunirse el siguiente día, los otros partieron para hacer sus quehaceres o habían hallado refugio como huéspedes. A pesar de que Andrés permaneció con él, Pedro pidió un tiempo privado con su esposa, Mara; ella permaneció en casa cuidando a su madre durante la Pascua porque su edad avanzada no le había permitido peregrinar. Así que Andrés descansó bajo la sombra afuera, mirando hacia el lago.

Nunca un esposo y una esposa habían experimentado una reunión como la que tuvo Simón. Su placer un tanto fatigado al ver a su esposa era igual que el de cualquier hombre que ha pasado semanas lejos de ella, y su respuesta fue igual. Pero cuando ella lo abrazó, dolor se reflejó en su rostro, escondió su rostro en el hombro de Pedro y empezó a llorar. De la boca de los peregrinos había escuchado de todo lo que había ocurrido en Jerusalén. Pedro sabía que ella lloraba tanto por su pérdida como por compasión por su esposo. Con rapidez acalló sus temores, sonriendo a su rostro lleno de lágrimas mientras la hacía sentar y le contaba su historia. Torpemente y con emoción le explicó que Jesús estaba vivo. A la verdad los reportes eran ciertos: Judas había entregado a Jesús, y sí, las autoridades lo habían humillado y asesinado. Pero se había levantado el tercer día, tal como lo había dicho. Él lo había visto, así como los otros, y el Maestro les había hablado varias veces y había dicho que los vería en Galilea. Los ojos de Mara eran como los de una niña que había nacido ciega y al que le estaban describiendo un amanecer; no era que no le creyera, era que no sabía cómo procesar la información que escuchaba. Pedro había visto esta mirada en su rostro, pero nunca había visto tal confusión respecto a las palabras y hechos que Pedro había presenciado en compañía de su Maestro. Pero al final, humildemente y llena de gozo, ella aceptó lo que él decía. La euforia de su esposo la invadía y capturaba su imaginación. Con una sonrisa, ella se secó las lágrimas y lo declaró demasiado bueno para ser verdad. Pero *era* verdad, respondía Pedro sosteniendo sus manos. Emocionada, Mara hizo lo que haría cualquier esposa joven: Necesitaba detalles y pidió la historia completa. Y, por poco mirando por encima del hombro de Pedro, se preguntó dónde estaría Jesús en esos instantes.

Pedro el evangelista, contó las evidencias inquebrantables, pero también mostró la tormenta dentro de su ser. Su expresión lo traicionaba, y le dijo que, aunque el Señor había resucitado, las cosas eran diferentes ahora. Jesús se revelaba a algunos y solo por breves momentos. Al decir eso, Pedro estaba inconforme con la respuesta a su paciente esposa. Una vez más ella lo miró, tratando de leer en el rostro de su esposo, pero él lo ocultaba mirando hacia el suelo. Hasta que al fin ella habló…

—El Maestro siempre tiene Su manera de hacer las cosas— dijo con suavidad.

—Así es —murmuró Simón.

Mara esperó. Pedro ocultaba sus fallas ante su esposa mientras pensaba en cómo relatar los eventos que lo habían llevado hasta ese día.

—Estoy cansado, Mara. Mañana te diré todo.

Ligeramente confundida, pero conociendo a su esposo lo suficiente, sabía que sería inútil seguir hablando, por lo que se levantó para seguir con los preparativos de la cena.

Oración*: Señor Jesús, puedes llamarme a conocer Tu gloria en un mundo sin gloria. Y me has mandado a revelarte a otros a pesar de que a diario lucho con Tu presencia en mi vida diaria. Señor, Tú sabes lo que es caminar entre los hombres. Ayúdame a dejar atrás mis altibajos, y a creer más en Ti y no en cómo me siento o si entiendo o no lo queestás haciendo. Gracias por ser paciente conmigo. Amén.*

Día Treinta y Cuatro

El día siguiente fue inquieto para Simón. Era el Sabbat y no se atrevía a visitar la sinagoga sin importar lo cerca que estuviera de su casa. Se sentía avergonzado de no hacer lo que era llamado a hacer, pero otra vergüenza lo controlaba. Si no podía enfrentarse a las preguntas gentiles de su esposa, ¿cómo podría tolerar los rostros de los vecinos? Ya había sentido las miradas y escuchado los murmullos mientras él y los discípulos ingresaban a Cafarnaúm. No tenía valor para enfrentarlos en la casa de oración donde Jesús había enseñado y liberado a los oprimidos, no podía hacerlo sin el Maestro junto a él. Pedro decidió esconderse en su casa y buscar las respuestas en su corazón, pero las respuestas no llegaron.

Así que se sentó, quieto, mostrando respeto por el séptimo día e impedido de trabajar para desahogar la energía nerviosa de sus luchas internas. Se dio cuenta de que sus pensamientos llenos de conflictos pesaban sobre su corazón. El doble ánimo que sintió caminando se había disipado un poco con el sudor del viaje; además caminar le había dado una tarea a él y a sus compañeros. El Señor había ordenado que fueran a Galilea y eso hicieron. Ahora que estaban de regreso, Pedro se dio cuenta que nadie vería su retorno como algo más que una tarea que cumplir. La tan aclamada misión a Jerusalén había sido un fracaso y ahora, los discípulos abandonados del Maestro habían regresado a casa avergonzados. Claro que habían regresado a Galilea. ¿Dónde más irían? ¿Cómo vivirían y alimentarían a sus familias?

Después de un almuerzo ligero, en la tranquilidad de la media tarde, Pedro se levantó de una siesta corta que no le había dado descanso. Una suave brisa acarició su frente y levantó la cabeza esperando que al abrir sus ojos apareciera Él – Jesús en la piel para responder sus preguntas, tranquilizar sus dudas, y detener la necesidad de hablar más o pedir explicaciones. Jesús mismo sería la explicación. Pero, no escuchó la voz del Maestro llamándolo sino la de Mara hablando en voz baja con Andrés en el otro cuarto. No había preguntado más a Simón desde la noche anterior, manteniéndose callada mientras Pedro suspiraba lleno de melancolía. Sin embargo, sabía que tendría que hablar con ella más tarde, tal como había prometido. Sabía que debía superarlo, y que los otros pronto llegarían a preguntar si Jesús había aparecido nuevamente, y además preguntar qué debían hacer ahora. Pedro se levantó del colchón y fue hacia su esposa y su hermano.

Les contó lo que recordaba esperando sanar la herida que se ulceraba dentro de él. Andrés ya sabía que Pedro había negado a Jesús en tres ocasiones. Durante la pesadilla de tres días y tres noches se lo había confesado a los otros; a pesar de lo dolorosa que había sido la confesión, guardándolo adentro se sentía como carbón ardiente en su barriga. Ahora, relataba los detalles de

Getsemaní que ni siquiera Andrés conocía. Cosas que no se atrevió a contar hasta ese momento. Narró su fracaso en mantenerse despierto durante la vigilia, los horribles detalles de la traición de Judas, el arresto, su uso absurdo de la espada y luego la fuga. Finalmente, narró con lujo de detalles, dolorosamente y con lentitud como si estuviera sacando clavos de su propia carne, cómo la predicción del Señor sobre él se había convertido en una realidad.

Mara guardó silencio y solo lo miró mientras las lágrimas se deslizaban por sus mejillas. Pedro no se había retractado de su testimonio sobre el regreso del Señor, pero ahora ella entendía por qué se había callado el día anterior. Pedro sabía que ella quería escuchar todo lo que había sucedido con Jesús de él y no de los chismosos. Simón empezó a contarle todo con lentitud, simpatía y claridad. Andrés interrumpió y terminó la historia lo mejor que pudo. Al final, los tres permanecieron sentados y en silencio. Había tanto que decir, pero no había suficientes palabras para contarlo correctamente. Finalmente, Pedro se levantó, asintió y salió en silencio hacia el lago. Súbitamente ya no le importó más lo que cualquier persona pudiera decirle.

****

Pedro miró hacia el Mar de Tiberias. El sol estaba en el mismo lugar donde había estado cuando llegó el día anterior: Brillando en medio de la ligera bruma de la media tarde que hacía que los montes verdes y distantes se tornaran dorados. La luz de la tarde jugaba sobre el agua ondulante, sin ningún barco de vela debido al Sabbat. Pedro pensó en lo hermoso que todo se veía.

El fracaso lo abrumaba al igual que la traición y además existía la triple negación. Una vez más, las lágrimas llenaron los ojos de Simón. Acercándose al agua miró hacia el lugar, ahora cubierto de luz, donde Jesús lo llamó por primera vez a seguirlo, y donde él había abandonado las redes. Pero no, Jesús ya no estaba ahí caminando como lo había hecho antes tantas veces, enseñándoles y riendo con ellos. Jesús había sido crucificado en Jerusalén, ya no caminaba con ellos, y sin importar cuanto mirara hacia los recuerdos, no podía regresarlo. La mente de Pedro protestaba en contra de aquel pensamiento: ¡El Señor había resucitado! ¡El Señor había venido a él y a los otros! Recordó los eventos del día 17 de Nisán, uno tras otro, cuidadosamente, como lo haría un pequeño niño repasando las notas de una melodía en la flauta. Recordó lo sucedido una semana después cuando el Señor confrontó a Tomás. Trató de recordar todo con agrado, pero la agonía de Jerusalén lo atormentó: Su fracaso, el escándalo, la burla de las multitudes, y la terrible realidad de que estaban solos sin el Maestro.

Por casi una hora Pedro vagó por a la orilla del Mar de Galilea tratando y fracasando en su intento de hallar resolución y paz. Como la "Roca," necesitaba estar firme y liderar a otros. Pero ¿hacia dónde debía liderarlos? Sintió el latigazo de realidades irreconocibles, realidades que ninguno de sus antepasados había enfrentado. Pedro no se enfrascó en ellos y en sus encuentros con el Dios Vivo; no podía contemplar el arbusto en llamas de Moisés, ni el susurro que sacó a Elías de la cueva. Él había visto al Señor y escuchado Su voz. Pudo caminar sobre las aguas con una fe pura y llena de júbilo. Pero ahora sentía que se ahogaba mientras que el viento y las olas a su alrededor parecían envolverlo. Jesús no estaba para levantarlo y tomarlo de la mano.

—¿Simón?

Pedro se volvió para encontrar a Andrés y a otros cinco tras él: Juan y Santiago, Natanael, Tomás y Mateo. Todos intercambiaron miradas.

—Voy a pescar—dijo Pedro.

Después de una pausa, Tomás habló por todos.

—Iremos contigo.

****

¿Dónde estaban sus redes? ¿Dónde las habían guardado? ¿Dónde estaban las redes que había dejado y que nunca iba a lanzar de nuevo? Cuando el Señor le pidió seguirlo dejó su tarea atrás. Ahora, con un nudo en la garganta, Pedro las haló con la ayuda de los otros en la última luz del sol del Sabbat. El estado de ánimo de sus acompañantes era de tristeza, pero la ocultaban tras gestos y conversaciones de trabajo. Mientras echaban las redes en la orilla, las costuras gastadas le recordaron a Pedro lo que había sucedido.

Aléjate de mí, Señor, pues soy demasiado pecador.

No tengas miedo, a partir de hoy...

Sus ojos se llenaron de lágrimas, pero las secó y trató de ignorar el dolor en la boca de su estómago.

El que pone la mano en el arado y luego mira atrás...

Hicieron las reparaciones necesarias en las redes y luego subieron a la barca. Pedro lo había hecho tantas veces antes que a medida que pasaba el tiempo, se sentía más cómodo en la tarea y halló refugio en el ritmo del trabajo. Mientras la tarde se convertía en noche, navegaron las aguas calmadas del Mar de Galilea.

Pescaban de noche como usualmente lo hacían los pescadores galileos. ¿Cuál era la razón? Evitar los castigadores rayos de sol y sorprender a los peces. La tarea aún era difícil y las largas horas de la noche no pasaban con rapidez. No podían quejarse del clima. El aire estaba seco, la temperatura agradable y los vientos soplaban lo suficiente para que la barca se moviera donde Simón deseaba, pero sin agitar las aguas innecesariamente. Las velas sintieron el viento y la barca se movió sin esfuerzo de un lugar a otro, un cielo claro como pabellón de estrellas dándoles la confianza que no habrían tenido en una noche nublada. Pero, aunque la tarea familiar debió darles la catarsis que el Sabbat no pudo, el alma ansiosa de Pedro no descansó. El Señor se había sentado con ellos en aquella barca, predicando a las multitudes, recorriendo la costa visitando pueblo tras pueblo, hasta cruzar a la tierra de los gentiles para liberar a un oprimido. Cuando estaban en problemas ni las olas lo podían mantener lejos. Ahora sentían Su ausencia como un hoyo enorme, pero no se atrevían a hablar sobre eso.

Señor, ¿no te importa si perecemos?

¿Por qué perder el tiempo lamentando sobre redes vacías? Estas eran sus aguas, pero no era la primera vez que trabajaban por algo toda la noche y no tenían muestra de ello. Pedro trató de sacudir esa sensación cuando la luz empezó a alumbrar el lago, y regresaron a Cafarnaúm, pero no podía escapar el peso del fracaso con más intensidad que nunca. Había fallado como apóstol. Era lo único que sabía. Y ahora, hasta en el oficio que había practicado desde su juventud era un fracaso, a pesar de las condiciones ideales. Se sentía como hoja caída en un remolino del Jordán, dándole vueltas y vueltas sin llegar a nada. ¿Qué pasaría con él y los otros? Pedro ya conocía lo inútil que era lamentarse por el tiempo perdido en el mar, y ahora estaba por aprender la inutilidad de la nostalgia.

—¿Tienen peces, muchachos?

A través de las aguas, la voz sonó con claridad, la pregunta era tan antigua como el oficio mismo. Un amistoso desconocido hacía una pregunta tal vez esperando hacer una compra temprano por la mañana. Todos miraron y por la luz tenue apenas lo vieron de pie, ahí en la orilla de lago.

—No—contestaron varios directamente, y nada más. El sonido viaja bien sobre el agua, pero doscientos codos es una distancia grande para una charla amistosa.

Total silencio. Los hombres continuaron su faena, finalizando los detalles antes de regresar a tierra.

—Tiren la red al lado derecho de la barca y hallarán algunos peces.

No tenía sentido, obviamente. La luz ya danzaba sobre las olitas, y el timón movía las aguas en su lado de la barca mientras la maniobraban hacia un lugar más profundo. Ningún pez sería tan tonto…pero Pedro se vio lanzando la red con la ayuda de los otros que se movían como si estuvieran en un trance. Al lanzar la red con pericia, Pedro observó a Juan de reojo. El hijo más joven de Zebedeo obedeció al desconocido igual que todos, pero pausó y se detuvo mirando la orilla del agua. Pedro se volteó a verlo y luego fijó los ojos donde él miraba. El desconocido permanecía quieto, una figura distante el rostro del cual devolvía el saludo pero cuyos rasgos no eran reconocibles. Pedro entrecerró los ojos en vano, tratando de distinguir a la persona.

Repentinamente los otros dieron un grito y Simón se sobresaltó como si despertara de un sueño. Ahora él era nuevamente el pescador y vio lo que todo pescador espera. El agua parecía hervir y las redes pululaban con peces que peleaban, saltaban, brincaban. Gritó de regreso y los otros empezaron a halar las redes, pero no podían levantarlas: La pesca era mayor que lo que podían subir a la barca, las redes eran demasiado pequeñas para mantener el contenido.

—Es el Señor—declaró Juan con simpleza, una mirada de sublime asombro en el rostro.

Oración: *Señor Jesús, confieso que mi fe en Ti puede ser inconstante. Aun cuando has hecho maravillas por mí, con rapidez olvido la Verdad y me canso de hacer lo correcto, buscando más señales de Tu presencia. Señor, agradezco Tu paciencia sin fin y por entender que no soy más que polvo. Perdóname por mirar encima de mi hombro, por recoger las redes que abandoné al obedecer Tu llamado. Ayúdame a confiar en Ti, el Señor que aparece a Su tiempo, y según en Sus condiciones, por mi bienestar. Amén.*

Día Treinta y Cinco

En ese instante Simón Pedro lo vio todo. No iba a sufrir más esperando que Jesús llegara caminando sobre las aguas. No iba permitir que lo aventajaran como le había pasado quince días atrás en la carrera a la tumba. Agarrando su túnica, se la envolvió alrededor del pecho, la amarró bruscamente y se zambulló en el agua.

La superficie del lago se levantó y lo envolvió con su frialdad, pero entró en calor tras unas brazadas vigorosas. Igual no le importaba. El Simón de hacía dos semanas y media se había imaginado que, de ser necesario, habría nadado a través de fuego y cuchillos para llegar hasta su Señor. Pero este Simón nadó a través de sus lágrimas, intentando vencer sus desilusiones y dudas. Quería nadar de regreso cuanto antes. Quería poner la mayor distancia posible entre él y aquellas redes que lo avergonzaban, y estar nuevamente cerca de Jesús. Las bocanadas de aire que tomó en cada brazada eran más auténticas para su mente que la impresionante labor de sus amplios hombros.

En pocos minutos estaba de pie, goteando sobre la playa rocosa, jadeando y con los ojos muy abiertos ante el Maestro. Los otros aparecieron tras él, y antes que alguno de ellos pronunciara palabra, dos o tres habían saltado de la barca para colocarla sobre la orilla. Mientras los otros terminaban la tarea,

Santiago y Juan llegaron, sus tobillos aún estaban en el agua, y se detuvieron detrás y al lado de Pedro: Los tres veteranos del Getsemaní. Y así como en aquella hora oscura, ahora en la luz del amanecer estaban sin palabras.

Aquel que habían considerado un extraño se dedicaba a mantener viva la llama de unos carbones donde reposaban pescados y pan. ¿Cómo es que no habían notado la luz del fuego en la oscuridad del amanecer?

—Traigan algo de los pescados—dijo Jesús levantando la cabeza y mirando a Pedro a los ojos.

No lo avergonzaba, no lo rechazaba, no había menosprecio en Su voz. Simón asintió obedientemente, se volvió y saltó a la barca. Eso era algo que podía hacer. Tomás y Andrés lo ayudaron con la red – milagrosamente en buena condición – y Pedro salió jalándola. La echaron sobre la arena y empezaron a contar la gran cantidad de peces que había. Uno, más dos, más tres, más cuatro, más...153 en total. Aun en esto, la señal de la resurrección se manifestaba: desde aquel momento, todo lo que se haría cumpliendo Sus mandamientos, todo lo hecho en Su nombre sería marcado por aquel día de victoria que había costado mucho. ¿De qué otra manera podría ser?

—Vengan a desayunar—les dijo Jesús.

Y fueron. Se sentaron en un semicírculo alrededor de la comida, reconfortándose del frío con los carbones encendidos. Pedro se sentó a la derecha del Señor, mirándolo mientras Jesús partía y bendecía el pan, y el pescado. Cuando vieron que Jesús empezaba a comer, Pedro y los otros siguieron su ejemplo. Comieron en silencio, un silencio algo incómodo, pero que los llenaba de paz a pesar de la expectativa que sentían. Entre mordiscos hambrientos, su apetito aumentó a medida que comían, y los discípulos intercambiaron miradas furtivas. Ellos no podían decir que el porte del Señor fuera esquivo, ni apático, pero igual se sentaba en su medio de alguna manera transcendente y más allá de su comprensión. Su última comida juntos había sido la que compartieron apurados; era la Pascua del Señor. Ahora, no se percibía afán el Él. Era el Señor, no había duda de aquello. Pero al igual que antes, como había sido con Magdalena, Cleofás y María en el camino a Emaús, Su apariencia exterior no les permitía reconocerlo con facilidad.

Empezaron a dilucidar que ni siquiera eso era lo esencial. Cuestionarlo ahora sería una insensatez. ¿Por qué no preguntar cómo llegó la comida? ¿Había expresado Su invitación la hospitalidad de quien compra y prepara, o más bien la palabra de quien crea y provee? Hay cosas que no se le preguntan a Jesús, no cuando sabes que la respuesta está frente a ti, y a la vez está al alcance de tu mano. Ellos sabían y Él sabía que ellos sabían.

El Maestro se inclinó hacia delante para mover la leña, y las pequeñas rocas bajo Él, sonaron como piedrecillas cuando se las pisa. El palo que usó para mover la leña cumplió su función, y el olor del carbón llenó el ambiente, un olor que Pedro no pudo evitar recordar de la noche de su fracaso. La sencilla comida siguió su curso. A medida que la calma de Jesús se transfería a los presentes, Pedro se dio cuenta que lo más irreal de aquella mañana con el Señor era la realidad del momento. El Hijo del Altísimo estaba preparando el desayuno y todo era muy normal. El sabor y el olor, el sonido, la vista, y el tacto: El Cristo resucitado había encendido el mundo con lo milagroso. La resurrección significaba que el mundo era un lugar más maravilloso de lo que Pedro jamás había pensado. La Creación simplemente había estado esperando que el Creador llegara para revelar la verdadera naturaleza. Un fantasma no deja huellas porque no es de este mundo. El Jesús resucitado sí lo hace porque el mundo es completamente Suyo. Hasta las piedras lo declaraban.

****

El desayuno terminó. El Señor permaneció callado por algunos momentos. Los suaves sonidos de la mañana y la costa siguieron a su alrededor, y los discípulos se miraron uno a otro, y a Él. Jesús habló.

¿Qué tienes en la mano?

Elías, ¿qué haces aquí?

—Simón, hijo de Juan, ¿me amas más que a estos?

Es cierto que algunas preguntas son hechas para tender una trampa, pero otras se hacen sinceramente para curar la ignorancia. Pero a Simón Pedro se lo estaba aleccionando, así como se había hecho con sus ancestros, sobre la verdad de que cuando Dios hace una pregunta no quiere decir que carezca una respuesta. Significa que Él sabe que te hace falta saber cuánto te conoce, y quiere confrontarte con ese conocimiento. Tal como sus antepasados era obligados a responder, así Simón respondió tartamudeando.

—Sí Señor. Tú sabes que Te quiero.

—Apacienta a mis ovejas.

Pedro parpadeó con fuerza y no dijo nada porque sabía que no había nada que decir. El Maestro pausó otra vez mientras Pedro miraba el fuego que empezaba a apagarse, y de vez en cuando se atrevía a mirar el perfil del Señor. Y una vez más…

—Simón, hijo de Juan, ¿me amas?

Otra pregunta, la misma pregunta. Sea cual sea la pregunta que hagamos a Dios, hasta las quejas más estridentes y acusatorias, son sencillas comparadas a las preguntas que Él nos hace a nosotros. Pueden ser preguntas nacidas de una pataleta o producto de la melancolía y no se comparan a las preguntas que Él hace a nuestro corazón herido. El bisturí del cirujano nuevamente abrió su herida con mayor profundidad. Simón tragó con dificultad y miró a sus pies.

—Sí, Señor—susurró nuevamente —sabes que Te quiero.

—Pastorea a mis ovejas.

Así que, los hombres no eran peces y él ya no era un pescador, ni siquiera por metáfora santa. Si en verdad amaba a Su Señor ahora Pedro llevaría el olor del redil y no las redes. El Señor estaba terminando su pasado y lanzándolo encima de los carbones frente ellos. El tiempo parecía detenerse para el Maestro. Ahora levantó la barbilla y miró a Pedro directamente.

—Simón, hijo de Juan, ¿me quieres?

Una tercera pregunta y una tercera oportunidad. Un dolor punzante lo recorrió al verse reflejado en los ojos de Jesús. Así como el Señor le había dado a Tomás lo que pedía, ahora le daba a Pedro la oportunidad de declarar lo que había negado. El Señor gentil y cuidadosamente escogió Sus palabras – las que Su discípulo de débil voluntad y sinceridad había usado. El cirujano divino había llegado al lugar donde debía extraer el cáncer del autoelogio y autodesprecio. El presumido y fracasado Simón estaba siendo derrotado y sanado por el Crucificado y Todopoderoso Jesús. Pedro logró responder.

—Sí, Señor. Tú lo sabes todo. Sabes que Te quiero.

—Apacienta a mis ovejitas.

¿El Señor ahora redimía y salvaba, o llamaba y designaba? ¿Le importaba la vida de Pedro o la de las almas que necesitaban un pastor? ¿Le hablaba Jesús a Pedro como si fuera un discípulo o un apóstol? Que preguntas tan tontas. Eran todas en una. El Señor rastrillaba las regiones ocultas del alma, pisoteando la vergüenza y el horrible residuo de su autosabotaje espiritual. Las protestas interiores de Pedro fueron hechas a un lado, así como Jesús había ignorado sus palabras tres años atrás – después de la primera pesca milagrosa cerca de esta playa. El Maestro pasaba de manera inmediata y casi indiferente de la penitencia a la completa restauración y comisión.

No gritará, ni alzará Su voz, ni la hará oír en las calles. No quebrará la caña cascada, ni apagará el pábilo que humeare…

Oh, el poder de aquellas heridas…heridas que nunca se convertirían en cicatrices. Sangre derramada y no solo lágrimas. En esas heridas y a través de ellas se curan todas las demás, incluso las heridas autoinfligidas. Pedro se dio cuenta que, aunque no lo podía expresar con claridad, su vergüenza había muerto en la cruz y su dignidad se había levantado de los muertos y resucitado en aquella orilla. Simón Pedro, la Roca, había sido restaurado en medio de sus hermanos.

—De cierto, de cierto te digo: Cuando eras más joven, te ceñías, e ibas a donde querías; más cuando ya seas viejo, extenderás tus manos, y te ceñirá otro, y te llevará a donde no quieras.

Yo soy el Buen Pastor, yo mismo pongo la vida por mis ovejas; nadie me la quita…

¿Quién llamaría la debilidad fortaleza? ¿Quién echa dados, jugando con la vida en la cima de su poder? ¿Quién tiene el favor de la multitud en la palma de la mano y la cambia por el escarnio? ¿Quién se atreve a enfrentar la muerte aun por el bien de un amigo querido, mucho menos sometiéndose a ella por un enemigo mortal? ¿Quién cambia una morada celestial por lo terrenal?

Jesús crucificado y resucitado confirmó las promesas del Reino como nadie alrededor del fuego lo imaginaba. Pero Jesús crucificado y resucitado había transformado esas promesas y aclarado dudas. Eso era lo que significaba adorar al Mesías crucificado. Pedro no se atrevía a huir de la cruz, no se atrevía a menospreciarla por una seguridad que el Señor exponía como simple ilusión. No se atrevía a preservar lo que estaba perdido desde el comienzo, al costo mismo de la eternidad. Jesús le entregó a Pedro las llaves del Reino con una mano que había sido atravesada por un clavo.

El aire frío de la mañana en la que corrió a la tumba dos semanas atrás pareció quemar sus pulmones con el espíritu renovado mientras comprendía las palabras poderosas del Señor. ¿Cómo podía ser? ¿Cómo era que la victoria no solo *seguía* a la derrota, la victoria no llegaba *a pesar* de la derrota, sino que la victoria llegó *por medio* de la derrota? Todas las reglas habían sido reescritas, y Pedro se sintió como el primer pupilo que las aprendía. La verdad de la resurrección lo invadía visceralmente. La muerte ya no tiene poder, y el sacrificio como la único discipulado verdadero se volvió tan irresistible como la gravedad. ¡Que insensatez era no verlo! Todos mueren; no todos resucitan a una nueva vida. Y la promesa de lo último había hecho de lo primero un detalle – importante sólo en el sentido que podía servir para la gloria de Dios.

El Señor se levantó y se volvió. Posados Sus ojos en Pedro levantó Su mano derecha. Por un segundo, la herida que Tomás había insistido en tocar brilló en la luz de la mañana.

—Sígueme—le dijo Jesús.

Jesús avanzó mientras Pedro se levantaba y lo alcanzaba para mantenerse a Su paso. Pedro podía escuchar a los otros levantándose y siguiéndolos también. Su mente se agitó. Por un momento, los vestigios del antiguo Simón pelearon por el aire familiar, el aire del mundo que había conocido, donde la conquista hacía triunfadores y rendirse significaba la derrota, y los reyes vigilaban sus reinos desde los tronos y no desde las cruces romanas. Ese Simón – el Simón que discutió sobre quien era el mayor y clamó su devoción y sacó la espada en el jardín – habló como un hombre ahogándose en el Agua de la Vida.

—¿Y qué de éste? —Pedro se volvió para mirar a Juan, que junto a los otros venía varios pasos atrás.

Jesús lo miró con seriedad, pero con gentileza.

—Si quiero que él quede hasta que yo venga, ¿a ti qué? Sígueme tú a mí.

Oración: *Señor Jesús, Te amo. Sabes que Te amo. Y sabes de qué manera Te amo. Estoy agradecido que, al conocerme, me permites conocerte. Tú quitas cada una de las cosas que han hecho que me avergüence, y me permites estar de pie ante Tu presencia no solo para que Te escuche sino para que Te obedezca. Tú ordenas que Te siga. Ayúdame a dejar de comparar Tu llamado en mi vida con mi pasado o el presente de alguien más, para poder darte gloria al final. Amén.*

Todavía tiene preguntas sobre la historia de Pedro, o quizás aún más después de leer este episodio? Desde la página 224 del epílogo puede investigar el asunto más profundamente.

LA VISIÓN

Esteban, Diácono de la Iglesia Primitiva

Hechos 7:54-60

Día Treinta y Seis

Después de varios días de lluvia y nubes, los cielos sobre Jerusalén se abrieron para un claro amanecer. Los fantasmas del último sueño de Esteban se disiparon, y él los dejó ir sin protestar mientras aparecía la luz. Pasó tiempo en oración y comió su pan. Luego, dejó su casa y se dirigió al Templo. A través de los rayos de sol que brillaban, había un viento frío para lo cual su capa servía para calentarlo; el invierno estaba por llegar a la sierra. Caminando por las calles angostas en medio del alboroto de la mañana con la calle empedrada bajo sus pies, Esteban parecía un típico joven de Jerusalén. Se había adaptado a su nuevo hogar, aunque su ropa estaba más relacionada con el clima que con la cultura. La realidad que persistía en su corazón era que él era un extranjero en una ciudad que había adoptado y que amaba como si fuera la suya. Su vida estaba aquí, ahora, y asimiló su estatus de forastero como algo normal.

Subiendo por un callejón se detuvo y golpeó suavemente, una o dos veces una pequeña puerta. Usualmente no haría esa visita solo. Incluso ahora iba de visita con otros diáconos con los cuales realizaba la obra del ministerio, pero este caso era especial y su corazón estaba comprometido. Escuchó un suave rumor, pisadas ligeras, y el sonido de madera contra madera mientras se abría la puerta. El rostro de la mujer siempre parecía sorprenderse como si fuera la primera vez que lo viera; se asombraba que alguien le demostrara bondad. Ella sonreía y le besaba la mano con reverencia. Hoy no era una excepción. Apolonia era más baja de estatura que Esteban y tenía tres veces su edad. Era delgada y parecía una avecilla, especialmente en momentos como este. Era una viuda sin familia y sin recursos. Esteban la apreciaba y ella a él. Ella abrió la puerta y él entró agachándose y murmurando una bendición. La anciana lo hizo sentarse en una silla que él mismo le había comprado para ella, y le ofreció pan y agua para refrescarse. No aceptó el pan, pero tomó un sorbo de agua mientras le sonreía. Hablaron brevemente en griego, intercambiando saludos como siempre. Pero antes que Apolonia lo llenara de preguntas de tipo maternal, Esteban la bendijo a ella y a su hogar una vez más como despedida. Él apretó su mano y le pidió permiso para salir y continuar con sus tareas. Un poco triste, pero sin angustia ella aceptó. Lo vio partir y después se percató de una pequeña moneda de plata en la palma de su mano que brillaba en la tenue luz del callejón.

Al salir a la calle principal, a Esteban se le ocurrió que si hubiera conocido a Apolonia cinco años atrás en Alejandría no se preocuparía por ella. Entonces, ella ya era una viuda, viviendo de las reservas que su difunto esposo, antes de que su hijo (ahora muerto) la trajera a la Ciudad Santa. El Esteban de aquellos días había sido muy diferente.

Hijo de un padre ambicioso y una madre sensible, Esteban creció en un hogar próspero junto a otros hermanos y hermanas. Todos eran fieles judíos y completamente egipcios – la personificación de judíos hablantes del idioma griego, que habían sido esparcidos a lo largo del mundo mediterráneo. Su familia también hablaba arameo porque Judea y el resto de Palestina eran el mercado con la que su familia comerciaba los bienes egipcios. Su padre le había enseñado el idioma desde pequeño, no solo por negocios sino porque Esteban "debía" saber. Le tomó tiempo entender aquella obligación. En todo caso, creció hablando griego como primer idioma y rodeado de incontables matises culturales que conforman a una persona. La vida como un judío helénico era tan natural para Esteban como nadar era normal para las aves acuáticas del Nilo. No conocía otra manera de vivir y no se imaginaba una razón necesaria. El biculturalismo de Esteban se acentuaba por el hecho que desde su adolescencia había acompañado a su padre a realizar negocios en Jerusalén y otras poblaciones desde el Negev hasta Damasco. Para cuando cumplió veinte años, su padre lo envió como agente de la familia (aunque fueran sus hermanos, él era el líder por ser el mayor), así que Esteban conoció al Egipto de su nacimiento y la Tierra Prometida de sus ancestros con igual familiaridad. Su arameo se volvió más y más fluido, y empezó a disfrutar de sus visitas a Judá. Jerusalén era su lugar favorito y era donde Esteban comerciaba con papiro y lino tanto con hombres sagrados como profanos.

No podía recordar cuando su sed por las Escrituras empezó a formar su manera de pensar. Como niño había recibido enseñanzas en la sinagoga de Alejandría, y consideraba la lectura de la Torá y los Profetas una obligación sagrada. La Septuaginta, fácil de leer con sus frases griegas, hicieron las cosas sencillas para él, pero Esteban siempre había sobresalido con asuntos académicos. Mientras sus hermanos completaban su educación y luego se envolvían en el comercio, algo llenó el corazón de Esteban que el comercio nunca pudo quitar. Estar cerca de esos rollos profundizó su interés, por lo que pasó todas sus horas extras leyendo esos escritos santos. En ellos descubrió una historia unificada con conexiones interminables que, de una manera enigmática, tocaban la misma melodía encantadora que siempre parecía justo más allá de su habilidad de comprender o expresar. Así que meditaba y anhelaba; las Escrituras lo envolvían y la fascinación continuó. Jerusalén ayudó a aumentar su interés. Las mismas piedras de la ciudad parecían llamarlo, mover sus intereses más profundos y llenarlo con anticipación por algo o alguien. Estar ahí hacía que todo lo que había leído y meditado se volviera real. Había ocurrido – en el último viaje de comercio en el que su padre lo había acompañado – Esteban permanecía despierto mientras su familia dormía alrededor suyo y por primera vez clamó a Dios, al Dios que había orado desde su niñez. La música misteriosa aún sonaba, pero no podía discernir los acordes.

A pesar de eso, la vida de Esteban parecía ser para los extraños "respetablemente mundana," incluso para él. Si bien sus hermanos murmuraban acerca de "Esteban el Escriba" de vez en cuando, su conocimiento del negocio era suficiente para acallar sus burlas por la pasión que sentía por las Escrituras. Todos conocían su talento en el negocio y el excelente manejo que hacía financieramente para asegurar su futuro y el futuro de sus padres que envejecían. La vida siguió su curso, las conexiones lucrativas se multiplicaban, y Esteban estaba comprometido con la hija de uno de los socios de su padre (una joven extraordinaria llamada Alis). Su familia estaba orgullosa de él como era de esperarse. El camino frente a él era cómodamente predecible.

Pero todo cambió.

Oración: Señor Jesús, Tú me conoces por completo – mi origen, mi personalidad, mis fallas y mis debilidades. Conoces aquellas partes que me inclinan hacia la desobediencia, y aquellas que Te anhelan. Atráeme a Ti, Oh Señor, y llena el espacio entre donde estoy y dónde Tú quieres que esté. Haz el milagro en mí que haga mi vida un servicio rendido a Ti, tan natural como hablar mi lengua materna. Amén.

Día Treinta y Siete

Esteban había escuchado sobre la ejecución del profeta galileo durante la Pascua. Él y toda su familia habían hecho el peregrinaje a Jerusalén como era usual, y la ciudad estaba alborotada y contaba los hechos sucedidos incluso varios días después. Él no había visto nada en persona, y aunque su padre no compartía su interés por lo santo, Esteban podía estar de acuerdo con él en lo siguiente: Los mesías iban y venían como las palomas que vendían en el mercado, y este también debía ser incluido en ese lote. Esteban descartó el asunto de su mente.

Siete semanas después regresó a Jerusalén para el Pentecostés, solo. Por años, sus padres habían limitado su peregrinaje a la Pascua y a la Fiestas del Tabernáculo, y la mayoría de las veces sus hermanos se quedaban con ellos. Esteban, por el contrario, siempre intentaba asistir hasta a las fiestas menores; la Ciudad Santa siempre le cantaba. De todas maneras, los negocios lo llamaron a la ciudad.

La mañana del festival caminó entre la multitud acercándose al extremo sur del Templo. Tomó el mismo camino de siempre y como peregrino experimentado sabía cómo navegar entre la multitud y cómo fluir en medio de ellos. Aquella mañana se percató que la multitud no se comportaba al igual que siempre. En los escalones del Templo, a un lado de la gran entrada de arco pasaba algo raro, un grupo de personas circulaba alrededor de algún punto indefinido. A medida que Esteban se acercaba podía ver que las personas se aglomeraban, y en el centro, en la parte superior de las escaleras, estaba un grupo de hombres jóvenes.

Podía escuchar sus voces levantarse en medio de la multitud, sus manos levantadas al igual que sus rostros. Fascinado, Esteban decidió investigar. Se hizo a un lado para unirse a la multitud creciente. Podía ver que en el centro había un núcleo de doce hombres y a su alrededor hombres y mujeres alabando a Dios. El corazón de Esteban dio un vuelco, se abrió paso entre los curiosos y caminó hacia los que estaban sinceramente cautivados.

El asombro lo llenó. Ahí, a menos de dos pasos había una mujer mayor que alababa exuberantemente. Hacía tiempo que Esteban había aprendido a intuir la diferenica entre un gentil y un judío helenista como él, y así la diferencia entre un helenista y un nativo de Judea. En segundos se percataba de muchos detalles y sabía cuándo podía acercarse, y cómo hacerlo. Esta vez fue más fácil que nunca. Observó y concluyó que, por su vestimenta y apariencia, la mujer cerca suyo era judía nativa, probablemente una campesina galilea. Le pareció por un momento que su rostro brillante lo contempló, pero por su éxtasis podía estar mirándolo sin ver nada en este mundo. En vez de evitar su mirada como una mujer usualmente lo haría, ella cerró los ojos, su expresión manifestando un gozo inexpresable, y levantó la voz en alabanza apasionada a Dios. Había tal belleza y libertad en su alabanza, tal era el arte que salía de sus labios, que Esteban se olvidó de sí y la miró fijamente. Podía sentir la música santa en su ser, en su alma, llamando la memoria de su corazón a los momentos más fascinantes que pasó cuando estudiaba las Escrituras, buscando y *casi* encontrando lo que buscaba. La revelación le llegó como un rayo: Esta anciana campesina no estaba hablando arameo sino *griego*. Y no cualquier griego ni el griego que usaban con torpeza para cerrar un negocio. Ella hablaba el griego de los oradores, poetas y músicos. Esta mujer sin mucha educación hablaba griego alejandrino, un dialecto tan perfecto, verso tras verso perfecto – desde los Salmos, parafraseando Isaías, la Ley, exaltando al Dios Todopoderoso y agradeciendo por su bondad y salvación. Esteban, muy literalmente, no podía creer lo que sus propios oídos escuchaban.

Se percató que aquellos a su alrededor experimentaban el mismo asombro al escuchar a los israelitas cantar de la gloria de

Dios, no en su lengua natal, sino en la de los peregrinos que habían llegado para el festival. Algunos se burlaron y se marcharon, pero Esteban no les prestó atención, sus ojos estaban concentrados en el espectáculo frente a él.

Ahora, un joven hombre de apariencia fuerte, que podía ser su hermano mayor si lo tuviera, se levantó y alzó las manos antes de llamar a la multitud en arameo. Este hombre llamado Simón Pedro proclamó un mensaje que Esteban nunca olvidaría. No solo era lo que Pedro decía, ni como lo decía. Era la suma de aquellas cosas en el momento, un evento, un encuentro con un Poder que llegó hasta las entrañas de Esteban y se reveló más allá de lo que veía o escuchaba. El mensaje profético sobre Jesús de Nazaret ataba todo lo que él había leído, contestaba las preguntas sin respuestas, llenaba las incógnitas, y todo cobraba sentido. La música santa en los escritos que había encantado su alma ya no esperaba justo más allá del alcance de sus anhelos, coqueteando como una hermosa canción en su inocencia que se había perdido en el camino a la adultez. Ahora se apresuraba a regresar, un acorde tras otro, a levantarlo y llevarlo más allá. Tenía un nombre—*Jesús el Cristo*. Su lírica era valor y cobardía, traición sutil y rendición aun más sutil, sufrimiento vergonzoso y muerte, luego lo imposible, lo muerto a la vida y reinado eterno. La melodía era sinfín y estallaba con gozo. Era un Misterio revelado, pero también un Misterio agravado por esa revelación en lugar de ser anulado por ella. Aquí estaba la Única Balada, la Historia de Amor, la Historia Épica que creías conocer y te dabas cuenta de que habías tratado la historia magnífica con poca importancia cuando era algo tan santo. A medida que Esteban escuchaba a Pedro contar la historia, su complicidad fue aparente. El Cristo, el Hijo de Dios había venido y Su propio pueblo lo había tratado como un criminal común. La convicción afectó a muchos sin importar los detalles de dónde habían estado, y lo que dijeron o hicieron siete semanas atrás. ¿Qué debían hacer?

****

Uno de los Doce bautizó a Esteban en nombre de Jesucristo aquella mañana junto a otros cientos que escucharon el sermón de Pedro. Las paredes de los baños a la sombra del Templo escucharon ese nombre una y otra vez aquel día. Lo que Esteban sintió al confesar que Jesús de Nazaret era el Cristo esperado iba más allá que simple emoción, aunque sus emociones sí estaban afectadas. No había palabras para describir la sensación que estaba sintiendo ni para el vínculo que sintió hacia los otros creyentes. Los siguientes días fueron emocionantes mientras una cosa asombrosa tras otra se revelaba ante sus ojos, y su espíritu absorbía las enseñanzas de los apóstoles.

Pronto la pregunta vino a su mente, pero con otro significado, ¿qué debía hacer? Tenía una familia que lo esperaba, una prometida, y obligaciones comerciales. Su vida estaba en Alejandría no en Jerusalén sin importar cuánto le gustaba estar ahí. Sin embargo, dentro de Esteban estaba la obvia sensación que no podía volver a la vida que tenía antes – aquello, comprendía ahora, no era vida. De los labios de un apóstol escuchó la parábola del Señor sobre tierra fértil y seca.

Y algunas de las semillas cayeron entre los espinos…

No, se dijo Esteban. Nunca. Uno no podía dejar de respirar. Uno no podía elegir volver a la oscuridad después de nacer y ver la luz. Lo que sentía correr en su alma no sólo llenaba su ser, sino que era la esperanza de una nación – el significado más importante de estar vivo. Mientras oraba sintió la convicción que sobrepasó la euforia de su conversión: El precio de esta nueva vida, y el precio de esta paz y propósito era descubrir que ya no pertenecía a sí mismo. El Espíritu del Dios Vivo ardía dentro de él y Esteban no podía traicionar ese llamado. El Dios de sus padres se había manifestado al cumplir las profecías de una manera inesperada, pero ahora que se había manifestado, ¿cómo podía ignorarla? Algo grande pasaba día a día, hora a hora en Jerusalén, y Esteban sabía que el Espíritu en su interior debía estar ahí. Esteban se quedaría en Jerusalén.

Escribió la carta y la envió por un mensajero.

A pesar de lo estricto que era el padre de Esteban, siempre había amado a sus hijos, y su crianza causaba respeto más que miedo. Por esta y otras razones, Esteban los recibió con alegría a él y a sus dos hermanos, Arsenios y Jasón, cuando llegaron tres semanas después que enviara la carta. Después que la familia se refrescó del viaje, empezó lo inevitable. Naturalmente, el hijo esperó que el padre hablara, pero realmente fue Esteban quien empezó. Tal como se imaginó, su padre actuó como si no hubiera recibido la carta y fingió que el viaje a Judea era asunto de negocios. Habló de negocios, de cómo habían avanzado las conexiones comerciales, y sugirió que regresaran a Egipto en una semana más o menos.

—Padre— Esteban dijo con suavidad —, como escribí en mi carta, no regresaré a Egipto.

No había irrespeto. Esteban conocía a su padre bien y por eso lo complació haciendo todo lo que había pedido y había dicho. Su padre quería escuchar la historia de principio a fin, cara a cara, y Esteban se la contó.

Para cuando terminó, su padre se veía estoico, Arsenios estaba molesto y el hermano más joven, Jasón, parecía querer escuchar más. Hubo un silencio incómodo hasta que el padre habló.

—Bueno, no nos haría mal tener un negociante permanente en Judea. Pensaba que Arsenios podría…

Arsenios no dijo ni una palabra.

—Padre— siguió Esteban— No quiero quitarle nada a mis hermanos…

—…pero no hay duda de que harás muy bien la tarea.

—Padre, el comercio no es la razón por la que me quedo en Jerusalén.

Su padre lo miró.

—¿Acaso tu familia ya no te importa?

—Padre no es eso. Es que…

—¿Y la hija de Demetrio? ¿Qué pasará con Alis y tu contrato con ella?

El tono de voz de su padre se había vuelto tenso. Esteban sabía que aquella relación era de importancia para su padre. Esteban sabía que ignorar el compromiso, en esencia era un divorcio, no era algo sencillo. Podía dañar a su padre y a su familia si él ofendía a los padres de la novia. Esteban se sentía inseguro en ese tema. No solo era que tenía un compromiso formal con Alis, también se sentía atraído por ella. Esperaba que ella se uniera a él en Jerusalén y llegara a conocer lo que él había experimentado. Le contó a su padre la esperanza que tenía.

El sol pareció iluminar el cuarto.

—¡Arreglado entonces! Te quedarás en Jerusalén y hablaré con el padre de Alis. Haremos los arreglos. Ahora bien, hablemos sobre la carga de lino…

Por un momento el *estatus quo* hizo que Esteban se sintiera abrumado. No quería cortar los lazos con su familia o lastimarlos, ni siquiera se le había ocurrido. Además, tenía que trabajar. Y claro, como todo joven, esperaba casarse con Alis. Su padre hablaba mientras estas ideas cruzaban su mente, y el corazón de Esteban sintió especial cariño por su padre.

—…y podrás seguir con mayor facilidad tus intereses religiosos aquí—concluyó el padre.

—Padre, Cristo ha venido. Lo que ha sucedido…no…nos podemos referir a ella como una simple curiosidad—tartamudeó Esteban por respeto, más que por inseguridad —. Todo lo escrito por Moisés y los profetas se cumplió en Jesús de Nazaret. Yo…todos debemos volvernos en fe al Dios de nuestros padres en Su Nombre. Me quedo en la Ciudad Santa porque…porque debo. El Día del Señor está cerca.

Silencio otra vez. Su padre se mantuvo impávido, Arsenios mostraba resistencia y Jasón mantenía una mirada esperanzadora.

—Mi hijo— dijo el padre con calidez—, No sé lo que tú sabes, y no dudo que posees algo que está más allá de mí.

Esto era lo más generoso que su padre diría, eso sabía Esteban, y sabía también que el padre esperaba que fuera un entusiasmo pasajero. Su hijo creía en las Escrituras, ¿qué tenía eso de malo? El resto permaneció algo turbio, pero otros padres habían vivido peores experiencias que él.

—Regresaremos a Alejandría, y tú tienes cosas que arreglar aquí— terminó de decir el padre.

—Así será— dijo Esteban. Había dicho lo que tenía que decir y estaría orando por su familia—. Solo te pediré una cosa, si puedes dármelo….

—¿Hijo?

—Permíteme enviarle una carta a Alis, escrita en mi puño y letra. Ella debe conocer las intenciones de mi palabra.

El padre acarició su barbilla con lentitud, asintió y se levantó.

Oración: *Señor Jesús, envía Tu Espíritu Santo sobre mí. Empodérame, como hiciste con los primeros santos, con la divina y antigua novedad en mi alma. Y con ese poder, dame la gracia para amarte de la manera que lo mereces, y ordenas. Deja que todos los otros amores, lealtades y ambiciones se arrodillen ante Ti. El Viento de Dios sopla donde Él decide. Sopla sobre mí Señor y que mi voluntad se doblegue ante Ti. Amén.*

Día Treinta y Ocho

A medida que se acercaba al Templo, Esteban recordó la primera vez que había visto a Alis en la sinagoga. Se había quedado sin aliento y se volvió para mirarla de reojo. Había pensado que era terriblemente injusto que una criatura tan hermosa caminara sobre la tierra y que alguien como él no pudiera tenerla. Entonces averiguó quien era y una cosa llevó a la otra y terminaron con un compromiso. Ahora sintió que era injusto que la vida fuera tan buena con él cuando otros no podían esperar tan buena fortuna.

Era injusto que la hubiera perdido por haber creído en la promesa que reposaba en el corazón de todo judío fiel. Era injusto que su padre lo culpara, y que a pesar de que la relación comercial se mantenía, Esteban empezaba a sentirse como uno de los conocidos que tenía en materia de negocios. Era injusto que solo Arsenios llegara con un sirviente o dos, y que Esteban no pudiera explicar las cosas con mayor profundidad a Jasón – a quien su padre ahora no permitía que viniera a Jerusalén. Era injusto también que desde aquel Pentecostés – ahora unos años atrás – Esteban hubiera visto menos y menos a su madre. Y era supremamente injusto que Jesús de Nazaret hubiera sido traicionado por el beso en la mejilla de un amigo, que Sus propios discípulos lo hubieran abandonado cuando los necesitaba más, y que los mismos sacerdotes que habían enseñado sobre el Cristo conspiraran para enviarlo a la vergonzosa cruz romana. Era injusto que el Hijo de Dios sufriera tanto y era injusto que el alma pecadora de Esteban estuviera secuestrada por ese sentimiento, e injusto que hubiera recibido el regalo del Espíritu Santo, el mismo aliento del cielo, cuando él sabía que no merecía nada de ello. Era injusto que

Esteban fuera hijo de Abraham, y era injusto que él apareciera aquel fatídico día cuando los apóstoles estaban en el Templo, y era injusto que Dios le diera un oído para escuchar y un corazón para responder cuando otros erraban como gallinas insensatas, dejando atras el cumplimiento de las épocas. La injusticia parecía el mismo hilo que había sido usado para tejer la tela de la túnica de Esteban.

Ciertamente, la misma palabra del Señor de traer la espada y no la paz se había cumplido en la vida de Esteban. Sin embargo, todo el dolor de su corazón por el sentimiento de pérdida en los primeros días después de su conversión se había convertido en llenura. Algo inefable había empezado aquel milagroso día cuando escuchó sobre la gloria de Dios en su propia lengua, de una mujer que él sabía no hablaba ni una palabra de griego. Su hambre por las Escrituras se redobló, ahora solo una sabiduría y un poder lo guiaba e ilustraba cuando leía, así que él sabía que el Espíritu hacía estas cosas en él, no él mismo. No podía llevarse el crédito por su creciente comprensión de las cosas de Dios y esto solo aumentaba su gozo. ¿Qué le diría el Espíritu hoy cuando Esteban leyera? Pasaba largas horas a los pies de los apóstoles y luego revisaba una y otra vez los escritos de los profetas. Palabra tras palabra, conexión tras conexión, cada vez más profundo, cada vez más maravillosamente revelado, cada vez más inescrutable. Aplacaba su sed con pura Verdad y pedía más. A pesar de todos los milagros que vio, del éxtasis espiritual que vivió, lo más grande era la comprensión que adquiría después de tener tantas preguntas. Pasaje tras pasaje, antes incomprensibles, ahora eran claras y brillaban como estrellas en el firmamento, constelación tras constelación que llenaban el cielo con una historia que iba desde Génesis hasta las últimas palabras del cronista. La Semilla de la Mujer, el Profeta, el Hijo de David, el Hijo del Hombre – el Cristo – estaba en todos lados donde Esteban leía y estudiaba, uniendo la historia de Israel y cerrando el círculo. Esteban pudo ser Moisés en el Monte Nebo, observando el panorama de la Tierra Prometida desde Dan a Beerseba al Mediterráneo – y más allá. A medida que oraba, las horas de oración pasaban como minutos, su entendimiento se volvió personal, y una humildad envolvía su corazón mientras meditaba sobre los ungidos del Antiguo Pacto, y entendía que él de alguna manera también formaba parte del plan de Dios.

A pesar del precio que pagaba en su soledad, su fe en Cristo también había traído un mundo de hermandad para él. Nunca había conocido tal unidad, afecto y unidad con propósito entre las personas. Hasta aquel día de Pentecostés, él había sido la definición de un extranjero para el pueblo que ahora llamaba hermanos y hermanas – una verdadera familia, más cercana, simpática, y con más comprensión mutua de la que había conocido antes. Naturalmente, tenía una conexión particular con otros helenistas como él porque podían comunicarse con mayor libertad y tenían mucho en común. Pero el misterio se manifestó cuando un nuevo creyente en la fe llegó desde un mundo que no conocía. Un hombre con el que era difícil conversar, ambos hablando en un segundo idioma, pero sin embargo había una hermandad instantánea y compartían el pan en la mesa del Señor como si se conocieran de toda la vida. Era un gran enigma y a la vez parecía tan natural; la normalidad estaba ante los ojos de Dios.

Pero lo más embriagador para Esteban era andar y hablar con los Doce, o cualquier discípulo que había visto al Señor. Reverenciaba a los apóstoles no por anhelar el estatus que ellos tenían (igual, ellos no lo permitían). Lo que Esteban quería era escuchar el testimonio de los que habían conocido a Jesús el Cristo. Cuando se presentaba la oportunidad, hacía preguntas personales a quienes habían conocido, conversado y tocado a Jesús. Esteban quería aprender las pequeñas cosas, la historia detrás de la historia, las parábolas, los milagros, las cosas que no podían predicarse, pero de las que se podía conversar – no por saber sino para conocer al Cristo mismo, y poder ver a Jesús. Observaba la relación entre los Doce mientras hablaban y se reían. Esteban se imaginaba lo que Jesús podría haber dicho. Al mirar a los hermanos y a la madre del Señor, aún algunos de Sus primos, Esteban trataba de ver a Jesús a través de sus ojos y modales, pero al final descubría que eran personas comunes que habían tenido a un pariente poco común. Hablaba con los que lo habían escuchado enseñar en Galilea, o en Jerusalén durante la semana en que fue traicionado, y algunos a quienes había sanado. Una tarde se halló hablando con el fariseo, José de Arimatea, que había presenciado el juicio ante el Consejo y le había pedido a Pilato que enterraran el cuerpo en su tumba. Fascinado, escuchaba la voz rasposa del anciano contar sobre la inquisición a la medianoche, de los testigos falsos y el veredicto, de la dignidad y la serenidad del Señor Jesús ante los golpes y las acusaciones de blasfemia que era blasfemias en sí mismas. Esteban meditaba en estas cosas mientras se acostaba a dormir en su jergón, sintiendo que cada vez conocía más al Señor, pero anhelando también ver al Señor.

Oración: Señor Jesús, apenas he tocado la superficie de lo que es conocerte, pero me gozo y soy feliz que me hayas dado este conocimiento, que llamas la Vida Eterna. Sufriste la peor de las injusticias. Deja que el fuego de conocerte consuma todas las angustias insignificantes que tengo, las acusaciones silenciosas sobre las dificultades que he pasado y las preguntas que no puedo contestar y que solo nublan mi vista de Ti. Amén.

Día Treinta y Nueve

Aunque el Espíritu parecía rodearlo, el rostro del Hijo lo eludía. Esteban razonó en la melancólica verdad que su vida y la del Señor Jesús no habían coincidido, y Dios no lo creyó digno para verlo mientras Jesús caminaba entre los hombres. Esteban puso su esperanza en la resurrección, la esperanza nacida de la glorificación del Señor Jesús. Algún día lo vería cara a cara. Y mientras vivía con esperanza para aquel tiempo decidió que no buscaría paz en otro lado, simplemente iba a indagar y orar, buscando éxtasis en el Espíritu. Se dedicaría a estas personas que se habían convertido en su familia, la iglesia.

La labor de Esteban con los pobres empezó como algo personal. El Reino estaba cerca, el tiempo era corto, tenía dinero y tiempo para dar, y la Palabra del Señor era clara. Hasta ese momento, había atesorado el don del Espíritu Santo y crecido en su convicción que Dios lo había preparado toda su vida para la fe. Los negocios eran algo que *hacía*. Ahora, empezaba a ver todo lo que había recibido y aprendido como un regalo por el cual estaba agradecido, y un sacrificio para la gloria de Dios. Así que se mudó a un lugar más sencillo, separó sus ahorros, y –

cuidadoso con el mandamiento del Señor de que su mano izquierda no supiera lo que hace la mano derecha – empezó a ayudar a los más necesitados a su alrededor. A veces lo hacía a través de los apóstoles, y a veces de otras maneras discretas, pero siempre lo hacía sin fanfarronear. Ya que la iglesia se había organizado para cuidar a los miembros más débiles como una muestra de la obediencia al evangelio, él sentía que a Dios le agradaría que participara e hiciera lo mismo. Fue un tiempo de bendición para él.

La primera desilusión de Esteban con su nueva familia llegó como una sorpresa – una queja menor que pronto escaló a un gran conflicto. Algunos de sus hermanos que hablaban griego notaron que mientras la iglesia buscaba cuidar a las viudas, las viudas helenistas que hablaban griego – extranjeras a los que llevaban el mensaje a diario – apenas recibían lo suficiente para sobrevivir. Esteban no era ningún agitador y con todo su ser deseaba olvidarse del asunto para preservar la paz. Pero dentro de poco creció la disputa y resultó que la queja era legítima. Aunque parte del problema era que la iglesia había dejado atrás su manera espontánea de manejar ese asunto, se hizo obvio que había una jerarquía que había contribuido a aquella situación. Esto no podía ser resuelto solo con palabras amables, y la rara atmósfera de amor y unidad que Esteban había hallado embriagante sufría la amenaza de disputa étnica y cultural, una amenaza que lo afectaba profundamente. Todos buscaron a los apóstoles como guía, y fueron llamados a la Columnata de Salomón. Ahí, los Doce admitieron dos cosas: Primero que la desigualdad había invadido el cuidado diario de las viudas, segundo, que ellos como apóstoles no podían resolver esto solos. Mas bien, les pidieron a las personas que escogieran siete siervos que pudieran ocuparse de esta tarea para que ellos continuaran el trabajo del ministerio sin ser distraídos por estos asuntos secundarios, pero igualmente importantes.

En las discusiones que siguieron, Esteban aprendió lo que los siervos de Dios eventualmente aprenden: Las buenas acciones no pueden ocultarse y la fidelidad en las tareas pequeñas lleva a que te asignen tareas mayores y más desafiantes; además ser reconocidos y tener un puesto de importancia en el Reino siempre sigue a la ejecución constante y generosa en el ministerio, y no viceversa. Sin que se diera cuenta fue elegido como uno de los Siete. Se halló arrodillado ante los apóstoles en la presencia de sus compañeros aceptando su ordenación. En ese primer Pentecostés, habían impuesto las manos sobre él después de su bautizo para impartir el don del Espíritu que le faltaba. Ahora, las manos estaban sobre él precisamente porque sus hermanos y hermanas testificaron que el Espíritu ya había reinado en su corazón. Pedro y Juan clamaron a Dios y el resto de los apóstoles murmuraron en acuerdo, y la presencia indescriptible y el poder envolvieron a Esteban. Ahora entendió lo que David recibió cuando Samuel lo ungió con aceite ante sus hermanos, o como Elías se sentía cuando el Espíritu venía sobre él en poder, o lo que Ezequiel quiso decir cuando escribió que la mano de Dios estaba sobre él. El Espíritu Santo lo cambió una vez más aquel día.

Pero la obra de la que se encargó Esteban junto a otros diáconos, en esencia y en espíritu, era la misma en la que había trabajado en privado. Ahora su preocupación por los necesitados se convirtió en una tarea con todas las responsabilidades y dificultades que venían con ella. Organizó las finanzas, consultó con otros, entregó reportes a los apóstoles, y creó una manera eficiente y justa para ocuparse de los pobres. Aprendió sobre las relaciones, conflictos, y cómo ser diplomático. En resumen, por amor, con tacto y trabajo duro, él y sus compañeros diáconos disiparon los conflictos que habían hecho peligrar el compañerismo de la iglesia. Era una tarea normal, pero Esteban sentía gran satisfacción en su llamado y habría estado satisfecho de llevar fondos a las viudas mientras tuviera vida. Pensó que había perdido todo excepto a su madre por amor a Cristo; ahora tenía docenas de madres, Apolonias que llenaban su vida con sus cariñosas y falsas alarmas, sinceros agradecimientos, y ofertas inútiles para ayudarlo. Anhelaba ver el rostro de Cristo; de alguna manera, entre las personas a que ministraba – los maravillosos, exasperantes, y necesitados – percibía a Jesús más que antes.

****

El Esteban que pisó el Templo del Monte aquella mañana era muy diferente al Esteban que había abandonado Alejandría algunos años atrás cuando pensaba que era un viaje de negocios y una visita al festival en la Ciudad Santa. Él lo sabía, pero no lo reconocía tanto como las personas a su alrededor. Esteban conocía la seriedad de su mayordomía y sabía que había una confianza sagrada, pero para sí mismo seguía siendo Esteban, un discípulo menor que siempre tenía hambre del Espíritu, aun aprendiendo de los Doce, y siempre anhelando el rostro de Cristo. Otros creyentes a su alrededor lo habían escuchado hablar y estaban cada vez más asombrados por su habilidad para explicar los Santos Escritos a los ignorantes y de responder a preguntas difíciles. Su ministerio a los pobres tomó una importancia inesperada puesto que tenía la habilidad de instruir a las personas acerca de Dios y de ministrar a sus necesidades físicas. También había milagros, el toque de Esteban había sanado a muchos, y la frecuencia y el poder de las señales que él realizaba crecía y crecía. En muy poco tiempo, se había convertido en una de las voces más fuertes en la iglesia, poderoso en presencia, efectivo al hablar, y maravilloso en dones espirituales. Los creyentes lo respetaban y muchos helenistas incrédulos se volvieron obedientes a la fe a consecuencia de su obra. Ya no se sorprendía cuando compañeros creyentes se acercaban para saludar y honrarlo, buscando su bendición. Incluso ahora, caminando hacia el Pórtico de Salomón en el extremo sur del complejo, Esteban saludó con cariño a varios creyentes que lo reconocieron.

Fue entonces que Esteban vio de reojo una pequeña multitud de hombres caminando hacia él desde el Patio de los Gentiles. Vio algunos señalarlo y gritar mientras apresuraban el paso para alcanzarlo. Estos hombres también eran reconocidos por Esteban, al menos los líderes. Él les desagradaba tanto como los creyentes lo amaban. El jefe, un joven fariseo de Cilicia tenía ojos feroces y lengua afilada.

La historia personal de Esteban con estos hombres había sido breve, directa y hostil. Eran como él, judíos helenistas de la diáspora, algunos de su edad, algunos un poco mayores, y no apreciaban sus creencias ni su labor. El judaísmo en Judea no era uniforme. Uno podía ser fariseo, esenio, herodiano, o (si eras de la élite), un saduceo, o si en verdad no eras un miembro, podía agradarte uno de ellos. Podrías no estar de acuerdo con otros dentro de tu grupo en asuntos de doctrina o práctica. Así que no sólo era que Esteban era diferente; se trataba de *como era* diferente. Los galileos eran suficientemente malos y los sacerdotes debían manejarlos, aunque al final los ignoraban y preferían verlos a la distancia y sólo aproximarse si era necesario. Grupos así aparecían y desaparecían, así eran las cosas en Jerusalén. Pero Esteban representaba algo más amenazador para estos hombres. Como judío y helenista exitoso en atraer a otros como él a los nazarenos, este hombre de Alejandría hacía peligrar lo que ellos controlaban en la región. Fervientes en defender las tradiciones de sus padres, patriotas a su propio estilo, su visión para la nación no incluía la manera en que Esteban vivía y pensaba. Lo veían como una ofensa al judaísmo, al Templo, y a ellos. Esteban los hacía quedar mal, y habían empezado a cansarse de él y sus engañosos discursos.

Esteban no creyó útil tratar de evadirlos, así que se volvió para mirarlos mientras se acercaban. Se había acostumbrado a sus caras – oscuras de ira y odio puesto que una vez habían intentado hacerlo quedar mal, desmerecerlo con conocimiento, humillarlo y desacreditarlo. Algunos habían disfrutado del mejor entrenamiento religioso de Jerusalén, y su confianza en ellos había hecho que uno a uno desafiase a Esteban. Pero la humillación que habían querido causar en él se había revertido. Una y otra vez, se habían marchado avergonzados y amargamente frustrados mientras que la posición de Esteban se fortalecía ante los demás que escuchaban. Esta vez Esteban pudo ver el odio en sus ojos, pero no la frustración. Un mirada horrible y triunfante brillaba en sus ojos; detrás de ellos iba un guardia del Templo.

Oración: Señor Jesús me llamas por Tu nombre y por lo tanto debo ser como Tú. A todos les das dones, los que consideras que necesitan – incluso a mí. Ayúdame a no caer en la mentira lógica de que tal poder significa que debería ser inmune al sufrimiento por amor a Tu nombre. Dame la gracia y el valor para recibir incluso a los que hablan mal de mí, que me desean el mal, y que desean lastimarme por servir a Jesús de Nazaret. Gracias por pensar que siendo tan indigno puedo sufrir por Tu nombre. Amén.

Día Cuarenta

Rodeado por sus enemigos, Esteban fue arrestado y empujado a través del patio. Lo llevaron a las antecámaras afuera del gran salón que servía como el lugar de reunión del Sanedrín. Los guardias lo sujetaron con fuerza a pesar de que él no hacía ningún esfuerzo por resistirlos; sus adversarios le daban miradas oscuras y cómplices. No le hablaron, sino que prefirieron susurrar entre ellos y algunos ancianos que los esperaban. Esteban oró en voz baja, los ojos a medio cerrar, una paz espiritual incomprensible, capaz de batallar con la ansiedad que invadía su mente, salía de su interior.

Las puertas se abrieron repentinamente y un encargado les hizo una señal a los hombres. Entraron al salón con pasos seguros, el guardia del Templo empujando a Esteban, lo obligaron a sentarse ante el consejo; sus captores se sentaron a ambos lados de él mientras los jóvenes helenistas se prepararon para hablar. El Consejo se había reunido y sus miembros ya se sentaban en su lugar, el caso de Esteban se consideró de vital importancia, con testigos listos para testificar.

¿Cuáles eran los cargos? Blasfemia y sublevación.

Los hombres avanzaron, sus rostros vagamente familiares, tal vez fueron espectadores en sus conversaciones con otros helenistas. Sabía que no había hablado con ellos antes. A la urgencia del Consejo ellos empezaron a testificar, acusando a Esteban de violar en su discurso y acción todo lo que ellos consideraban santo. Contaron una historia donde Esteban despreciaba a Moisés, despreciaba la Ley, y despreciaba el Templo. Sus palabras sobre el Reino Venidero a través del Señor Jesús fueron tergiversadas más allá del reconocimiento para que se adaptara a la narrativa que hacían de un joven extranjero de Alejandría que adoptó el extremismo de una secta peligrosa, que había llenado su corazón de odio por las tradiciones de sus padres, y ya no practicaba los estándares y valores que mantenían la sociedad. Mientras Esteban escuchaba la historia de los testigos no pudo reconocerse. Pero lo que sí pudo reconocer, en medio de las exageraciones y las mentiras descaradas, era la verdadera historia que contaban ya que era la historia del santo oficio corrupto por la ambición de poder bruto, temor y coerción; de manipulación y falsedad tan generalizada que los que la practicaban no podrían decir la verdad, aunque la verdad los estuviera mirando a la cara. Era la historia de la casa de Dios convertida en fortaleza, de los sacerdotes de la iglesia de Dios transformados en déspotas, del servicio a Dios cambiado en idólatras alabándose a sí mismos. Era una historia que había olvidado la Verdadera Historia. El espíritu tras esto difería poco de las maquinaciones que Herodes había usado para asentar los fundamentos de donde el Templo reposaba, engranes que aplastarían a cualquiera que se aventurara a entrometerse. En las bocas de aquellos testigos vivía el espíritu mismo que había asesinado al Señor Jesús.

—¿Es esto cierto?

El sumo sacerdote se puso de pie. Los testigos habían terminado sus alegatos, y la Ley requería que el Consejo permitiera su impugnación. Era el turno de Esteban de hablar. La trampa había sido colocada. No había tenido tiempo para prepararse, para dar una respuesta sustanciosa a las acusaciones que habían planeado por tanto tiempo. No tenía testigos a su favor, ninguno de sus discípulos, ni las viudas legalmente no tenían peso, y solo tenía este momento para defenderse.

Despacio y sin maquinación, Esteban levantó los ojos y miró al sacerdote y a los otros miembros del Consejo. ¿Qué era lo que podía discernir al sentir la mirada de ellos? No podía contemplarlos como ellos lo hacían, pero ellos vieron algo cuando él respondió a su juicio. ¿Confusión? ¿Maravilla? ¿Detectó siquiera una pizca de temor en sus ojos? Los testigos, que momentos antes eran tan valientes como leones, no podían soportar su mirada; silenciosamente, se acobardaron y disminuyeron su arrogancia.

Cuando os trajeren a las sinagogas, y ante los magistrados y las autoridades, no os preocupéis por cómo o qué habréis de responder, o qué habréis de decir; porque el Espíritu Santo os enseñará en la misma hora lo que debáis decir.

No, el arcediano no reflexionó en sus palabras. Una pregunta todavía más profunda cruzó su alma. Tal como había sido durante la confrontación con su padre, años atrás, un anhelo natural creció en él, el antiguo anhelo por lo típico. No era que tenía un deseo de tener las cosas como eran antes que él hallara a Cristo, tanto como deseaba si fuera posible, que Cristo cupiera en la vida que imaginaba como suya. Fue un deseo pasajero que pudiera tener ambas cosas: A su Jesús, su gozo fuera de este mundo, su ministerio a las viudas, el poder del Espíritu corriendo por su corazón y sus manos, y por el otro lado tener el favor de la ciudad, una sonrisa en el mercado después de una gran ganancia, hermandad con sus conciudadanos en vez de debates, y no tener obligación de hablar verdades amargas como las dulces. En verdad, Esteban había sido emboscado. No había tenido el beneficio de preparar su mente o su discurso como lo habían hecho sus adversarios.

Pero él no era tonto. Su pensamiento por una vida común – un deseo que era una emoción completa en sí y no una cadena de argumentos en su cabeza – lo golpeó por un momento y se agarró de la confianza humana que le decía que podía manejar esto por su propio ingenio. Sus enemigos habían gritado y sudado, pero su testimonio era falso. Sólo tenía que señalar sus mentiras e inconsistencias en los argumentos, avergonzar las conciencias del Consejo, y podría salir libre. Al menos podía intentarlo. Todo esto cruzó por el corazón de Esteban y su mente en un parpadeo.

Mi Padre, si fuera posible…

La respuesta llegó a él con rapidez. ¿Había acaso otra manera? El Señor Jesús había dado Su vida por la verdad, por la redención de Israel, para que Esteban sea redimido. Su Pastor había mostrado el camino a seguir, dando el ejemplo de vida por todos los que pudieran aprender de Él ¿Podría Esteban mejorarlo? ¿Podría la expiación de Cristo y Su sangre borrar su obligación de cargar la cruz? Él era discípulo del Señor. *No me hables de derechos, alma mía, ni de justicia.* El Señor Jesucristo ha redefinido la victoria, y el mismo significado de la palabra *fortaleza.* No, Esteban no podía regresar a la oscuridad del vientre. No podía hacer paz con una mentira, no podía decir una cosa y querer decir otra, sólo para hacer las paces con Dios después. No podía dividir su vida entre cuerpo y alma como hacían los filósofos en el ágora de Alejandría, ser una cosa por fuera y otra por dentro. No, él era *un solo hombre* o no era un hombre en ningún sentido. ¿Cuál era el precio de arrodillarse frente a la cruz, para amar y alabar a quien había amado hasta la muerte? ¿Qué quería decir aquello en verdad, el vivir completamente para la gloria del Crucificado? Entregar el aire que respiraba o entregar su alma – esas eran sus opciones. No había camino intermedio. En efecto, ellos habían conspirado en su contra, pero el Señor era el que lo había colocado en este momento, y no lo iba a desperdiciar. Debía abrir su boca y dejar que el Espíritu hablara – bajo las condiciones de Dios, para Su propósito – o renunciar a su testimonio y volverse peor que las acusaciones de sus acusadores. Le habían contado una historia; él contaría La Historia.

...pasa de mí esta copa...

—Hombres—hermanos y padres—escúchenme...

Así empezó la defensa de Esteban. A través de ella, el Espíritu encendería cada palabra con el fuego de la verdad que había aprendido, desde su recuerdo más temprano de escuchar enseñanzas en la sinagoga hasta sus momentos más íntimos estudiando las Escritura a la luz de la lámpara. Volvió a contar la gran épica de su pueblo, pero en verdad era la historia épica de su Dios. Hablaba de fidelidad a través del sufrimiento, de liberación milagrosa, de promesas hechas y mantenidas. Hablaba de salvación. Pero entretejida en la saga del amor de Dios donde se hilaban los fracasos humanos, el rechazo, y la traición caprichosa e inexplicable. Sus propios padres habían rechazado y maltratado a los patriarcas quedecían amar.

Si Esteban hubiera estado preocupado por su bienestar, si hubiera estado hablando para convencer a los ancianos de rechazar las acusaciones y creyera lo mejor de él, se podría haber dado cuenta del asombro que empezaban a mostrar sus rostros. Aquí, ante ellos hablaba una sabiduría y una profundidad de conocimiento en los santos escritos que eran difíciles de comprender aún para aquellos que le doblaban la edad. Pero Esteban estaba perdido en la canción, con su corazón envuelto en llamas, y prosiguió.

¿Eran estos abusos anomalías oscuras? No, por supuesto que no. Simplemente eran ensayos para la traición final. Coincidían con el patrón de idolatría y mal uso de la Casa de Dios que se habían vuelto demasiado familiares, con la alabanza de pensamientos y estrategias humanas. Su voz se profundizó por ira santa, volviéndose más fiera y afilada porque no era la suya, una ola de ira santa que no corrió por su carne. Su oportunidad de convertir el soliloquio en un discurso para escapar estaba desapareciendo con rapidez.

...hágase Tu voluntad y no la mía.

—¡Duros de cerviz, e incircuncisos de corazón y de oídos! Vosotros resistís siempre al Espíritu Santo; como vuestros padres, así también vosotros. ¿A cuál de los profetas no persiguieron vuestros padres? Y mataron a los que anunciaron de antemano la venida del Justo, de quien vosotros ahora habéis sido delatores y asesinos; vosotros que recibisteis la Ley por disposición de ángeles, y no la guardasteis.

Sus palabras impactaron al Consejo como si los hubiera abofeteado. Esto era algo que no esperaban. Ahora sus horribles voces se alzaron en un unificado y cacofónico rechazo a esta palabra, aunque el acusado no había terminado su defensa. La furia torció sus rostros, pero a Esteban no le importó. Miró hacia arriba, sus ojos llenos de anhelo.

—Miren, veo los cielos abiertos y al Hijo del Hombre de pie a la derecha de la mano de Dios.

Ahora gritaron para acallar lo que consideraban una blasfemia, gritando mientras se tapaban los oídos con las manos, el joven fariseo ciliciano liderando el grupo. No hubo más preguntas, debates, veredictos, o aplazamientos. El acusado había tenido su momento y se había sentenciado a sí mismo. Mientras lo arrastraban del Sanedrín podía escuchar los gritos en el salón que acababa de dejar, demandando injusticia en el nombre de la justicia.

¿Cuáles serían los pensamientos que cruzarían el corazón y la mente de Esteban mientras lo arrastraban, casi llevándolo a fuerza del Templo hacia las afueras de la Ciudad Santa? Sus oídos se llenaron con la ira de sus enemigos mortales, pero sus ojos lloraron, no por su difícil situación sino por la gloria de la visión que había tenido. Se había percatado que el Hijo del Hombre lo había visto a él. Al darle a conocer Su trono, había revelado que conocía a Esteban. ¿Qué más podía importar? ¿Cómo podría Esteban hablar de protecciones o venganzas tontas? ¿Qué reclamos podrían hacerle sobre el que había dado la vida por reclamarlo a *él?* En verdad, él vivía por la misericordia de Dios, y la promesa de vida eterna había convertido en irrelevante todas las preguntas que los mortales llevaban al Todopoderoso. La lección del sacrificio del Señor fluía como un río de agua viviente a través de su espíritu: El control es una ilusión; rendirse a la voluntad de Dios en Sus propios términos – sin condiciones previas – es lo más cercano que tenemos a tener control, lo más cercano que podremos llegar para alcanzar lo sublime.

La muchedumbre se deshizo de su carga y empezaron a recoger otras. Esteban no se protegió, no se encogió para hacerse menos visible a las piedras que arrojaban.

Si el grano de trigo no cae en la tierra y muere, queda solo; pero si muere…

—Señor Jesús recibe mi espíritu.

Esteban ya no podía mantenerse en pie; las piedras arrojadas hacia él con toda la fuerza del odio cumplieron su propósito. La música santa sonó con sus acordes irresistibles dentro de él. Esteban cayó de rodillas.

Porque esta leve tribulación momentánea produce en nosotros cada vez más excelente y eterno peso de gloria… Somos contados como ovejas para el matadero. Antes, somos más que vencedores por medio de aquel que nos amó… porque a vosotros os es concedido a causa de Cristo, no sólo que creáis en Él, sino que también… y la participación de Sus padecimientos, llegando a ser semejante a Él en Su muerte si en alguna manera llegase a la resurrección de entre los muertos.

—¡Señor, no les cuentes esto como pecado!

Los testigos falsos completaron su trabajo sin piedad arrojando las últimas piedras. Pero en su fervor por eliminar a quien veían como una amenaza, y que ahora yacía muerto en el polvo ante ellos, se cegaron a la peligrosísima gloria que habían soltado en medio de cada piedra que arrojaron.

Y tendieron sus capas a los pies de un hombre joven llamado Saulo.

Oración: *Señor Jesús escucha el clamor de mi corazón, anhelo ser como Tú y como aquellos que trataron con todo su corazón ser como Tú. Tu perfecto amor echa fuera todo temor, el temor que trata de* decirme que puedo ser Tu discípulo y más grande que Tú, mi Maestro, en estas cosas difíciles. Pon acero en mi alma para que nunca intente el discipulado superficial. A Tus ojos es preciosa la muerte de Tus santos. Trae la resurrección, que ya es un milagro sorprendente, mientras doy mi vida por Ti, y que muchos otros puedan cosechar una bendición como resultado. Amén.

Hay mucho más que aprender sobre Esteban y el imaginado trasfondo de su vida. Si desea saber más del asunto, puede informarse mejor leyendo desde la página 232.

EPÍLOGO

Al escribir *Que Tonta la Vela* quería crear un devocional y una novela bíblica situada en el contexto del mundo antiguo donde los primeros cristianos vivieron y contaron la historia del Nuevo Testamento. Hacer esto involucró reunir una combinación de fuentes, incluyendo la biblia misma, archivos antiguos e históricos, tradiciones de la iglesia, varios escritos modernos de estudiosos, y mi propia imaginación. El propósito de este epílogo es ayudar a usted, el lector, a clasificar qué elementos en la historia son "verdad del evangelio," cuáles son históricos, cuáles temas de debate, cuáles son posibilidades razonables, y cuáles son pura ficción.

A grandes rasgos, la historia completa depende de la armonía de los Evangelios. En otras palabras, combino elementos de cada uno de los cuatro Evangelios – Mateo, Marcos, Lucas, y Juan – en un intento de crear un todo que sea fluido y unificado. Hasta cierto punto esto se extiende a la narrativa de Hechos también. Aunque los estudiosos, incluido yo mismo estamos de acuerdo que los Evangelios fueron escritos en diferentes momentos y lugares, las opiniones difieren ampliamente en cómo se relacionan el uno con el otro. No le contaré sobre eso, sino que simplemente diré que en mi historia estoy más interesado en la narración que en las idiosincrasias del debate, y me tomé libertades incluso con mi propia posición académica al respecto. En otras palabras, al escribir la historia, muy a propósito paso del ámbito de lo estático, posiciones de debate y opiniones contradictorias (un ámbito en el que algunos están contentos de permanecer), hacia el ámbito de escribir una historia que coherentemente se pueda contar e identificar consigo misma. Consecuentemente (por ejemplo), el sueño de la mujer de Pilato (que fue contado sólo en el Evangelio de Mateo) está entretejido con la historia del llamado "Buen Malhechor" (que solo se halla en Lucas, quien se preocupa mucho por los socialmente marginados). Mi objetivo aquí es contar una historia buena y convincente para los que aman y se inquietan por el evangelio, sin purismo. Deseo añadir que mientras cada uno de los primeros seis episodios (María, Judas, Prócula, Petronio, Demas y Pedro) empiezan con un encabezamiento de uno o más de los cuatro Evangelios Canónicos (Mateo, Marcos, Lucas y Juan), mi intención no es indicar que esa historia secundaria parte exclusivamente de uno de los Evangelios o pasajes. Cada uno de estos capítulos extensos tienen información de *todos* los Evangelios. (Como empezaré a explicar, la historia de Esteban en el libro de los Hechos pertenece a una categoría individual por varias razones).

Respecto a cada episodio, la mezcla de los elementos a los que me refiero anteriormente varía.

María de Betania

Al respecto de María de Betania, para entender su historia como yo la he narrado (o entenderla por completo) es necesario entender su identidad. Esto quiere decir que necesitamos conocer cuál era su *pueblo*, su *nombre y persona*, y su *nombre familiar*, pues todo está relacionado.

Todos Mateo, Marcos y Juan llaman Betania al pueblo donde una mujer unge a Jesús la semana antes de Su Pasión. Estudios recientes sugieren que la secta judía conocida como los Esenios (comúnmente asociados con la comunidad del Qumran/Rollos del Mar Muerto) fundaron este poblado cerca de Jerusalén como un refugio para los pobres e impuros, pero no muy cerca al santuario para no violar las leyes estrictas de la pureza judía (una convicción fuertemente practicada por los Esenios). Sería por esta razón que *Betania* significa "Casa de Aflicción" o "Casa de los Pobres." A su vez habría sido un refugio para los peregrinos que se dirigían a Jerusalén provenientes del Camino de Jericó, descendiendo de Galilea por la vía del Valle del Rio Jordán (esto es, para evitar Samaria, la región entre Galilea y Judea), como hacían Jesús y Sus discípulos. Los Evangelios testifican que Jesús usaba Betania para planear Sus visitas a Jerusalén, pasando la noche ahí en lugar de en la misma Ciudad Santa. Fue desde Betania que se embarcó en Su famosa y fatal Entrada Triunfal. Solo necesiatmos detenernos y considerar por qué el Señor elegiría un lugar con ese nombre y la clase de residentes para que sean impactados una vez más por Su persona.

A su vez, el Evangelio de Juan identifica específicamente a Betania como el hogar de María, Martha, y Lázaro (Juan 11-12).

Lucas además menciona a María y a Martha como hermanas que le dieron la bienvenida en Lucas 10, quizás no sea coincidencia que justo después Jesús contara una parábola mencionando el Camino a Jericó (El Buen Samaritano). Estos testimonios colectivos a lo largo del Evangelio son prueba de que las hermanas llamadas María y Marta, junto a su hermano Lázaro, vivían en Betania, una villa cerca de Jerusalén y que Jesús frecuentaba el hogar de ellos. De hecho, parece que Jesús había adoptado Su hogar como el lugar donde pernoctaba. Al comienzo del capítulo en el que Jesús (¿por primera vez?) visita el hogar de María y Marta, dice que Él ya había dado instrucciones a Sus seguidores sobre como debían proceder en cuanto a la hospitalidad: Cuando alguien en un poblado te recibe, no vayas de casa en casa (Lucas 10:5-7). En la primera impresión podría parecer favoritismo, sin embargo, esta forma prácitca de actuar, mostraba todo lo contrario. Demuestra contentamiento y se niega a comparar la hospitalidad de un hogar con otro evitando así dividir a la comunidad. Podemos concluir que cuando Jesús venía a Betania se quedaba en casa de María, Martha y Lázaro *habitualmente*, es decir, cada vez que venía. Esta sería la razón del lazo especial que había entre ellos, desarrollado a lo largo de varios peregrinajes.

Al hablar de María es importante tomar cuenta de que hay muchas mujeres en la Biblia que llevan este nombre (hablaré de esto después con más detalle). Es vital que no confundamos a una María con otra María, o fusionemos dos mujeres porque hacen cosas similares. En el caso de María de Betania, la tradición tiene un largo y lamentable historial de haber cometido estos errores. Para empezar, María de Betania *no es* María Magdalena. Magdala era un pueblo al norte de la costa del Mar de Galilea – un poco más allá de Cafarnaúm, el pueblo adoptado de Jesús. En otras palabras, María Magdalena era *una mujer Galilea del norte*, como la mayoría de los discípulos (varones) de Jesús. María de Betania era *una mujer de Judea del sur*, a poca distancia de Jerusalén. Dos poblados diferentes, dos regiones diferentes, dos mujeres diferentes. Es más, estoy convencido de que María de Betania *no es* la "mujer pecadora" descrita al final de Lucas 7. Esa circunstancia es paralela a los eventos en Juan 12 solo en que la mujer unge los pies de Jesús mientras Él come en el hogar privado de un Simón, fariseo. (Simón también es un nombre común, como el hermano de Jesús, dos de Sus discípulos, y al menos el padre de otro también se llamaba así). El escenario, el tiempo, el motivo de la unción, la identidad del que critica a la mujer, las respuestas de Jesús a las críticas, y a la mujer misma son muy diferentes. Quienes creen que es el mismo argumentan que hay similitudes y eso no se puede evitar; para algunos es un asunto que no tiene solución. Pero mientras, estoy dispuesto a admitir que hay algunas similitudes entre los Evangelios, no creo que ésta sea una de ellas. También deseo añadir que la mujer de Lucas 7 *tampoco* es María Magdalena, y que la fábula que Magdalena era una "mujer de la calle" es completamente falsa, sin base en la Escritura, pero ese es otro asunto. ¿Quién es María de Betania? Es como se ha descrito nada más, nada menos y esa descripción es mucho más detallada de la que tenemos de varios otros en los Evangelios, incluyendo muchos de los Doce.

El último asunto es sobre la identidad de María, Marta y Lázaro. A grandes rasgos, hay dos teorías acerca de esta familia. Una es que eran de la élite adinerada – descritos como Jerusalenitas – que vivían en Betania en parte para mantener la casa pobre de los esenios allí. Esta teoría explica cómo podían ser anfitriones de Jesús y Sus discípulos, y (a través de María) conferir a Jesús un regalo tan extravagante como una libra de perfume de nardo. La otra posibilidad, que es la que tomé, es que ellos vivían en Betania porque era un refugio para los indigentes e impuros, y el regalo de María era una reliquia de familia – una excepción anómala a la situación económica de los suyos y no un reflejo de abundancia monetaria. He tomado esta opción porque en Mateo y Marcos, la unción de Jesús durante la semana de la pasión es descrita como un suceso que ocurrió mientras cenaba en casa de "Simón el Leproso." Algunos han especulado que Simón el Leproso era un hombre desconocido, y desde los eventos de Juan 12, que describen a Lázaro a la mesa con Jesús, Marta sirviendo, y María realizando su sacrificio lleno de drama, están alineados a las narraciones de Mateo y Marcos, por lo tanto, quiere decir que Simón (sin importar quién fuera) invitó a esos hermanos a comer ahí, también, y es así como la narrativa coincide. Sin embargo, dada la enseñanza de Jesús sobre no mudarse de casa en casa dentro de un mismo poblado, parecería poco probable. Lo más probable (y al menos un estudioso lo ha sugerido que es una posibilidad) es que la "Casa de Simón el Leproso" sea la casa de la *familia* de María, Marta y Lázaro. "Casa" quería decir morada, y también puede significar linaje familiar – y en este caso, es muy posible (o hasta probable) que sea ambos. Cuando consideramos que esta es la única referencia que tenemos de "Simón," y en otras partes se habla de Marta como la persona al mando ("su hogar" según Lucas 10, tomaba la iniciativa en las conversaciones, y servía la mesa), y la unimos a la información previa sobre Betania, surge un escenario casi como una historia que se cuenta a sí misma.

Un Simón, que alguna vez había tenido estatus y riqueza (de ahí el acceso de su hija al frasco de perfume), es afectado por la lepra. Como muchos saben, la "lepra" no habría sido lo que se llama lepra hoy, sino que probablemente fue algo similar a la psoriasis. Debía dejar Jerusalén, pero quedarse lo más cerca posible en la aldea de los pobres llamada Betania. En algún momento fallecen él y su esposa (si es que no había fallecido antes). Sus hijos se quedan en el mismo poblado, que se ha convertido en su hogar, pero la casa sigue siendo llamada "La Casa de Simón el Leproso." Marta es la mayor, Lázaro probablemente el hijo de en medio, y María la más joven. Un día el joven rabí galileo los visita, forman un vínculo y lo invitan a la casa. El vínculo se convierte en una amistad y cada vez que va para Jerusalén se queda con ellos. La tragedia y luego lo milagroso ocurre y conlleva a los eventos descritos en esta historia. Este escenario, a mi parecer, es una posibilidad, no molesta al texto de la Escritura, y cabe en la historia de Betania como la conocemos, explicando varios detalles de la narrativa satisfactoriamente.

Las acciones de María, la naturaleza de su sacrificio y cómo las personas en un poblado de pobres llegan a poseer algo equivalente al salario de un año, que podía caber en su palma ya ha sido descrito. La pregunta es, exactamente "¿qué era el frasco para María misma?" No lo sabemos con seguridad, pero podemos hacer conjeturas. Primero, creo que María actuó por voluntad propia, alejada de sus hermanos, y muy probablemente los sorprendió con sus acciones, al igual que a los otros presentes, cuando vertió el aceite sobre el Señor. Mi justificación para esto es que, en cada uno de los relatos, el Señor Jesús *la elogia a ella y sólo a ella*. Si hubiera sido algo proveniente de todos los hermanos, Jesús los habría elogiado a todos. Jesús es muy puntual en mencionar que el regalo era de *ella*, y que *ella* sería honrada perpetuamente por haberlo ofrecido. Esto quiere decir que, de una manera muy especial, este aceite era suyo para dar o no dar lo que quisiera. Que Betania fuera un poblado de pobres explica por qué Juan describe a Judas (o varios discípulos no nombrados en los evangelios de Mateo y Marcos) protestando por los pobres. Una persona que vive en medio de tal sufrimiento no debería ser tan extravagante. Tienen razón en lo que dicen. Debemos observar la lógica en sus palabras para que podamos ver el heroísmo en las acciones de María y contrastarlo. Esto nos lleva a preguntar ¿Por qué María, en un lugar tan pobre y estando ella en una situación precaria, hizo tal cosa? ¿Por qué no lo había cambiado por dinero para mejorar la situación familiar? Mi suposición de que el nardo es en realidad su *dote*, esta *explicación* no ha sido propuesta por ningún erudito, pero me parece la más lógico. Una dote estaría bien guardada y sería sagrada ante todo excepto una gran necesidad. Era un elemento clave para el futuro de la joven mujer, era su reliquia familiar porque daba a la familia el poder de liberarse de una persona dependiente muy costosa – no solo por un año sino por todo el tiempo.

Por lo tanto, veamos lo que está pasando aquí, especialmente a la luz del rol del hermano judío tratando de asegurar un esposo para su hermana. Imagino que Simón está muerto y que Lázaro es el único varón que les queda a María y a Marta con el cual podrían estar debidamente casadas. Lázaro muere y la ilusión de tener un matrimonio muere con él. Jesús resucita a Lázaro y con él resucita la esperanza de un futuro para las hermanas. María, en una gran muestra de fe, responde a este milagro sacrificando su dote, un tesoro que representa la misma esperanza en medio de pobreza extrema para mostrar su gratitud y devoción a Cristo. A mi parecer, la imagen de María ungiendo a Jesús en presencia de Lázaro en Juan 12 depende de nuestro entendimiento de los sucesos en Juan 11 de una manera muy específica. De manera similar, la acción de María prefigura la acción mayor de Jesús al lavar los pies de Sus discípulos en Juan 13. Ella debe ser considerada como uno de los personajes más notables en todas las Escrituras, una vez que sopesamos su acción y el reconocimiento que Jesús le da.

Haré un comentario final sobre el tiempo. Como explicaré luego, los días y los tiempos de la Semana de la Pasión son un asunto complicado, aún más si recordamos que el día judío empezaba al atardecer, esos días parciales eran contados como días completos, y los escritores bíblicos usualmente cuentan los días inclusivamente ("cuatro días después" probablemente sería lo que nosotros llamamos *tres días* después), entre otras cosas. Como hablaré de esto después, restringiré mis comentarios a la naturaleza de la cena descrita en el episodio de María.

Algunos hacen conjeturas de que como Marta está *sirviendo*, esta cena no podía ser una cena de la tarde del Sabbat (viernes por la noche). En otras palabras, podemos pensar que, puesto que el trabajo estaba prohibido en el Sabbat, y Marta estaba trabajando, por lo tanto, debió ocurrir otra noche. Esa cena, descrita como "seis días antes de la Pascua" (Juan 12:1) es usada como otro detalle para fechar los eventos de la Semana Santa. La mayoría que sigue esta línea de razonamiento piensa que debe ser la comida después del Sabbat o sea el *sábado* por la noche. Esto causa un problema porque ese mismo día se menciona como un día de viaje para el Señor lo que tampoco se permitía. Comunmente, los viajeros habrían dejado Jericó en la mañana y llegado a Betania por la noche, pues nadie dormía en el peligroso Camino de Jericó. Además, la clase de cena que se sirve parece estar de acuerdo con la formalidad asociada con la más antigua cena del Sabbat. El dilema me fue resuelto por un rabino judío ortodoxo, un amigo, al escucharme repetir la creencia sobre Martha "trabajando" en el Sabbat. "Alguien tenía que servir los alimentos," dijo con sequedad sobre su comida favorita de la semana. Es aquí donde la comprensión de los gentiles sobre las leyes judías del Sabbat falla. Después de describirle el pasaje, me aseguró que aquella descripción cabía en una cena de Sabbat, no había que cambiar el día. Es por eso que narré la cena como lo hice, y porque cabe en la línea de tiempo que describiré luego.

Judas Iscariote

Judas Iscariote es un tema aún más complicado que el de María, y más superficial a la vez. El problema empieza con su nombre "Judas" que es utilizado como una maldición. Basta con llamar a alguien "Judas" y todos sabemos lo que significa. Mientras esto es entendible y hasta inevitable (ver Juan 14:22), Judas era un nombre muy común y popular en aquella época. Es la forma helenizada (griego) de Judá (que habría sido pronunciado *Yehudah* por Jesús y Sus discípulos), un nombre que había hecho furor en el Antiguo Israel no solo por el patriarca que se llamaba así, sino por el héroe de la guerra llamado Judas Macabeo quien peleó para liberar Israel alrededor de 200 años antes de este evento. Marcos 6:3 menciona que Jesús tenía un hermano llamado Judas, que probablemente es el autor de la epístola del Nuevo Testamento llamada Judas; porque en el griego, en el primer versículo ("Ioudas") es idéntico al de nuestro villano. También hubo otros dos discípulos entre los Doce llamados Judas, *Judas Hijo de Santiago* (Lucas 6:13 – casi seguro que eran los "otros Judas" a los que se refería Pedro), y *Judas Tomás*, a quien conocemos sencillamente como Tomás. También está *Judas llamado Barsabás*, un profeta reconocido entre los discípulos de la iglesia primitiva (Hechos 15:22, 32). En otras palabras, el nombre Judas nos puede parecer siniestro y raro, pero las Escrituras nos advierten que Judas bien podría ser en muchos aspectos un hombre típico con un nombre común y muy querido.

Más preocupante es "Iscariote." Las teorías abundan sobre su verdadero significado, e incluyen "rojo" (posiblemente era el color de sus cabellos, la sangre que derramó cuando se murió o ambas cosas), "mentiroso," "asesino," "ahorcado" (referencia a su muerte), "de Sicarii," y diferentes opciones con la palabra "hombre de," incluyendo "hombre de Kerioth," y "hombre de pueblo/pueblos." La difícil realidad es que no podemos saber con certeza lo que significa, y es algo que debemos admitir. Pero al considerar las tres últimas opciones en mi lista, las posibilidades más reales y las más merecedoras de discusión para hablar, las abordaré.

La idea que *Iscariote* pueda significar *de Sicarii* es la más popular y generalizada. Los "Sicarii" (literalmente significa "hombres de dagas") eran más o menos terroristas judíos que buscaban perturbar a Roma a través de tácticas asesinas de golpe y fuga. Ellos sabían que no podían ganar un conflicto abierto, así que realizaban ataques que aterrorizaban y sembraban inseguridad. La similitud fonética entre *Sicarii* e *Iscariote* han hecho que muchos piensen así de Judas, y que interpreten su traición como una táctica revolucionaria. En otras palabras, a pesar de lo errado que podía estar, Judas estaba malinterpretando las palabras mesiánicas de Jesús y apropiándose de ellas, aunque erróneamente, para sus propósitos nacionalistas. Tengo dos problemas con esta idea. Primero, los Sicarii no existían en esta época de la historia; ellos surgieron después, durante las décadas posteriores del primer siglo. Segundo, la Biblia dice que Judas traicionó a Jesús por dinero, no por el bien de la nación. Sin embargo, el concepto de Judas como un "revolucionario" se ha asentado en la mentalidad colectiva de las personas (acrecentado por los libros y películas) sin sólida justificación para ello.

La opción de llamarlo "hombre de" en mi libro tiene más peso. Con esta teoría, la primera sílaba en *Iscariote* refleja una traducción griega transliterada de la palabra hebrea/aramea "ish" que significa *hombre*. El resto de su nombre se refería a un pequeño poblado en Judea al sur de Jerusalén (Kerioth), o se refiere a "pueblos/ciudades" – potencialmente "la Ciudad," refiriéndose a la misma Jerusalén. No seré dogmático en esto, puesto que no tengo la justificación sólida, pero me inclino hacia la idea que Judas era de Judea, sea de Kerioth o de "pueblos," tal vez Jerusalén misma. Esto podría explicar en parte por qué se sentía confiado de acercarse a los sacerdotes, aunque es difícil estar muy seguro. En todo caso, esa es la identidad que le he dado y el porqué.

El resto de la historia de Judas refleja mi desprecio temeroso, no solo por él (su historia en verdad es una tragedia) pero por toda la atención hacia él como si fuera un enigma digno de aprecio. La gente ha discutido personalmente conmigo acerca de todo, desde las buenas intenciones de Judas, hasta su incapacidad para hacer algo más de lo que hizo (y por lo tanto debe ser visto solamente con simpatía), hasta su santidad (¡!). Veo eso como un error y como algo que no se alinea con la Escritura, que inexplicablemente muchos no quieren creer porque les parece ambiguo en ese sentido (referencias Mateo 10:4, 26:14-16, 26:21-25, y 27:3-5;Marcos 3:19, 14:10-11, y 14:18-21; Lucas 6:16, 22:3-6, y 22: 21-22; Juan 6:70-71, 13:2,y 13:21-30; y Hechos 1:16-19). La dura realidad es que Jesús escogió a Judas. Judas fue bueno e hizo cosas buenas al igual que los otros apóstoles, alcanzó una posición de responsabilidad y confianza entre los discípulos y Judas se volvió malo por por razones sencillas, directas y desagradables – al igual que muchos otros personajes bíblicos lo hicieron. Judas es una advertencia para todos, la advertencia de que podemos estar con Jesús y ser usados por Él (en el buen sentido de la palabra), y *aun así* alejarnos y endurecernos por la avaricia común y corriente. Satanás, de quien se dice que en realidad habita en Judas, siendo el único caso en las Escrituras así descrito, no necesita buscar otro tipo de armas, ni siquiera para su batalla con los más cercanos a Dios, las viejas tácticas simplemente siguen funcionando. La historia, como muchas otras, es un descenso a la oscuridad, así es como suceden las cosas. Enfatizo, el texto nos dice más de lo que nos hemos dado cuenta. El detonante parece ser la unción de Jesús en Betania. Judas sabe que los sacerdotes quieren a Jesús o no habría ido hacia ellos. Él esperaba ganar dinero por su papel y lo hizo. Luego, avanza con su traición.

La única aparente excepción en esta historia de Judas parece ser su arrepentimiento y suicidio que no aparece en mi narración de Judas, pero que se menciona después, en Mateo 27:3-5. Las personas leen el pasaje y hacen preguntas: ¿Acaso Judas no pensó en las consecuencias que tendrían sus actos? ¿Por qué cambió de parecer? ¿Devolvió el dinero; no debió ser tan malo entonces? Mi posición en orden invertido es como sigue. Primero, solo porque estaba abrumado con remordimiento no significa que no era condenablemente malvado. Muchas personas malas sufren gran remordimiento. El apóstol Pablo, en 2 Corintios 7:10, llama a esto "la tristeza del mundo." Segundo, en realidad no cambió de parecer tanto como el fruto de su pecado se manifestó; ¡por supuesto la gente se siente mal al ocurrir eso! Tercero, es posible que Judas estuviera cegado a la verdadera consecuencia de sus acciones – no solo porque era prisionero del pecado, sino por cómo se negoció la traición. Treinta piezas de plata es el precio de un esclavo (Éxodo 21:32). Al ofrecer ese precio, los sacerdotes estaban previniendo los miedos que ellos pensaron que Judas podía tener – por lo que sabemos, aunque la Escritura no incluye las negociaciones específicas que hicieron. El punto es que al pagar ese precio era como que estuvieran diciendo: "Le haremos un juicio a Jesús y lo venderemos como esclavo." Esa era una forma de castigo en aquellos días. Creer esta mentira habría hecho más fácil que Judas siguiera con su tarea. Sin embargo, cuando vio que condenaron a Jesús a muerte, trató de renegociar, pero ya era demasiado tarde. Así que hay otra lección aquí. Si juegas cartas con el diablo, no te sorprendas cuando él saca un as oscuro de la manga.

Prócula

"Prócula" (también llamada "Procla") es el nombre que las fuentes tradicionales dan a la esposa de Poncio Pilato. En el Evangelio de Mateo no dan nombre y es el único libro que la menciona. A pesar de ser honrada como santa en las tradiciones ortodoxas del Este y de Etiopía, sabemos muy poco sobre ella. Una legenda apócrifa alega que tenía un hijo cojo a quien Jesús sanó, pero esa historia no existió hasta siglos después y claramente es de invención piadosa. Por darle color a la narrativa, decidí tomar prestada parte de esta fábula, en particular la historia del hijo de Pilato, porque es muy posible que un hijo haya existido. Lo que sí sabemos por el Evangelio es que era una mujer romana de cuna noble que acompañó a su esposo no solo a Judea sino a Jerusalén durante la Pascua. Podemos deducir que tenía la clase de relación con su esposo que le daba la libertad de hablar con franqueza sobre lo que pensaba, y que él le daba algo de importancia a su consejo. Esta caracterización va de acuerdo con lo que sabemos de las mujeres romanas de estatus, así como del breve testimonio que dio Mateo.

Quizás tiene más peso en este capítulo, la inclusión de Sejano y su familia. Hay múltiples historias que dan testimonio del ascenso y violento fin de esta poderosa familia romana; su espectacular éxito político seguido por su pérdida súbita y fatal del favor del imperio, es una de las historias más conocidas del antiguo mundo romano; una vez fue un posible sucesor del trono imperial, pero en cuestión de horas Sejano fue depuesto y ejecutado, y los miembros de su familia condenados a morir con él. La conexión entre ellos y Pilato (a través de él, su esposa) es relatada por el historiador judío Filón de Alejandría que atribuye el nombramiento de Pilato como prefecto de Judea debido a su amistad con Sejano. Por consiguiente, a pesar de que mi imaginación es la fuente para la idea de la relación entre Prócula y la esposa e hijos de Sejano (cuyos nombres menciono con precisión en mi historia), la conexión de Pilato con Sejano cambia la idea de mera fantasía a una conjetura plausible. Tomando todas estas cosas en cuenta, se debe entender que mientras la ternura de Prócula por Junila es ficción, el relato de horror de las súplicas finales de Junila seguidas por su brutal violación y muerte es trágicamente narrada en archivos históricos. Y para que se comprenda que la inclusión de su historia no es injustificada, debo contar que los historiadores romanos explican que Junila fue violada antes de ser asesinada porque la ley romana no tenía ninguna disposición para la ejecución de una virgen. Lo que sucedió ilustra mejor que cualquier ficción el terrible precio a pagar por una ambición pecaminosa.

Dada la narración de Filón, el tema relacionado con la caída de Sejano en correlación con Pilato es asunto de debate de estudiosos. En resumidas cuentas, la forma en que leemos los Evangelios en este respecto se reduce a las fechas. La mayoría concuerda por razones que tienen que ver con el calendario antiguo, que Jesús probablemente fue crucificado durante la Pascua del 30 d.C. o 33 d.C. (la verdad es que ni podemos estar *absolutamente* seguros de estas fechas por una variedad de razones que tienen que ver con establecer eventos en el calendario antiguo). Puesto que Sejano y su familia fueron depuestos y ejecutados a finales del 31 d.C., la fecha que hemos elegido tiene directa incidencia en cómo interpretamos las acciones de Pilato cuando los sacerdotes le llevaron a Jesús. Obviamente, si el juicio de Jesús fue en el 33 d.C., la ejecución de su mentor y patrón habría sido una historia relativamente reciente y Pilato habría estado comprensiblemente nervioso acerca de su nombramiento. Los sacerdotes hubieran sabido esto y lo usarían como una ventaja para ellos. Es por esta razón que muchos estudiosos que piensan que 33 a.C. es la fecha apropiada para la pasión de Cristo, por los pasajes que tratan del juicio de Pilato. Por otro lado, si Jesús hubiera sido juzgado y ejecutado en el año 30 a.C. (o antes), la caída de Sejano no habría ocurrido aún, sino que él estaría en la cima de su poder. Sin embargo, por una variedad de razones que tienen que ver con los hechos en los Evangelios y completamente independiente del asunto de Sejano, creo que la fecha de 30 a.C. para la muerte de Cristo es la mejor. Otras fuentes antiguas dicen que aparte de la caída de Sejano (si ocurrió o no en ese punto), Pilato tenía toda la razón para temer contrariar al imperio. Por lo menos una o tal vez dos veces, ya había sido reprendido por causar problemas políticos por su insensibilidad con la fe y práctica de los judíos. En otras palabras, Pilato había juzgado mal en su gobierno en Judea y otro error sería un desastre para su carrera.

Al final, no hay manera de saber lo que soñó la mujer de Pilato, aunque las personas se lo han imaginado por generaciones. Por mi parte, he usado la pesadilla como una premonición profética combinando la muerte de Cristo, la sangrienta caída de Sejano, simbolizada en la muerte de Junila que la historia nos cuenta fue un resultado de ello, y al final el suicidio de Pilato. Las fuentes para estas ideas fueron los testimonios en los Evangelios, la historia antigua, y la tradición de la iglesia primitiva, en ese orden.

Petronio

"Petronio" es el nombre que el libro no-canónico de Pedro da al centurión que lideró la ejecución y el entierro de Jesús. Si bien puede haber sido el nombre del hombre, mi elección no pretende ser una expresión de fe en ese libro apócrifo. A diferencia de la esposa de Pilato, el centurión se menciona en todos los Evangelios Sinópticos (Mateo, Marcos y Lucas – no en Juan), pero al igual que ella, no le dan nombre. "Petronio" es posible y es un buen nombre entre otros para esta historia.

El aspecto más significativo de este capítulo es armar el escenario para el juicio y flagelación de Jesús. Al narrarlo me he puesto de acuerdo con los eruditos que el encuentro inicial entre Pilato y los sacerdotes que arrestaron a Jesús fue en el Palacio de Herodes el Grande (para no confundirlo con Herodes Antipas, su hijo, que también es un personaje de la narrativa bíblica). El Palacio de Herodes, en vez de la Fortaleza de Antonia que es adyacente al Templo, era muy probablemente la residencia de Pilato (y la ubicación de la Guardia Pretoriana) mientras estaba en Jerusalén para la Pascua. Puesto que esta residencia estaba ubicada en la parte de los ricos de la antigua Jerusalén, un guardia como Petronio, que formaba parte del ejército en la Torre de Antonia, habría tenido que marchar hacia allá para ser testigo y participar de los eventos. Aunque no podemos estar seguros, es completamente posible que fueran las tropas regulares y más familiarizadas con Jerusalén, en vez de la élite Pretoriana que iba y venía con Pilato para aumentar la seguridad durante las festividades, las que ejecutaron a Jesús.

Además, he tomado mucha información del Evangelio de Juan en mi narración de la historia en lo que respecta al lugar, diálogo, y el orden de los eventos. La narrativa de Juan, a mi vista, encaja bien con la idea de que las fases iniciales del tribunal fueron en la residencia palaciega de Pilato e incluye algunas audiencias privadas entre Pilato y Jesús mientras los sacerdotes esperaban afuera. Juan también especifica que Pilato azotó a Jesús en algún punto medio de los hechos (tal vez antes de ofrecer soltarlo a Él o a Barrabás) como último recurso para intentar liberarlo. Esto contrasta con los Evangelios Sinópticos que dan la impresión de que Pilato había azotado a Jesús sólo cuando las cosas parecían no tener retorno. Lucas 22:16-22 nos dice que Pilato quiso ofrecer la opción del flagelo para llegar a un acuerdo con ellos, pero no dio resultado. De la manera en que yo leo a Juan, Pilato intentaba calmar a los líderes judíos castigando a Jesús severamente y esperaba así no tener que ejecutarlo. Pilato buscaba una manera para ganar el conflicto sin arriesgar nada. La historia refleja mi convicción sobre este punto de la narración. Sólo cuando falló su plan fue que el juicio se trasladó a Gabatá (griego *Lithostrotos*, que significa Pavimento), el lugar de la condenación pública, donde las multitudes se involucraron,

Pilato se lavó las manos, y la sentencia final fue pronunciada. Sé que esta narración no satisface a todos, pero cuando se toma información de varios Evangelios en el intento de hablar con una sola voz, la historia tiene que ser contada de una forma u otra, y mejores narradores que yo han sido criticados por menos. Es importante recordar que los Evangelios siendo fuentes históricas invalorables, fueron escritas como documentos de fe y que sus escritores no estaban interesados en darnos todos los detalles que quisiéramos conocer.

Acerca de los detalles específicos, la confesión del centurión se halla en todos los Evangelios Sinópticos, pero con más especificidad en Marcos. Mi creatividad novelesca supone que Petronio se excusa de la crucifixión y aparece después para hacer su famosa declaración. Si bien es ciertamente posible, dadas las circunstancias, que varios oficiales estuvieran presentes para mayor seguridad, no hay razón específica para tal afirmación en la Biblia. Aunque el resto de la historia es ficción y conjeturas sobre asuntos personales que no son conocidos, deliberadamente le di a Petronio angustia sobre su trabajo en Judea como una ironía histórica: Cuarenta años después, la Legión de Judea era suficientemente poderosa para imponer su voluntad sobre el resto del imperio romano en la forma de un nuevo gobernante y dinastía, el Emperador Vespasiano de la línea de Flavio. Como siempre las ambiciones egoístas nos ciegan a las verdades grandes.

Demas

"Demas" es el nombre ficticio que le di al personaje bíblico conocido como el "Bueno" o "El ladrón arrepentido." Este nombre se apega a la tradición sagrada del siglo IV que le dio el nombre de Demas, que es casi seguramente un invento (y por su etimología asociada con la oscuridad de ese día). No sólo hay variaciones sobre este nombre (podía ser "Demas," y también "Dysmas" y "Dimas," la última variación siendo la más conocida en el contexto de cultura hispana) pero hay otros nombres usados para él en varias tradiciones religiosas que no tienen relación a este nombre o el uno al otro. Ninguno de estos encaja para la clase de judío del primer siglo que yo describo y la simple verdad es que no se conoce su nombre. Al final, usé la variante "Demas" como un saludo a la tradición y a los nombres helenistas que se hallan en el Nuevo Testamento (Colosenses 4:14, Filemón 24, 2 Timoteo 4:10), pero no es mencionado de ninguna manera para identificar esa personalidad asociada con el ministerio del Apóstol Pablo.

El principal problema alrededor de este personaje no es su nombre sino su verdadera identidad, sus conocidos, y el crimen por el que fue crucificado. Es claro que por el vocabulario usado para describirlo a él y a los otros (el término griego *lestes*, plural *lestai)* que éste no era ladrón común sino más bien un revolucionario que era bandolero por razones religiosas. Hoy en día los llamaríamos terroristas domésticos, pero ellos se llamaban "zelotes." Mateo y Marcos usan el término *lestes/lestai* para identificar aquellos condenados con Jesús. Juan usa *lestes* para describir a Barrabás. Una vez que interpretemos el término en este contexto, la narrativa se explica sola: Los revolucionarios aprovecharon la Pascua ese año para tratar de complicar las cosas (los festivales religiosos eran sus favoritos), y personas murieron en el proceso (Lucas 23:18-19). La revolución fracasa y los tres son capturados, incluyendo a su líder, un hombre llamado Jesús Barrabás. Para entender el significado de su nombre y entonces la dinámica en el juicio ante el trono de Pilato, hay que encontrar una versión que fielmente traduce Mateo 27:16-17, con sus variantes textuales (en este caso la Traducción en Lenguaje Actual): *"En ese tiempo estaba encarcelado un bandido muy famoso, que se llama Jesús Barrabás. Pilato le preguntó a la gente que estaba allí: '¿A quién quieren ustedes que ponga en libertad: a Jesús Barrabás, o a Jesús, a quien llaman el Mesías?'"* Así que, durante el juicio de Jesús de Nazaret, Pilato ofrece soltar a un prisionero, y ante el pedido de los sacerdotes, el pueblo elige al *revolucionario* Jesús (Barrabás), no al *pacífico* Jesús (de Nazaret). Los esfuerzos de Pilato fracasan y Jesús de Nazaret toma el lugar de Barrabás como la figura central a ser crucificada ese día, junto a otros dos revolucionarios a Su lado.

El diálogo entre Jesús y los otros dos hombres es un tema de debate por buenos motivos. En relación con lo que dicen Mateo y Marcos, ellos describen a ambos revolucionarios como hacen a los soldados, sacerdotes, y transeúntes, que le lanzan insultos (Juan no los repite). Dada la identidad de estos hombres como se explicó anteriormente, las razones para este abuso son claras y específicas. Los revolucionarios judíos eran fieros con sus ideologías – sus convicciones eran tan fuertes como las que tenían los sacerdotes. Mientras que los sacerdotes odiaban a Jesús por ser radical, la burla de los zelotes sería porque no había sido lo *suficientemente* radical, implicando que no usaba el ser el Mesías para ganar favor político o militar. En otras palabras, los hombres crucificados no eran "malos" ordinarios que escupían veneno a la persona más cercana (pero podemos concluir que se resume a eso, así como sucedió con los líderes religiosos). Ellos mostraban su desdén en trampas religiosas específicas, las mismas que los llevaron a tomar las armas. Parece ser un hecho histórico que los zelotes sí veían a Finees, nieto de Aarón (ver Números 25:7 etc.) como un "santo patrono" e imitaban su fervor.

Con este trasfondo tenemos la narración de Lucas, que es la variante. Su Evangelio se distingue de los otros dos no solo por tener a uno que defiende a Jesús contra los asaltos verbales del otro sino también por expresar fe hacia Jesús y Sus palabras mesiánicas. El marco de la historia de Lucas nos da uno de los momentos más conmovedores de paciencia, fe y redención en las Escrituras.

Por razones específicas, decidí unificar estos relatos y hacer que "Demas" encaje en las narraciones de *ambos* Mateo y Marcos, *y* Lucas. Usualmente, los estudiosos rechazan esta clase de unión, pero baso mi historia en la identificación propia de los criminales como revolucionarios, en la asombrosa confesión de fe que un hombre puede hacer en la peor de las circunstancias (especialmente a la luz de cambios de paradigma igualmente improbables por parte de la esposa de Pilato y el centurión), y la inevitabilidad del problema para hacer una narración unificada. Esto resulta en una historia que empieza con un hombre hablando de revolución, para que luego observando a Jesús en Sus horas finales, llegue con dramatismo a la fe.

Simón Pedro

Ahora nos enfocamos en Simón Pedro. En comparación a las previas personalidades, Pedro representa un cambio en términos de caracterización, pasando desde pequeñas partes en un drama a un papel estelar. En un sentido, hay menos que hacer en relación a Pedro. Es completamente normal pensar que los Evangelios nos dicen todo lo que debemos saber, pero hay mucho más de lo que nos hemos dado cuenta. Y esta abundancia requiere de un manejo más cuidadoso, especialmente cuando llegamos a las narraciones de la resurrección y la complicada secuencia de eventos que siguen. Entre líneas en los Evangelios surge un complejo y fascinante personaje que conocemos como Simón Pedro.

Para empezar, mi narrativa tiene una interpretación literal de Mateo 12:40 – que cuando Jesús dijo que estaría tres días y tres noches en la tumba, lo quiso decir literalmente y no idiomáticamente. No soy el único con esta convicción. El calendario tradicional para la Semana Santa se basa en la idea que Jesús y los criminales fueron crucificados apresuradamente antes del atardecer porque llegaba el Sabbat (Juan 19:31), y puesto que el Domingo de Resurrección era el día después del Sabbat (Marcos 16:1; Lucas 24:1), Jesús debió ser crucificado el viernes. En otras palabras, la descripción de eventos en estos pasajes parece estar de acuerdo con la predicción de Jesús que Él estaría tres noches y (parte) de tres días en la tumba. Pero se puede argumentar que Juan 19:31 sugiere otra cosa, que los Sabbat pueden agruparse para que un día especial y sagrado (en este caso La Pascua) fuera inmediatamente seguido por un típico día del Sabbat (es decir, un "doble Sabbat"). Esto significa que Jesús fue bajado apresuradamente antes del Sabbat y las mujeres que fueron a la tumba lo hicieron en la primera oportunidad que tuvieron *después* del Sabbat, lo cual no quiere decir que fuera el *mismo día* del Sabbat. En ese escenario, Jesús habría sido crucificado en lo que llamamos jueves, enterrado y Su cuerpo habría pasado las noches del jueves, viernes y sábado en una tumba, aunque se cuentan como las primeras horas del viernes, sábado y domingo puesto que el día judío empieza al atardecer, cumpliendo literalmente lo que dice en Mateo.

Como apoyo adicional del argumento, podemos considerar el dilema de Jesús *celebrando* la Pascua (Mateo 26:18-19; Marcos 14:14-16: Lucas 22:11-15), pero también que se *convirtiera* en la Pascua como insinúa Juan 19:31, y que Él sea crucificado en el "Día de Preparación" para la Pascua. En otras palabras, ¿cómo podría Jesús celebrar la Pascua con Sus discípulos *antes* del Día de Preparación para la misma Pascua? La respuesta se encuentra en la influencia de los separatistas Esenios, quienes seguían un calendario religioso estricto y siempre celebraban la Pascua un *miércoles*. Si sugerimos que Jesús celebró la Pascua de acuerdo con el calendario Esenio, lo cual no es una idea extremista considerando que Juan el Bautista fue influenciado por los Esenios, este criterio resuelve inmediatamente y el argumento anterior de que Jesús fue crucificado el 14 del Nisán y resucitó el 17, es fortalecido.

Muchas discusiones sobre esto han existido, pero tengo mis propias razones teológicas para creer que es así, especialmente por los escritos de Juan, respecto a la importancia del cifrado del 17 en su teología simbólica. Me refiero particularmente a la milagrosa captura de 153 peces, que (¿coincidentemente?) es la suma de cada entero que incluye 17. Incluso, si éste no fuera el caso, yo concluiría que es la manera correcta de leer los textos del Evangelio y de contar los días entre la cruz y la resurrección. No estoy aboliendo el Viernes Santo como un feriado sagrado, sino más bien dando una mejor comprensión sobre el texto bíblico y su referencia a los eventos en la Semana Santa.

En cuanto al Domingo de Resurrección, las diferencias halladas en los Evangelios acerca de lo que pasó aquella mañana han sido discutidas desde los tiempos antiguos. Al final, la iglesia primitiva determinó que la variedad de testimonios *fortaleció* su testimonio, así como los diferentes relatos de varios testigos a un evento mayor en tiempos modernos, les parecen más creíbles a los oficiales de la ley que los testimonios perfectamente sincronizados y ensayados. Los Evangelios son *todos verdaderos*, y *además* cuentan los eventos desde perspectivas particulares y variadas. Y son muy firmes cuando comunican los miedos y la revelación que los discípulos experimentaron cuando la realidad de la resurrección llegó a ellos. Sin embargo, al crear una narración, mi desafío fue el de estar apegado a lo que está escrito sin homogeneizar la naturaleza dinámica de los testimonios en los Evangelios. En realidad, la única manera de hacerlo era describirlo de una manera general en unos casos y optar por la mejor alternativa en otros. Al respecto de cómo fue para los discípulos resistir la muerte de Jesús y los tres terribles días que siguieron, mi táctica fue similar a la que usé en los personajes anteriores: Comunicar lo más viable sin crear una nueva doctrina nacida de una narración ficticia.

Por otro lado, detalles como la aparición personal del Jesús resucitado a Pedro, escrita en Lucas 24:34 y 1 Corintios 15:5, necesitan un manejo especial y cuidadoso. El Apóstol Pablo escribe sobre esta aparición cuando está enseñando a sus convertidos en Corintios y forma parte de la tradición esencial de la iglesia primitiva sobre la resurrección – una letanía memorizada de pruebas que han sido repetidas y pasadas oralmente para que estos eventos cruciales sean recordados y las preguntas respondidas. Pero esta aparición en realidad no se narra en ninguna parte, siendo tan importante como obviamente lo fue; esta ausencia de narrativa dio como resultado un "apagón" sobre este evento sorprendente. Nunca he escuchado una lección o sermón sobre la aparición del Señor a Pedro, pero si lo pensáramos un poco de seguro nos llevaría a ver las implicaciones de la misericordia de Cristo y la restauración de Pedro al liderazgo de los Once después de sus fracasos justo antes de la muerte del Señor. Hablar sobre esto es como pisar tierra sagrada. He elegido mostrar lo más real que pude: En su temor, Pedro estaba encerrado con los otros, pero la aparición fue privada. Ocurrió después de que Jesús se le había aparecido a María Magdalena, pero antes de que regresaran los discípulos de Emaús el Domingo de Pascua. ¿Qué le dijo el Señor a Pedro? No lo sabemos y es mejor dejar las cosas así, pero en defensa de mi narración: Aparentemente todas las apariciones iniciales fueron cortas y ocurrieron para abrir la mente de los discípulos a la verdad que el Señor estaba vivo. Solo después de habérseles presentado a varios de ellos fue que Jesús se apareció en grupos de ellos para discusiones más largas. Las maneras del Señor pueden parecer misteriosas, pero con solo pensar un poco podemos concluir que la sabiduría divina estaba en obra. La resurrección era algo que debía asentarse en ellos poco a poco antes que el Señor resucitado pudiera enseñar a los discípulos algunas de las lecciones más importantes que debía aprender previa Su ascensión.

Como comentario adicional, tengo la convicción que el Cleofás de Lucas 24:18 es la misma persona que el Cleofás de Juan 19:25. Hay una diferencia en el texto griego en la manera de escribirlo, pero era una de las variaciones comunes de aquellos días (ver Hechos 15:14 para una variación de la escritura del nombre de Simón Pedro). El efecto dominó de hacer esta conexión es que la esposa del hombre también es identificada en el mismo versículo de Juan: "la hermana de Su madre, María la esposa de Cleofás." De ahí podemos concluir dos cosas: Primero, a diferencia de lo que se muestra en obras de arte religiosas el otro discípulo en el camino de Emaús no era otro hombre caminando con Cleofás sino una *mujer* – María su esposa. No hay nada en el texto de Lucas que nos prohíbe esta interpretación. Al contario, de acuerdo con el énfasis de Lucas en las mujeres, identificar a una mujer como "discípula" encaja perfectamente con el Evangelio. Segundo, quiere decir que los dos en el Camino a Emaús no eran dos discípulos cualesquiera sino *el tío y la tía* de Jesús. La pregunta sería si María, la esposa de Cleofás, era la hermana de sangre de la madre de Jesús (hermanas con el mismo nombre no sería algo raro en aquellos días. María era un nombre muy popular, así como lo es en América Latina, y los apodos para diferenciar personas eran comunes), o si era su *cuñada,* lo que significa que esta María era la hermana de José, o Cleofás era hermano de José o María, la madre de Jesús. Para esta historia no hay especificaciones. Lo importante es que las primeras apariciones de Jesús resucitado fueron para los discípulos y la familia (incluyendo a Su hermano Santiago, ver 1 Corintios 15:5-6).

Siguiendo con los tremendos eventos del Domingo de Resurrección, una posible y probable secuencia no es exageradamente difícil si tomamos los Evangelios seriamente y nos concentramos en la tarea. Los discípulos se quedaron al menos una semana más en Jerusalén porque el libro de Juan, capítulo 20 nos lo dice, una semana que terminó con la aparición de Cristo a Tomás. Puesto que la ascensión ocurrió en Betania, a las afueras de Jerusalén 40 días después de la resurrección (Lucas 24:50; Hechos 1:3), esto demuestra que hay como un mes aproximadamente entre la aparición a Tomás y la partida del Señor. Durante este tiempo los discípulos tuvieron que viajar a Galilea, una acción que fue ordenada (Mateo 28:10; Marco 16:7) y evidenciada como un hecho (Mateo 28:16; Juan 21), y regresaron una vez más a Judea. Esto significa que estuvieron cerca dos semanas en Galilea antes de dirigirse nuevamente a Jerusalén, asumiendo que su tiempo de viaje fue alrededor de una semana para caminar entre esos dos lugares. Estimar esta secuencia y tiempo es relativamente fácil; determinar lo que ocurrió en ese tiempo es más difícil.

Como he mencionado antes, los detalles que tenemos sobre el tiempo en Galilea se dan en Mateo y Juan. Mi propósito fue enfocarme en Pedro y permanecer fiel a lo que se dice y no aprovecharme de lo que no se dice. Incluir a la esposa de Pedro (Mateo 8:14; 1 Corintios 9:5) era necesario, aunque no sabemos nada sobre ella. El nombre "Mara" es ficticio, pero era uno de los nombres más comunes dados a las hijas en aquellos días. Aunque Pedro era originalmente de Betsaida hacia el este, la recopilación del Evangelio (Mateo 8:5) así como la tradición cuando hace referencia a un lugar en Cafarnaúm indica que acamparon allí. No podemos conocer con precisión las circunstancias bajo las cuales los discípulos permanecieron juntos (hospedaje, confraternidad, etc.) durante este tiempo, pero no es necesario. Me enfoco en los eventos que nos llevan a aquellos descritos en Juan 21. Siete discípulos estaban presentes: cinco nombrados y dos sin nombrar. Si bien no sabemos con certeza la identidad de los no nombrados, por el propósito de la historia es fácil asumir que los dos cuyos nombres no constan también son discípulos de Cafarnaúm: Andrés y Mateo. Que Mateo fuera un recolector de impuestos y no un pescador no es muy diferente del hecho de que Tomás y Natanael también fueron a pescar, como lo menciona Juan.

El verdadero problema, por supuesto, es el dilema espiritual de la fe desigual. Las personas que hacen preguntas sobre la Escrituras en un esfuerzo de provocar dilema en vez de hallar respuestas miran las apariciones de la resurrección, leen sobre las dudas descritas en Mateo 28:17 y (por relación) Juan 21:3, y dicen que la Biblia es inconsistente y hasta contradictoria: ¿Cómo podrían las personas que realmente habían visto a Cristo vivo, lo habían tocado, comido con Él, y hasta puesto los dedos en Sus heridas alguna vez volver a dudar? ¿Qué mente moderna creerían una narración tan esforzada? Pero los cristianos sinceros que conocen muy bien la naturaleza de la fe divina morando en los corazones mortales entenderán estos pasajes sin problema. Los altibajos de la fe de los discípulos no son solo parte de la historia sagrada, sino de la historia humana. Algo le sucedió a Pedro entre el tiempo de las apariciones en Jerusalén y aquel momento en Galilea en el que fue a buscar las redes que había dicho que nunca volvería a tomar. No estoy de acuerdo con el comentario de algunas personas que en el texto de Juan 21 simplemente se relacionaba al evento natural de los hombres tratando de hallar un medio para vivir; es demasiado simple sacar una conclusión tan mundana. Además, es probable que cuando Jesús le preguntara a Pedro si lo amaba "más que a estos" se estuviera refiriendo a los peces que acababan de atrapar, no a sus compañeros discípulos o el amor de ellos hacia Dios. Me propuse tratar de explicar lo ocurrido, aún como una forma de confesar que en algún momento he tenido mis propias dudas. Este es mi buen intento en la fe para contarlo de una manera razonable, fiel a la narrativa bíblica, a la naturaleza humana, y a una buena narración.

Se debe escribir acerca de la triple pregunta que Jesús le hace a Simón Pedro, así como sobre la reacción y las respuestas de Pedro. Juan 21 es campo sagrado, uno de los pasajes más memorables en toda la Escritura. En mi corazón lo trato con la mayor sinceridad y diligencia que puedo, pero seguro habrá algunos que no lo apreciarán. Así que les ofrezco una justificación (que bordea en una explicación exegética) si no una disculpa por cómo he visto y narrado la historia.

Muchos han debatido el capítulo entero, en particular esta conversación. Para simplificar el asunto con aquellos que no están muy familiarizados, Jesús y Pedro hablan de "amor," y Jesús repite Su pregunta tres veces. En un escenario de debate tenemos a aquellos que claman que la diferencia entre el uso que Jesús le da al verbo griego *agapao* en sus primeras dos preguntas (la forma verbal de la más conocida palabra *agape*) y la elección de Pedro de responder con *phileo* (que Jesús usa en su pregunta final) es simplemente cuestión de estilo, es de poca base hacer una distinción significativa entre palabras que aparecen en otra parte del Nuevo Testamento, incluso en el Evangelio de Juan, se usan como sinónimos, y que esta conversión habría ocurrido finalmente en arameo. Este punto de vista concluye que la angustia que Pedro sufre en Juan 21:17 ocurre únicamente cuando Jesús resalta las tres negaciones a través de sus tres preguntas, y que cualquier pensamiento de Jesús "bajándose al nivel de Pedro" es un mito piadoso de aquellos que aprendieron suficiente griego para ser un peligro a sus oyentes. La mayoría, pero no todos los estudiosos toman este punto de vista. El otro extremo en cambio se centra en las palabras exactas, que se pierden sutilmente en la traducción (en español se reflejan en el uso de los verbos "amar" para *agapao*, y "querer" para *phileo*), y que son la clave para entender la angustia de Pedro (y su restauración); una minoría de académicos ha visto el pasaje de esta manera.

Mi posición es la siguiente. Primero, encuentro que afirmar que la diferencia en las palabras se da porque la conversación pudo ocurrir en arameo es algo insubstancial. Sugerir que el escritor del Evangelio fue incapaz de traducir ingeniosamente las sutilezas de la conversación original en arameo al griego, o que simplemente se inventó la conversación completa, a mi parecer, es hacerle una injusticia a él y a las Escrituras. Claro que Jesús y Pedro hablaban en arameo, pero el Evangelio fue escrito en griego y lo debemos respetar como fiel a la traducción, sintiendo la libertad y la responsabilidad de extraer las verdades de sus matices lingüísticos. Segundo, si bien es cierto que los sustantivos/verbos *ágape/agapao* y *philia/phileo* pueden ser usados en maneras que han sido artificialmente oscurecidas (Juan 12:43 y Apocalipsis 3:19), y en otros contextos son usadas como sinónimos, en la estructura cuidadosa de este pasaje en particular pareciera que este no puede ser el caso. El contraste claro en la conversación, con el giro que viene al final es claramente intencional. Estoy convencido que debemos dar al escritor mérito porque su intencionalidad en la forma de escribir este pasaje, aún arriesgándose a generar un debate sobre lo que verdaderamente quiso decir. Tercero, insistir en que la angustia de Pedro puede atribuirse únicamente al cambio en el lenguaje de Jesús o al hecho que le preguntó una tercera vez si lo amaba puede ser una opción falsa (o sea, que tiene que ser el uno o el otro, pero no ambos). Juan es un escritor con una sutileza increíble y estoy convencido que su narración de la conversación relata el impacto que tuvo en Pedro. Quizás debamos releer las tres negaciones de Pedro para guiarnos sobre este punto. Mientras los Evangelios varían precisamente en cómo ocurrieron las negaciones de Pedro, concuerdan en dos cosas: Pedro cumplió la profecía de Jesús de que lo negaría tres veces, y que la tercera y última negación fue notoria tanto en la pregunta que la suscitó como en la rudeza de su respuesta. Así como el *lenguaje* de Pedro en su última negación sirvió como un proyecto final a aquel capítulo humillante de su vida, el *lenguaje* de la última pregunta de Jesús también tiene la intención de arreglar las cosas por revocación divina.

Creo, basado en toda la evidencia, que Jesús deliberadamente escogió suavizar Su lenguaje en la tercera pregunta, conformando Su hablar al de Pedro, no para "restregar en su cara" o para disminuir Sus estándares de compromiso, algo impensable puesto que Jesús está por predecir que Pedro se martirizía también, sino para sanar y restaurar. En resumen, creo que la realidad *gramatical* en el texto refleja una realidad *espiritual* y ésta es completamente redentora. Jesús no muestra hostilidad, condescendencia o duda al hacer Sus preguntas; Él no ignora la condición del corazón de Pedro. Esta es mi explicación, aunque creo que la mejor opción es que todos aprendan lo que *agapao* y *phileo* significan. No es el tema principal de este libro, por lo que allí concluimos este asunto.

La profecía del martirio de Pedro es la culminación de este capítulo. También nos deja la máxima lección: Jesús dejó todo para darnos vida y debemos estar dispuestos a dejarlo todo para continuar en esa vida y servir como mensajeros de ella. Pedro recibe el mensaje que es para todo cristiano. No hay otra manera de servir al Señor crucificado, quien explícitamente nos ha dicho que los siervos no estamos sobre el Maestro. Esta verdad nos lleva a Esteban.

Esteban

La historia de Esteban constituye un desafío único que ninguno de los otros seis personajes muestran. En el caso de ellos, había múltiples fuentes disponibles para que pudiéramos "triangular" y entender su persona, aprender cómo pudieron haber hablado o comportado, los pude construir como personas tridimensionales. Personalidades como Prócula, Petronio, y hasta Demas poseen archivos históricos que describen relaciones importantes: Cómo pudo ser su vida, la naturaleza de la sociedad y política romana, la estructura de la milicia y la historia de los conflictos, hasta el comportamiento y la perspectiva de los zelotes. Al respecto de Pedro tenemos testimonios amplios de los cuatro Evangelios, el libro de Hechos, y algunos pasajes en Gálatas y 1 Corintios – y no olvidemos que tenemos dos epístolas del Nuevo Testamento que llevan su nombre – esto nos ayuda a "redondear" su personaje. Todos los personajes en nuestro drama también tienen leyendas apócrifas, de rica tradición religiosa que pueden ser consideradas como fuentes, aun si no las aceptamos como verdades del evangelio. Pero Esteban no es más que una estrella fugaz. Todo lo que tenemos es el testimonio del libro de Hechos, que se cree ampliamente fue escrita por Lucas, el mismo autor del Evangelio que lleva su nombre, cuya narrativa toma dos capítulos (Hechos 6:1-8:2). En otras palabras, Esteban aparece en medio de la historia sobre los primeros diáconos, su bondad y servicio sobresalen rápidamente, lo suficiente para atraer la atención negativa de las autoridades, y ser arrastrado a un juicio ante el Sanedrín. Da un discurso largo para responder a las falsas acusaciones en su contra, es convertido en mártir y enterrado. Esteban no es mencionado antes de estos capítulos y nunca es mencionado nuevamente, excepto cuando Pablo recuerda estos eventos (Hechos 22:20). La tradición de la iglesia con respecto a él es corta. La paradoja es que aun cuando el ministerio, las palabras y la muerte de Esteban sirven como una pieza crucial en la historia de la Iglesia Primitiva en el Nuevo Testamento, Esteban es un personaje plano y la escasez de información sobre él podría llevarnos a concluir que es un personaje desconocido: orígenes, familia, circunstancias de conversión, rasgos de personalidad, todo parece perdido para nosotros.

Pero hay cosas que sí sabemos sobre quien era Esteban y entenderlas nos ayudarán. Sabemos que era un judío helenista, es decir, un judío que hablaba griego (probablemente su primera lengua), y más importante aún, se sentía cómodo en los contextos culturales griegos como en los hebreos. Durante los primeros días, la iglesia era completamente judía; y no comprendía que Dios quería que las Buenas Nuevas se extendieran a los gentiles – esto se entiende recién en la conversión de Cornelio en Hechos 10). "Esteban" (*Stephanos*) significa "corona" en griego, el tipo de corona de flores u hojas que se colocaba a los atletas (no la clase de corona pesada que se pondría al rey de España). Pero su nombre refleja más que la cultura griega de sus padres. Esteban fue elegido específicamente como diácono para servir como ayudante, y enlace para mantener la paz entre el liderazgo apostólico, en su mayoría conformado por galileos que hablaban arameo, de la primera iglesia en Jerusalén y los judíos que hablaban griego que se habían unido a la comunidad de fe a medida que crecía. Cuando leemos los nombres de los otros seis diáconos ordenados con él, vemos que todos ellos tienen nombres greco-romanos, y uno de ellos no era judío étnico, pero era un gentil convertido (Nicolás de Antioquía). La elección de estos hombres que eran cultural y lingüísticamente griegos, siendo devotos judíos religiosos, es la misma razón por la que Esteban fue elegido, para asegurarse que las viudas que hablaban griego recibieran lo justo (lo que no estaba ocurriendo y que causaba conflictos, ver Hechos 6:1-5). También sabemos por el testimonio de Lucas en el Libro de Hechos que la posición de Esteban rivalizaba con la de los mismos apóstoles en el poder de su discurso, su sabiduría y conocimiento de las Escrituras, y en la manifestación de los milagros que acompañaron su ministerio. Es más, la tradición de la iglesia presenta a Esteban como "arcediano," el líder de los Siete.

Basado en las cosas que sabemos, podemos asumir unas cuantas más. Podemos suponer, por ejemplo, que Esteban era un hombre joven. Una vez más, la tradición de la iglesia nos ayuda un poco al describir a Esteban sin barba. Si bien estas tradiciones no pueden considerarse una verdad canónica, en este caso si aportan detalles, porque toda la evidencia sugiere que los apóstoles era hombres jóvenes, confirmando la naturaleza joven del núcleo de la iglesia primitiva (el liderazgo de jóvenes es una característica común en los movimientos religiosos renacentistas a lo largo de la historia). Es muy probable que Esteban llegara a la fe en los primeros días de la iglesia, como parte del plantel de Jesús, puesto que es evidente por sus nombres y la larga narrativa que el círculo inmediato de influencia hablaba galileo y arameo (Hechos 2:7). Podemos sugerir además que Esteban era bien educado por su entendimiento de las Escrituras; no hay necesidad de forzar una elección falsa entre la sabiduría dada por el Espíritu y la mente saturada por el Espíritu a través de un estudio cuidadoso y específico.

Con estas ideas haremos suposiciones probables. Es *posible* que un judío helenista como Esteban fuera nativo de Jerusalén, pero no es *probable*. Es más razonable pensar que Esteban era un *judío de la diáspora*, es decir, la *dispersión* – uno de los miles de judíos que se repartieron desde España hasta Persia (en esencia, los lugares mencionados en los primeros versículos de Hechos 2). Elegí Alejandría, Egipto como su ciudad porque estaba cerca de Judea y tenía una población de buen tamaño e influencia. Egipto es donde siglos antes, el Antiguo Testamento fue traducido primero al griego (llamado la *Septuaginta*) y probablemente también sea el lugar donde se creó la sinagoga como una institución. Apolos, un importante líder de la iglesia en Corintios —ver Hechos 18:24 y 1 Corintios 1:11—era un judío de Alejandría, y algunos de los oponentes de Esteban son descritos como de Alejandría también. Una vez más, el mismo hecho de que Esteban fuera un judío devoto a pesar de no ser local lo hizo importante cuando se quería controlar el problema descrito al comienzo de Hechos 6, al final le causó problemas con otros no creyentes judíos helenistas, como se explicará en breve. Segundo (y esto es continuación de la idea que acabo de mencionar), pienso que Esteban se estableció en Jerusalén por la ferviente expectativa que Dios iba a hacer algo asombroso ahí. Esa era la atmósfera de la primera iglesia en Jerusalén, lo podemos leer desde el comienzo en el Libro de Hechos. Desde el Día de Pentecostés aparentemente las personas que creyeron el evangelio se mudaron a Jerusalén esperando la intervención divina – ya sea el regreso del Señor Jesús o más manifestaciones del Espíritu Santo y milagros (obviamente, los discípulos galileos también se mudaron ahí al igual que otros). La idea de que Esteban, un judío de la diáspora convertido en los primeros días de la iglesia, se mudara a Jerusalén es completamente plausible y demostrable en las acciones de otros. Por último, creo que Esteban poseía alguna habilidad natural para administrar fondos – tenía alguna experiencia y perspicacia para los negocios – de lo contrario, elegirlo habría sido simplemente un gesto simbólico. (En este aspecto, irónicamente, no es nada diferente a Judas Iscariote). El propósito de asignar diáconos era tan práctico como era diplomático; los apóstoles querían alguien que se encargara del trabajo (hacer las cosas administrativas de manejar los fondos; ver Hechos 6:2) para no tener otra responsabilidad. En otras palabras, el trabajo que había que hacer era real y no simple ilusión. Atribuir a Esteban esta habilidad es algo menos seguro, pero tiene sentido.

Finalmente, hay temas que son ficción, pero al igual que con los personajes anteriores, "encajan." En este aspecto, Esteban se convierte en un lienzo en el que yo podía pintar un cuadro. Este cuadro no es pura ficción sino una composición de cómo pudo haber vivido su fe uno de los primeros cristianos en aquellos días de la iglesia primitiva. Sugiero que Esteban se convirtió durante el Pentecostés mismo, y aunque no sabemos eso con seguridad, miles de personas sí lo hicieron aquel día (Hechos 2:41). Es viable que Esteban estuviera entre ellos. Describo a un hombre joven que sufre una gran pérdida personal en relación con la familia debido a su fe porque así ocurrió con muchos cristianos de aquellos días. Retrato a un cristiano que llega a la fe después del nacimiento de la iglesia, pero sin embargo dentro del periodo en que muchos recuerdan a Jesús personalmente, y por eso tal cristiano camina con las mismas personalidades de la que podemos leer en la Biblia. ¿Cómo habrá sido saber que vivías en el mismo tiempo de Jesús y que nunca lo viste? ¿Cómo habrá sido hablar con los apóstoles, con la madre de Jesús, y Su familia inmediata, con las personas que Jesús había sanado, con aquellos que fueron testigos de Su muerte y lo enterraron? ¿Cómo le impactaría escuchar el testimonio de la resurrección si las personas reales que vieron por primera vez al Señor Resucitado le contaran lo que encontraron? Para muchos de los primeros cristianos, esa fue su experiencia, y los testimonios que escucharon, llamada la "tradición oral de Jesús," serían el cimiento de la fe para las generaciones futuras. Puesto que el primer Evangelio (probablemente Marcos) no sería escrito hasta dentro de 25 años o más, no debemos subestimar la energía generada por las personas escuchando este mensaje, que lo aplican a como leen las Escrituras (Nuestro Antiguo Testamento), y sacan conclusiones de vida. Quizás tan importante como cualquiera de estas consideraciones históricas es la idea de la humanidad de Esteban. Fue una persona real, con debilidades, dudas e imperfecciones, y luchas en medio de una notable fe y heroísmo. De estos – y no de íconos – nace la fe cristiana. Mi historia de Esteban, por lo tanto, no es la historia de un solo hombre sino de cómo la iglesia llegó a ser.

Hay muchas cosas específicas en la historia de Esteban escrita en el libro de los Hechos que necesito mencionar. Primero, está el asunto de las fechas para tener perspectiva sobre los eventos de la narrativa. El libro de Hechos no provee fechas según el calendario gregoriano que usamos hoy, por lo que debemos hacer estimaciones congruentes basadas en otros asuntos mencionados en la historia. Ya he sacado conclusiones sobre la fecha de la pasión de Cristo. Los estudiosos le dieron menos importancia a la fecha de la muerte de Esteban por razones obvias, pero eso no significa que no tengamos recursos para hacerlo. Lucas específicamente conecta la vida del Apóstol Pablo con Esteban, y una vez más, sus razones son claras. Es imposible asegurar con certeza cuanto tiempo duró la persecución de Saulo de Tarso, pero es probable que los eventos descritos en Hechos 8:3-9:1 hablan de esta crisis, y terminan con Saulo buscando llevar su devastación hasta Damasco, lo que hubiera tardado algunas semanas o unos cuantos meses. Esta es una conclusión importante porque en término de años pone la conversión de Saulo en el *mismo marco* que la muerte de Esteban. Ahora, esto requerirá ahondar un poco en la materia: Pablo dice que estuvo tres años en Damasco (Gálatas 1:18), y que escapó porque estaba siendo perseguido por el gobernador bajo el comando del Rey Aretas (2 Corintios 11:32), por ende, tenemos material en el cual basarnos. La historia de Aretas es un drama más largo de lo que creemos, porque tiene que ver con Herodes Antipas divorciándose de la hija de Aretas, Fasaelis, para casarse con su cuñada, Herodías (ese mismo pecado hizo que Juan el Bautista los reprendiera y Juan terminara muerto). Al parecer a Aretas no le hizo gracia el divorcio e invadió el territorio de Herodes, que incluía Damasco. Damasco cayó ante Aretas a principios del 37 d.C., y los estudiosos dicen que hubo cambio en quien controlaba la ciudad, a pesar de que no hay razones claras, este cambio llevó a Pablo a estar en peligro y tener que huir. Si restamos tres años al Pablo en Damasco desde el año 37 d.C., podemos colocar la conversión de Pablo – y la muerte de Esteban – en el año 34/35 d.C. Algunos debatirán esto en parte por la línea de tiempo en Gálatas 1-2 que puede ser interpretada de manera diferente, pero es una suposición muy posible dentro de la realidad y hasta probable. Aparte del deleite de la anécdota, esta conclusión nos ayuda a ver cómo las cosas se desarrollaron en la iglesia primitiva. Si la iglesia "nació" en las semanas siguientes de la resurrección de Cristo cerca del 30 d.C., habían pasado almenos cinco años antes de que Esteban fuera un mártir. Este tiempo deja espacio para el crecimiento, la organización, para que se generen conflictos internos, y para que se lleve a cabo una reorganización más sofisticada (por ejemplo, la ordenación de los diáconos). También querría decir que Esteban no era un nuevo creyente. Más bien, ya había tenido años para crecer, establecer su reputación (que lo llevó a su ordenación), y para ministrar. No podemos saber con certeza cómo fueron esos años, sin saber la fecha de su conversión, pero esto nos da una idea.

La siguiente pregunta es ¿quiénes eran los oponentes de Esteban en Hechos 6:9? Algunos son identificados como la "Sinagoga de los Libertos," un grupo más amplio que incluye los judíos de Libia (Cirenos), Egipto (Alejandría, para ser preciso), y Asia Menor (incluyendo Cilicia, hogar de Saulo/Pablo). Hay un debate sobre lo que lo que significa en realidad la "Sinagoga de los Libertos," pero no en relación a las etnias que incluía: La mayoría está de acuerdo con que el texto se refiere a los helenistas, judíos de la diáspora, así como hace con los otros al nombrar la ubicación geográfica de donde provenían. En otras palabras, Esteban estaba en conflicto, no con los locales que hablaban arameo, sino con hombres como él: judíos religiosos de nacimiento y herencia, que naturalmente sentían una fuerte afinidad por Israel y Jerusalén, pero que culturalmente hablaban griego y pensaban como tal, y cuya tierra estaba fuera de la Tierra Santa. La pregunta es, ¿por qué tenía conflictos con hombres culturalmente similares a él?

La respuesta a esa pregunta sin duda tiene que ver con la historia y la tradición de Israel como teocracia, un patriotismo religioso y político que sentían los judíos a lo largo del mundo mediterráneo (difícil de entender para las personas de hoy en día) y al fervor rencoroso que tienen las personas que han sido marginadas y quieren demostrar su valor en una comunidad más grande. Los helenistas sufrían discriminación por los judíos nativos (los que hablaban arameo) y es la razón por la que la iglesia tuvo que designar diáconos. Si esto era verdad en la iglesia, habría sido verdad en la comunidad judía también. Los judíos helenistas que se oponían a Esteban eran zelotes religiosos, muy sensibles acerca de su estatus en Israel. Su cultura en común con Esteban, en vez de volverlos más *simpatizantes* hacia él, los hacía más *hostiles*. Él estaba mancillando su reputación, confirmando lo que la comunidad judía intentaba destronar, en particular, que los judíos helenistas no eran dignos de confiar, que su doctrina era débil, y que eran ciudadanos de segunda clase en términos de devoción y práctica. Para sus acusadores, Esteban representaba un peligro a su visión de la sociedad porque al ministrar a los judíos que hablaban griego era mayor amenaza para propagar la cristiandad a lo largo de las poblaciones judías del mundo mediterráneo (una ironía divina considerando que Saulo tuvo que ver con su muerte para luego ser más conocido como el Apóstol Pablo). Esteban, por lo tanto, *por* ser helenista y no *a pesar de ello*, se halló en la mira de su ira.

En cuanto al pasaje de Hechos que se relaciona con el juicio, claramente hay algunos elementos dignos de mencionar. Primero, la mayoría de los estudiosos considera el discurso de Esteban (así como otros discursos en Hechos y hasta enseñanzas de Jesús de los Evangelios) como representativo de lo que se dijo y muy probablemente no en su totalidad. En otras palabras, Hechos 7 relata correctamente las palabras que Esteban dijo, pero no contiene *todo* lo que dijo. El discurso completo de Esteban puede ser leído a paso medio en menos de siete minutos, aunque es una certeza virtual que habló por más tiempo que eso. Lo mismo puede observarse en la afirmación simplista que puesto que el Sermón del Monte puede repetirse en menos de diez minutos ningún otro sermón puede exceder ese tiempo. Podemos estar seguros de que lo que Esteban dijo fue una recitación enérgica de la historia de Israel, incluyendo los hechos de salvación de Dios y la falla de los humanos en su respuesta al Señor. Uno de los aspectos más poderosos para el registro de la defensa de Esteban es, por supuesto, el registro de los recuerdos del Apóstol Pablo, narrados a su compañero Lucas, el autor del libro de Hechos. Lo que significó ese recuerdo para Pablo/Saulo, el ingeniero de la muerte de Esteban, transformado para ser el seguidor de su legado, sólo podemos adivinar.

Respecto al resto, hay pocas dudas que los hechos fueron similares al juicio de Cristo: Esteban es acusado por hombres de haber cometido blasfemia contra el Templo y la Ley, testigos falsos son presentados en su juicio ante el Sanedrín, y el sumo sacerdote le exige respuestas. Todos estos aspectos, de una manera u otra, se encuentran en los Evangelios de Jesús – Su juicio y castigo. Pero también hay grandes diferencias. Mientras Jesús permaneció mayormente en silencio, y sólo habla lo suficiente para que lo condenen, el discurso de Esteban es uno de lo más largos en el Libro de Hechos. Y mientras un golpe de gracia en ambos juicios tiene que ver con Salmos 110:1 mezclado con Daniel 7:3, la visión de Esteban es un imprevisto sorprendente. En discusión está la imagen del "Hijo del Hombre" *sentado* a la derecha de Dios (literalmente "poder"). Este testimonio de Cristo, que lo llevó a la condenación y muerte, es perfectamente coherente con los Evangelios Sinópticos (Mateo, Marcos, Lucas), y es una tradición fuerte que se repite en Apocalipsis 14:14. Esteban ciertamente conocería esta historia, palabra por palabra. Esa visión de Esteban cambia el lenguaje sagrado; cuando Dios le da la visión celestial, ve al Hijo del Hombre *de pie* a la derecha de Dios (Hechos 7:55-56). Una vez más, esta diferencia ha puesto en debate a los estudiosos de la Biblia, pero la mayoría está de acuerdo con el mensaje profundo: Jesús, sentado en majestad y poder, *se pone de pie*, como defensor divino de Esteban, para justificarlo en la corte del cielo puesto que él se mantiene fiel a la fe y entrega su vida. Este es un pasaje asombroso en la Escritura.

A mi parecer, las palabras finales de Esteban (Hechos 7:59-60) tienen mucho parecido al sacrificio de Cristo. Primero, Esteban ora: "Señor Jesús, recibe mi espíritu." (Debemos mencionar que estas palabras son la única oración escrita en la que explícitamente se menciona a Jesús por Su *nombre* en el Nuevo Testamento, y es pronunciada con el último aliento del protomártir). Finalmente, clama "Señor no les tomes en cuenta este pecado." Cuando leemos el relato de la crucifixión en Lucas 23:33-46 – recordando que Lucas también escribió la historia de Esteban – el ruego de Jesús de que Dios no contara el pecado en contra de Sus asesinos es lo primero que dice desde la cruz, y que encomienda su Espíritu a las manos de Dios es lo último – es un reflejo de las declaraciones de Esteban.

Pero la importancia de las palabras finales de Esteban debe ser mencionada a la luz del canon judío de la Escritura usada en ese momento para ser completamente apreciada. El mismo marco teórico para entender el pasaje se pierde en muchos lectores cristianos porque, aunque el canon cristiano usa los mismos 39 libros del Antiguo Testamento al igual que el canon judío, su *secuencia* ha sido alterada. El *Tanakh* judío (un acrónimo para *Torah*, *Nevi'im*, *Ketuvim*, para decir, Ley, Profetas, y Escritos), en ese entonces y ahora, refleja el orden cristiano en la organización de la primera sección (el Pentateuco, o *Torah*), pero después sigue un orden diferente. Las razones por las que los cristianos reorganizaron el Antiguo Testamento son un punto aparte, pero que Jesús y los escritores del Nuevo Testamento se manejaron con el antiguo orden judío de hacer las cosas es obvio por varios pasajes en Lucas. Primero, el Señor resucitado se refiere a lo que fue escrito sobre Él por "Moisés, los Profetas, y los Salmos" (Lucas 24:44). Los Salmos fueron el primer libro de los Escritos, o *Ketuvim*, la última de las tres secciones. Entendemos casi con certeza que Jesús estaba usando un método abreviado para referirse a esta *sección entera* al referirse al primer libro y no solo al Libro de Salmos únicamente. En otras palabras, Jesús habló de los testigos de todo el Antiguo Testamento cuando se refería a "Moisés, los Profetas y Salmos" porque estos correspondían a las tres categorías de las Santas Escrituras del Antiguo Testamento de aquellos días.

Pero el pasaje verdaderamente emocionante (para la historia de Esteban) se halla en Lucas 11:49-51. En este pasaje, Jesús acusa a los líderes religiosos de Su tiempo por su injusta persecución de los siervos justos, y habla de – según nuestro alfabeto, literalmente – una condena de la A a la Z por estos mártires: toda la sangre inocente desde Abel (Génesis 4:8) a Zacarías (2 Crónicas 24:20-22) será contada en contra de esa generación. Es de común conocimiento que Abel fue la *primera* sangre justa derramada por testimonio en la Escritura. Pero el juicio de Jesús (desde Abel a Zacarías) no es notada por nosotros a menos que nos demos cuenta de que 2 Crónicas es el *último* libro en *Tanakh*—dejando ver que la muerte de Zacarías cerca del final de ese libro fue la del último mártir en el Antiguo Testamento de acuerdo con el orden original. Una vez que entendamos esto, las especificaciones de la muerte de Zacarías son más escalofriantes: Zacarías fue *apedreado a muerte,* y al morir dijo las palabras fatídicas: "Que el Señor vea y los tenga por cuenta." Con todas las piezas en su lugar, vemos el significado más profundo de la muerte de Esteban para los lectores de Lucas, que no solo habrían leído Hechos como "Parte 2" de la obra de Lucas que empezó con su Evangelio (Hechos 1:1), pero que también habrían leído los libros del Antiguo Testamento en su orden original. Esteban es un reflejo de Jesús como se lo presenta en el Evangelio de Lucas, pronunciando cada palabra de Cristo. Y como el primer mártir del Nuevo Pacto, Esteban también es un reflejo *pero al revés* del último mártir del Antiguo Testamento. Tanto Zacarías como Esteban son apedreados a muerte, pero mientras que Zacarías pide que el pecado del Rey Joás caiga sobre su cabeza, Esteban ruega con su último aliento que Dios no retenga el pecado contra aquellos que lo están asesinando. Curiosamente, el siguiente pasaje (2 Crónicas 24:23) describe el fin de Joás viniendo desde *Damasco*, el mismo lugar donde Saulo de Tarso, el líder de los asesinos de Esteban, se encuentra con el Señor Resucitado (Hechos 9:1). Nada de esto es coincidencia.

Hablemos ahora de Saulo/ Pablo. He nombrado a Saulo como el líder del grupo que emboscó a Esteban e insinuó que en cierto modo supervisó el linchamiento. Esto no es solo ficción. Es muy significativo el hecho de que aquellos que dieron testimonio contra Esteban, responsable de arrojar las primeras piedras según Deuteronomio 17: 7, dejen sus mantos a los pies de Saulo (Hechos 7:58). Esta aparente anécdota es más que eso. Indica que Saulo de Tarso aceptaba el crédito por la ejecución de Esteban (ver Hechos 22:20). Este comentario junto a Hechos 8:1-3 y la actitud proactiva de Pablo referente a su viaje fatídico a Damasco nos indica que Saulo era el líder para las fuerzas que perseguían a la iglesia. Cuando meditamos en esto, la cadena espiritual en reacción entre las palabras finales de Esteban y el encuentro redentor de Saulo con Cristo en el siguiente capítulo se vuelve clara; sólo con esa revelación se puede manifestar en nuestra vida el poder radical de Cristo, que renuncia a toda coerción en Sus esfuerzos para redimir a la humnidad. Al recibir Esteban el batón santo del Señor como un encargo de perdón y autosacrificio que trasciende el entendimiento natural humano, sirve de modelo para nosotros, no sólo de cómo debemos morir sino de cómo debemos vivir: *Rendición más que conquista* para que se puedan alcanzar los objetivos del Reino de Dios. Nadie es mejor ejemplo de esto que Saulo de Tarso, quien, como el Apóstol Pablo repite las palabras finales de Esteban en la conclusión de su última epístola (2 Timoteo 4:16b).

Reflexiones Finales

Teniendo en cuenta la historia de Cristo y Sus primeros discípulos, el mensaje de la cruz se aclara para nosotros. La tasa de mortalidad de los humanos es 100%, pero la realidad del evangelio es que, sin la gracia de Dios, nadie tiene la habilidad para pensar en Su muerte apropiadamente. De la manera en que contemplamos la muerte afecta inevitable y profundamente la forma en que consideramos nuestra vida. A primera vista, el dilema de la vida/muerte de un buscador de Cristo está *multiplicado* (en vez de simplificado) por el mensaje de Jesús. Lo que quiero decir es esto: Es de naturaleza humana evitar la incomodidad de la incertidumbre a todo precio aun si eso quiere decir llegar a extremos. Como mortales es nuestro instinto básico sobrevivir y *alejarnos* de acciones (e ideologías) que podrían hacer peligrar nuestras vidas o incluso causar grandes pérdidas. Nuestra fe consiste en adorar a un mártir – el Señor Jesucristo – y nuestro Salvador nos advierte que llevar Su cruz es la única manera de ser Sus discípulos. A lo largo de los siglos, las personas han luchado con esta enseñanza incómoda, asumiendo que Jesús habló solo metafóricamente, en hipérbole, o en cierta forma de manera dirigida para algunas personas, como Sus primeros apóstoles, pero ciertamente no para todos (especialmente *no para mí*). Otros han tomado otro camino y buscan la "corona del mártir," tratando que los maten en nombre de Cristo. Históricamente, la iglesia ha rechazado ambos extremos. La paradoja de la fe cristiana vibrante es que debemos vivir, planear como vivir, trabajar con propósito mientras vivimos, pero estar listos y dispuestos a dejar todo por el nombre del Señor Jesús – dando nuestro último aliento si nos lo pide – en un instante. Esta tensión, estos extremos se basan en la profunda verdad que, aunque todos morimos, el cristiano tiene la esperanza de la resurrección. Abrazar esta paradoja como una forma de vida es la cualidad misteriosa que marca al verdadero discípulo de Jesús y que adorna nuestra vida: Los gozos y las pérdidas, la inversión costosa y la disposición a soltarlo todo, la pobreza de espíritu y la generosidad sin cuidado, que sólo un heredero de riquezas inmensurables pueda demostrar. Las palabras de Pablo en Filipenses 1:21 vienen a la mente, "Para mí, vivir es Cristo y morir es ganancia" se profundizan en su siguiente declaración, "a fin de conocerle, y el poder de Su resurrección, y la participación de Sus padecimientos, llegando a ser semejante a Él en Su muerte, si en alguna manera llegase a la resurrección de entre los muertos" (Filipenses 3:10-11, RV60). Por lo tanto, los cristianos deben entregarse como Cristo lo hizo, primero a Dios y luego a otros, fiel en vida, fiel hasta la muerte, sometidos a la voluntad de Dios, y al hacerlo, el regalo se prolonga a través de Su gracia.

Al final, *Que Tonta la Vela,* es sobre la fe que nace al encontrarse con Jesucristo. Las personalidades alrededor de las cuales he construido la narrativa son paradojas en el drama del evangelio. Los primeros dos son un contraste entre dos íconos y figuras ensombrecidas; los siguientes tres son breves apariciones, dos dimensionales sin nombres con poco o ningún desarrollo; los últimos dos apenas podrían ser más significativos. Sin embargo, hay un extraño equilibrio entre ellos. María y Judas empiezan con la semana de la Pasión, uno con valor y sacrificio, el otro con una soberbia demostración de traición y ambición. Prócula, Petronio y Demas son personajes de gran significado porque sus confesiones de fe son más poderosas por su poca probabilidad de ocurrir. Si las narraciones de los Evangelios no hubieran hablado de la esposa del gobernador de Judea, del centurión en la crucifixión y del revolucionario al lado de la cruz, quienes experimentaron la conversión al ser expuestos a Jesús en Sus últimas horas de vida, ¿quién lo habría imaginado? Si los Evangelios no nos hubieran contado del hombre a quien Jesús llamaba "la Roca," lleno de fe y aventajado espiritualmente pero que regresó a las redes cuando hubo gran evidencia del milagro más grande que el mundo hubiera visto, ¿lo habríamos creído? Y si no nos hubieran hablado de un hombre como Esteban que fue a la muerte por la verdad y que su sacrificio y perdón sobrehumano terminaría en la más dramática e inesperada conversión del Nuevo Testamento – la de Saulo de Tarso – ¿nos la habríamos imaginado? En ese caso, la historia que he escrito sería vista como una piadosa insensatez apócrifa. Algunos la llamarán así todavía. Pero después de desenmascarar la ficción, el hecho que permanece en contra de toda razón es que las Escrituras sí nos dicen estas cosas.

Lo que hagamos con el Testimonio nos toca a nosotros.